KB243149

운명의 업

Karma of Fate

운명의 업 8

김해수 판타지 장편 소설

초판 1쇄 찍은 날 § 2003년 5월 14일
초판 1쇄 펴낸 날 § 2003년 5월 25일

지은이 § 김해수
펴낸이 § 서경석

편집장 § 문혜영
편집책임 § 김희정
편집 § 장상수 · 박영주 · 권민정
마케팅 § 정필 · 강양원 · 이선구 · 김규진 · 홍현경

펴낸곳 § 도서출판 청어람
등록번호 § 제1081-1-89호
등록일자 § 1999. 5. 31
어람번호 § 제1-0384호

주소 § 경기도 부천시 원미구 심곡1동 350-1 남성B/D 3F (우) 420-011
전화 § 032-656-4452 팩스 § 032-656-4453
http://www.chungeoram.com
E-mail § eoram99@chollian.net

ⓒ 김해수, 2002

값 7,500원

ISBN 89-5505-516-1 (SET)
ISBN 89-5505-672-9 04810

김해수 판타지 장편 소설

운명의 업

Karma of Fate

8

|충돌|

도서출판 천람

목

차

인물 소개

라니오스 : 이 글의 주인공으로 세상을 유지하는 존재인 하이 엘프 중 한 명이다. 분명 주인공이 맞기는 한 듯한데 어째 갈수록 출연 횟수가 줄어가고 있는 것이 참 불안한 현상이다.

아힌세르린 : 애칭 세린. 히로인이다. 레아시아의 진정한 모습으로 2만 년을 넘게 산 웜 급의 그린 드래곤이다. 하지만 온순한 성격을 가진 보통의 그린 드래곤과는 달리 상당히 난폭한 성격인데다 매우 빠바박—업계 용어—한 성격마저 가지고 있는…….

티니 : 뱀파이어와 서큐버스의 혼혈이 된 비운의 엘프 소녀. 그러나 본인은 상당히 빠르게 적응하고 있는 듯하다. 라니오스의 두 번째 애인이다.

쟈밀 : 라니오스의 삼촌이라는 것 외에 아무것도 밝혀지지 않은 정체 불명의 인물. 그의 동료들과 함께 어떤 일을 진행시키고 있는 듯하다. 모르는 이들에게는 매우 차갑지만 친한 인물에게는 매우 다정하게 대한다. 라니오스의 문제만 불거지면 지나치게 흥분하는 점이 문제라면 문제.

아아크 : 영웅전쟁의 영웅 중 하나인 에아크 하스의 후손. 주가에 상당한 소질이 있으며 재가 프리스트로서 상당한 신성력도 보유하고 있다. 물리적, 또는 정신적으로 큰 충격을 받으면 순간 좀비와 같은 모습이 되는 문제가 있다.

레미엘 : 프로튼 왕국의 국왕. 젊은 나이에도 불구하고 상당한 수완을 가지고 있으며 여자를 밝히는 점이 문제인 인물.

이드 : 쟈밀과 모종의 계약을 맺고 있는 인물로 이계에서 온 듯하다. 처음에는 단순히 비정상적으로 뛰어난 인물인 줄 알았던 그의 정체는…….

아리나스&아시아스 : 크로이츠의 황제. 아직 10살을 넘긴 지 얼마 되지 않은 어린 황제이지만 상당히 총명하여 국정에 상당한 재능을 보인다. 쌍둥이

여서 그런지 서로 마음이 잘 맞는다.

레노 : 이드의 동료였던 듯한 엘프. 이드를 사랑하고 있으나 정작 당사자인 이드는 그런 그녀의 마음을 받아주지 않는다. 이드를 도와 그의 뒤를 따른다. 그러나 사실 그녀의 정체는…….

애거트 : 이드의 부하, 또는 동료로 추측되는 인물. 지름이 2미터에 달하는 거대한 챠크람 인피니티를 사용한다. 그 실력은 현재의 란슬로 이상. 운명을 볼 수 있는 눈을 가졌다. 더불어 아아크의 친형이기도 하다.

세인 : 이계에서 온 듯한 인물. 지금의 세계로 오기 전부터 라니오스를 알고 있었던 듯한 모습을 보인다.

스프린 : 세인의 가디언. 세인과 서로 좋아하는 사이인 듯하며 이드와도 무언가 관계가 있었던 듯하다.

데잘 : 테올의 동생. 본래는 쟈밀의 부하나 동료가 아니었던 듯하지만 현재는 쟈밀에게 협력하고 있다. 아무래도 테올의 영향력이 짙은 듯.

테올 : 데잘의 형인 줄 알았으나 사실은 누나였던 존재. 일전에 쟈밀에게 사랑을 고백한 적이 있으나 거절당한 이후로 남자의 모습으로 살아가고 있다.

아즈라우드 : 이드와 행동을 함께하고 있는 그린 드래곤으로 영웅전쟁 당시 죽은 것으로 알려졌었다. 아힌세르린의 아버지이기도 하다.

히아스 : 세인에 이어 나타난 두 번째 이계인. 라니오스를 장인어른이라고 부르고 있는데… 등장하는 히아스는 한 명이 아니다.

데스틴, 게아발트, 이니어스, 크리오 : 히아스의 동료로 추측되는 인물들. 일부 존재들은 그들 다섯 명을 '변수' 라고 부르고 있었다.

● 제17장
재회 (2)

"언제나 느끼는 거지만… 네놈들, 정말 재수없어."
"누군 안 그런 줄 아냐?!"
"자자, 거기 막 이쪽에 발 들인 신참들, 조용히 닥치고 찌그러지시지.
그런 느낌을 받는 건 아마도 여기 있는 전원이 마찬가지일 테니 말야."
"그래, 누구는 네놈들 낯짝 보려고 오는 줄 아냐? 일이니까 오는 거지."
"그러는 네놈들도 좀 닥치고 찌그러져 있으란 말야!
지금 번데기 앞에서 주름 잡냐, 이 잡것들아!"

—히아스와 데스틴과 히아스와 데스틴, 그리고 히아스와 데스틴.

음모의 전주곡

……．

거대한 존재들이 세계를 감싸고 있다. 일정한 형태 없이 끝없이 변화하는 '그들'은 세계를 중심에 둔 채 계속해서 무언가를 하고 있었다.

"……."

"……."

"……."

"……."

"……."

언제까지나 정적만이 감돌 것 같은 시간과 공간 속에서 '그들'만이 계속해서 세계를 둘러싸고 무언가를 진행시키고 있었다.

틱.

순간 세계를 감싸던, 그리고 '그들'의 힘에 의해 점차 그 두꺼움을 더해가던 무형의 벽으로부터 작은 균열이 생겨났다. 비록 그것은 곧바로

‘그들’의 능력으로 인해 원래대로 돌아갔지만 이미 균열이 생겼다는 것을 안 ‘그들’은 긴장하기 시작했다.

“이게… 무슨……!”

‘그들’의 무리 중 유일하게 인간의 형체를 하고 있는 존재 쟈밀은 두 눈을 부릅뜬 채 경악에 가득 찬 시선으로 자신의 앞에 서 있는 한 남자를 바라보았다.

“이런, 그렇게 놀라시면 제가 미안하지요.”

경악하고 있는 것은 비단 쟈밀뿐이 아니었다. 포츈, 텐스, 렘브리엘, 루나, 그리고 나머지 모든 이들이 지금 자신들의 앞에 있는 상대를 보며 당황감을 감추지 못하고 있었다.

“이런 식으로 만나는 것은 처음일까요? 어쨌든 반갑습니다.”

“넌… 누구냐?”

여전히 여유만만한 태도를 취한 채 쟈밀과 다른 모든 이들을 향해 인사하는 히아스의 모습에 텐스는 최대한 당황감을 감추며 위압감을 담아 그에게 질문하였다.

“제가 누구인가라… 글쎄요. 저는 과연 무엇일까요?”

“나는 장난을 원하는 것이 아니다.”

“장난이라… 당신은 제가 지금 장난을 치고 있다고 생각하십니까?”

묘한 웃음을 머금고 있는 히아스의 두 눈에 광채가 번뜩였다. 번뜩이는 그의 눈매는 묘하게 틀어져 있었고, 입매 역시 비틀린 미소를 머금고 있었다.

“당신들은 저희들을 이렇게 말하지요. ‘변수’라고.”

“……”

어느새 ‘세계’를 둘러싸고 있던 힘은 중년 히아스를 중심으로 옮겨져 있었다. 하지만 그렇게 강한 힘으로 자신을 견제하고 있는 상대의 모습에도 히아스의 웃음은 사라지지 않고 있었다.

"하하하, 이렇게 긴장하실 필요는 없습니다. 게다가 이렇게 저에게 힘을 집중하시면 파괴신을 가두어두려는 의도는 어떻게 되시는 겁니까?"

"…방금 전 너의 행동으로 우리들이 취하고 있던 행동이 얼마나 쓸모없는 것이었는지 깨달았다."

"그렇습니까? 소용없다는 것을 이제야 알아채셨다 이거죠? 후훗."

노골적으로 자신들을 비웃는 히아스의 태도에 텐스를 비롯한 다른 모든 이들은 속이 울컥하는 것을 느꼈지만 참을 수밖에 없었다. 무엇보다 지금 이자에 대한 정보가 너무나도 부족했기 때문이다.

"그러지 마시고 일단 자리를 옮기도록 하지요. 이곳은 너무 답답하군요."

"…그러지."

곧 텐스와 포츈을 비롯한 모든 이들의 형체가 한 형태를 갖추는가 싶더니 곧 인간형의 모습을 하였다. 그리고 그들이 있던 공간에서 히아스의 모습이 다른 곳으로 사라지는가 싶더니 이내 다른 이들의 모습도 연이어 그를 따라 어딘가로 사라졌다.

"얼라?"

이것으로 내가 짐작 가는 곳은 모두 찾아보았다. 하지만 아무리 몇 번을 찾아도 도대체 어디로 갔는지 끝자락도 보일 생각을 하지 않는다.

"티니, 그쪽은 어때?"

"안 보여요."

"세린, 있어?"

"아니요."

이러다가는 완전히 성 전체를 헤매게 생겼군. 대체 이 녀석이 어딜 간

건지…….

"하아… 대체 이게 무슨 일인지…….."

사건은 불과 몇 시간 전의 일이었다. 히아스에게 협박(?)을 당한 레미엘이 그에게 에미넨트를 건네주겠다며 마장기 격납고로 갈 때 나는 바로 내 방으로 돌아왔다. 할 일도 없고 해서 검술 연습이나 해볼까 생각하고 테이블 위에 놓여 있을 스팅을 찾았지만…

"대체 검에 발이 달린 것도 아니고 말야……."

"그렇다고 마땅히 그것을 훔쳐 가거나 할 자가 있는 것도 아니고……."

"게다가 오빠 방에 누군가가 들어가거나 한 흔적은 전혀 없었어요."

게다가 스팅은 스스로 주인을 선택하는 '신의 검' 이다. 설령 누군가가 와서 그것을 훔쳐 가려고 해도 불가능한 물건이라는 것이다.

그런데 그런 스팅이 갑자기 말도 없이—검이 말을 할 리가 없잖아. 에고 소드도 아니고…—사라지다니. 분명 무언가 이상했다.

"이거 원 참……."

"어라? 라니오스님, 여기서 뭐 하세요?"

그렇게 한참 스팅을 찾고 있던 우리들을 발견한 세인은 우리들에게 다가오며 질문했다.

"어, 세인."

"보아하니 뭘 잊어버리신 것 같은데 중요한 건가요?"

"아아, 그게……."

내 설명을 들은 세인은 알아들었다는 듯 고개를 끄덕이며 내게 말했다.

"흐음, 그렇군요. 요는 갑자기 그 검이 사라졌다 이거죠?"

"그렇다고 할 수 있죠."

“그럼 해결책은 간단해요.”

“네?”

세인은 이해하기 힘든 말을 하곤 나에게 따라오라는 듯 손짓하며 앞장섰다.

슈팟―

“……!”

“……!”

“……!”

슈팟―

순간 나와 티니, 세린 사이의 공간을 헤치고 하나의 인영이 모습을 드러내었다. 눈을 깜짝하는 것보다도 빠른 시간 동안에 모습을 드러낸 그는 나타날 때보다 더욱 빠른 순간에 사방으로 손을 뻗었다.

“으음…….”

“아…….”

그의 손이 티니와 세린을 스쳤다고 생각한 순간 그녀들은 급소를 당한 듯 바닥으로 허물어졌다. 하지만 단순히 눈만 감겨 있는, 고통스러움을 느끼는 것 같지 않은 표정을 보니 단순히 잠재우기만 한 듯하였다.

“이, 이건…….”

그리고 뒤늦게야 난입해 온 상대의 모습을 확인하였을 때 나는 놀라움에 잠시 말문이 막히는 것을 느꼈다.

“쓸데없는 도움이었을까요?”

“…아닙니다.”

방금 전 나에게 말을 걸어오며 무엇을 찾느냐고 한 이도 세인이었고, 순식간에 모습을 드러내며 세린과 티니를 기절시킨 이도 세인이었다. 적어도 겉모습만은 마치 거울을 비춰놓은 것이라도 되는 마냥 너무나도 똑

같았다. 상황에 대한 이해가 제대로 되지 않아 혼란스러움을 느끼는 와중 들려오는 그들의 대화는 더욱더 나의 의문점과 혼란을 가중시키고 있었다.

"무슨 일이시죠? 저의 모습으로 이곳에 나타나시다니."

"…조금 할 일이 있습니다."

"그렇습니까?"

나중에 나타나 세린과 티니를 기절시킨 세인이 먼저 나타나 나에게 말을 걸어왔던 세인을 보며 '왜 저의 모습을 흉내 내서 나타나신 거죠?' 라고 질문하는 것을 보니 방금 전 나타난 세인이 진짜(?) 세인인 듯하였다.

"… '힘' 입니까?"

"그렇습니다. 아직 '경험' 이 적은 당신은 모르시겠지만 지금 '순수' 의 '힘' 이 매우 필요한 시기입니다."

"…그렇군요."

그 대상과 자세한 목적 등이 생략된 대화였지만 그들은 이미 예전부터 그 이야기를 해왔다는 듯 간단한 몇 마디만으로 서로가 이해했는지 고개를 끄덕이고 있었다.

그리고 어쩌면, 아니… 아마도 그들이 지금 언급하고 있는 것은 순수의 하이 엘프, 즉 나일 확률이 매우 높았다.

"그렇습니까… 그럼 잘 부탁드리겠습니다."

"물론이지요. '순수' 는… 우리에게 있어… 너무나도…….."

순간 감상적인 표정이 되어 '순수' 라는 것을 언급하던 그는 어째서인지 나를 의식한 듯 잠시 나에게 묘한 시선을 보내는가 싶더니 조금은 붉어진 얼굴을 돌리며 나중에 나타났던 세인에게 말했다.

"…소중한 존재이니까요."

"…그렇군요."

그리고 왜인지 나중에 나타났던 세인 역시 살며시 얼굴을 붉혔다. '설마 저 남자들…' 하는 생각이 슬며시 들었지만 곧 힘차게 고개를 저으며 '설마 그럴 리가' 라고 애써 그 가설을 부인하는 나였다.

"당신을 믿습니다, 또 다른 나 자신이여……."

"……."

스르륵.

믿는다는 말에 먼저 나타났던 세인이 싱긋 웃으며 그의 말에 답했다. 그리고 그의 미소에 만족한 듯 나중에 나타났던 세인 역시 그를 향해 미소 짓는가 싶더니 곧 조용히 사라져 버렸다.

"라니오스님, 따라와 주시겠습니까?"

"네? 무슨… 자, 잠깐!"

세인은 나에게 질문할 틈도 주지 않고 성큼성큼 걸음을 옮겼다. 나는 벌써 저만치 가버린 세인을 따라 급히 걸음을 옮겼다.

"세인, 대체 무슨……."

얼마나 그를 따라 걷고 있었을까. 한참 동안 정신없이 그의 뒤만을 좇아가던 나는 뒤늦게야 지금 내가 걷고 있는 장소가 프로튼의 왕궁이 아님을 알게 되었다.

어느새인가 장소는 바뀌어 있었다. 방금 전까지만 해도 우리들의 주변을 채우고 있던 궁전의 아름다운 모습은 온데간데없고 경계도 바닥도 중력도 없는 빈 공간이 자리하고 있었다.

"이, 이곳은……!"

"저의 영역입니다."

그제야 걸음을 멈춘 세인의 대답이었다. 하지만 그런 짧은 한마디로 나의 궁금증이 풀릴 리는 없었다.

"세인의 영역이라고요? 이곳은 대체 어떤 곳이죠? 무엇을 위한 것인가요? 그리고 당신은 대체 누구인 것이죠?"

세인이 자신의 공간이라고 소개한 이곳은 말 그대로 '제멋대로인' 공간이었다. 위와 아래는 물론 좌우의 구분, 균형, 중량, 원심력, 색감, 빛, 소리 등 그 어떤 것도 멀쩡하게 유지되는 것이 없었다. 말 그대로 일정한 규칙이 없는 제멋대로의 상태였다.

"아아… 그렇게 질문이 많으면 대답해 드리기가 곤란하다고요."

농담조로 대답하는 세인이었지만 그것이 지금의 나를 감싸는 긴장을 풀어주지는 못하였다. 오히려 일부러 철없어 보이게 하려는 것이란 생각을 가지게 하는 그의 행동은 더욱더 나를 긴장시키고 있었다.

"그, 그럼 당신이 대체 누구인지… 당신의 정체부터 말씀해 주세요."

"저의 정체라……."

아마 지금 내 표정은 잔뜩 굳은 데다가 겁에 질려 있기까지 할 것이다. 속은 바작바작 타고 가슴은 당장이라도 터질 것만 같이 빠르게 뛰고 있었고, 온몸의 피가 머리 속으로 몰려드는 것 같았다. 그리고 무엇보다 나를 위압하는 것은 그의 온몸으로부터 뿜어져 나오는 거대한 존재감이었다.

"굳이 그런 것을 '말' 로 설명해야 할까요? 당신과 저 정도라면 그런 것 따위 필요없을 텐데……."

이 말을 하는 순간 잠시 나의 가슴을 관통할 것만 같은 정도였던 세인의 눈빛은… 순간 나의 가슴을 두근거리게 만들었다. 방금 전까지 느꼈던 그런 것과는 전혀 다른 두근거림이었다.

"그게 무슨……."

"직접… '느껴' 보시죠."

그리고 어느새인가 나의 앞에 다가온 세인은 나를 향해 손을 뻗었다. 그리고 그의 손바닥이 내 미간과 이마를 덮는다고 느끼는 순간 나의 정신은 육체를 떠나 시간과 차원, 운명의 흐름까지도 뛰어넘어 그것들의 흐름 사이를 여행하고 있었다.

"괜찮을까요?"

한 엘프 사내가 중얼거리듯 질문하였다. 그는 마치 물과 같은 엷은 푸른색의 머리카락을 중간에서 질끈 묶어 무릎 아래까지 길게 늘어뜨리고 전체적으로 갸름한 얼굴과 오똑한 코, 그리고 실처럼 가는 눈매를 하고 있었다. 그의 목소리는 상당히 알아듣기 힘들 정도로 작았지만 그의 주변에 있는 다른 이들은 모두 잘 알아들은 듯 각각 자신의 생각을 이야기하였다.

"모르지. 결과는 아직 나오지 않았으니까."

가장 먼저 대답한 것은 조금 심한 웨이브가 진 모양의 붉은 머리를 오른쪽은 단발로 하고 왼쪽으로만 길게 기른 여자 엘프였다. 그녀의 얼굴선은 전체적으로 부드러웠으며 상당히 눈이 큰 편이었다.

"힘들지 않을까요? 이제 막 100살을 넘긴 분이십니다. 아무리 '순수'라고는 하지만 무리라 생각합니다."

"나도 그렇게 생각해. 대체 그분은 무슨 생각으로 '순수'를……."

붉은 머리 엘프에 이어 대답을 한 것은 뒤통수 쪽의 머리카락이 작은 부채꼴 모양으로 펼쳐져서는 비스듬히 기울어져 있는 노란 머리칼의 남자 엘프와 엷은 갈색의 머리카락을 귀밑까지 짧게 커트한 여자 엘프였다.

"그런데 란슬로트는 뭐 안 좋은 일이라도 있어? 왜 저렇게 죽을상을 하고 있어?"

다른 이들에 비해 머리 하나 이상 키가 작은 블루블랙의 단발머리를 한 여 엘프의 질문에 란슬로트는 매섭게 치켜뜬 눈으로 그녀를 잠시 째려보더니 이내 반대쪽으로 세차게 고개를 돌렸다.

"뭐, 뭐야! 그렇게 노려볼 것까지는 없……."

"쉿……!"

방금 전 란슬로트의 태도에 화가 난 듯 블루블랙 머리칼의 소녀는 언성을 높이며 그에게 따지려고 하였으나 그런 그녀의 행동은 애틀샨에 의해 가로막혔다.

"케리, 란슬로트는 지금 기분이 나쁜 상태라서 그런 겁니다. 지금은 가만히 놔두세요."

"…으응."

아무리 철없어 보이는 그녀라 해도 눈치가 없을 정도로 방정맞은 것은 아니었다. 그녀는 필요 이상의 진중한 모습으로 자신을 타이르는 애틀샨에게 입술을 비죽 내밀면서도 더 이상 란슬로트를 향해 뭐라고 하지는 않았다.

"웡, 라젤, 리텔닌, 앵크세트, 그리고 케리. 당신들은 아직 신뢰할 수 없는 것인가요? '순수'를 말입니다."

애틀샨의 질문에 다른 이들은 각각 다른 대답을 내놓았다.

"모르겠습니다."

"아직 모르는 일이지만 지금으로는 별로……."

"솔직히 신뢰가 가지 않는군요."

"무리야."

"글쎄, 난 될 거 같다는 생각도 드는데?"

"……."

자신의 생각을 이야기하는 다른 이들과 달리 란슬로트만은 여전히 굳게 입을 다문 채 허공을 응시하고 있을 뿐이었다.

"뭐… 좋습니다. 아직 결과는 나오지 않았으니까……."

애틀샨은 고개를 들어 하늘을 올려다보았다. 그리고는 돌연 피식 웃으며 말하였다.

"텐스님과 포츈님의 결계가 풀린 것 같군요."

"이제야 소용없는 일이라는 것을 알아채다니, 그들도 느리군요."

애틀샨의 한마디에 덧붙여지는 푸른 머리칼의 엘프 윙의 말에 다른 이들도 입가에 작은 웃음을 머금었다.

하지만 그 와중에도 란슬로트만은 여전히 굳은 표정을 유지하고 있었다.

"그런데 그분께서는 무슨 바람이 불어 갑자기 우리들을 돕는 걸까?"

붉은 머리 엘프, 라젤의 질문에 노란 머리의 엘프도 그녀를 거들었다.

"솔직히 불안하군요. 가장 우리들을 싫어하시던 분이 말입니다."

"나도 그렇게 생각해. 무엇보다 과거엔 우리들 하이 엘프를 마구 죽이기까지 했던 분이라고. 과연 신뢰할 수 있는 거야?"

"너희는 그래도 '그분' 이라고 존칭을 붙여주기나 하지. 나한테는 존칭을 붙이기도 꺼림칙스러운 존재야. 그가 우리를 돕겠다고 하는 것부터가 뭔가 이상하다고."

그리고 엷은 갈색 머리의 여자 엘프 앵크세트와 케리 역시 이해할 수 없다는 표정을 지으며 애틀샨을 향해 해명을 요구하는 시선을 보내었다. 애틀샨은 그런 그들의 시선에 당황감을 느끼면서도 최대한 침착을 유지하려 하며 입을 열었다.

"아무리 그래도 앞으로 저희들을……."

"책임질 녀석이고 우리들을 구원할 녀석이지. 그는 지금 그런 중요한 녀석을 이렇게 팔 걷고 나서서 돕고 있잖아? 돕는다고 하는데 일단은 믿어봐야지."

막 애틀샨이 이야기를 하려던 중 방금 전까지만 해도 아무 말도 하지

않은 채 서 있기만 하던 란슬로트의 입이 열렸다. 그런 그의 모습에 애틀
샨은 물론 다른 이들도 놀라서는 그를 쳐다보았다.

“그렇게 쳐다보지 마.”

쑥스럽다는 듯 살짝 얼굴을 붉히며 몸을 움찔하는 란슬로트의 모습에
케리는 입술을 둥글게 말며 그를 바라보았다.

“오오, 란슬로트, 삐친 거 아니었어?”

“누가 삐쳤다고 그래?! 자, 잠시 생각 좀 하느라 신경이 곤두서서 그런
거라고.”

“헤에~”

더욱더 얼굴이 붉어져서는 과장된 말투까지 써가며 케리의 말을 부인
하는 란슬로트의 모습에 그녀는 묘한 미소를 지으며 란슬로트를 흘겨보
았다. 그러자 란슬로트는 더욱더 당황해서는 뒤로 몇 걸음 물러서기까지
하는 것이었다.

“저, 정말이라니까.”

“히히히, 상관없어. 난 란슬로트가 나한테 삐친 게 아니면 된 거니까.”

“……”

“그런데 란슬로트, 왜 계~속 그렇게 삐친 표정을 하고 있었던 거야,
웅?”

“……”

“혹시 ‘순수’ 때문에 삐친 거야?”

“…조금.”

자신을 바라보며 순진한 웃음을 짓는 케리의 모습에 란슬로트는 얼굴
을 새빨갛게 물들이며 고개를 돌려 죄없는 하늘을 노려본 채 대답하였
다.

“뭐… 사실 저 녀석에게 죄가 있는 건 아냐. 다만 용납할 수가 없었던

것이지.”

그는 바닥에 주저앉았다. 어느새인가 그의 손에는 웬만한 어른의 몸통과 비슷할 정도로 커다란 투명한 유리로 된 술병이 들려 있었다. 그는 술병을 입으로 가져가 내용물을 한 모금 마시고 나서 이야기를 시작하였다.

“‘그때’ 나는 나 스스로를 봉인하면서 맹세했지. 누가 될지는 몰라도, 에닐을 희생시키면서까지 이 세상에 나오게 될 ‘순수’를 가만 놔두지는 않을 거라고… 으흭!”

그의 이야기가 시작되었을 때 이미 애틀산을 비롯한 하이 엘프들은 그의 주변에 둘러앉아 있었다. 그리고 개중에는 의미심장한 미소를 띠는 이도, 언제 준비했는지 란슬로트를 향해 빈 컵을 내미는 이도 있었다.

“뭘 그렇게 놀라? 계속해 봐.”

자신을 향해 잔을 내민 채 피식 웃으며 말하는 라젤의 모습에 란슬로트는 작게 한숨 쉬며 그녀의 잔에 술을 부어주었다.

“어쨌든… 그렇게 스스로에게 맹세까지 해가면서 봉인을 하고 이렇게 다시 정신을 차리고 나니까 이게 웬 것인지… 완전히 기억을 찾기 전의… 그러니까 불완전하게 봉인이 풀린 상태였던 나와 그 녀석은 너무나 친한 사이였던 거 아니겠냐.”

“헤에…….”

“란에게는 죄가 없어. 아아, 그 녀석이 지은 죄는 없어. 그리고 애초에 알고 있었어. 에닐은 ‘순수’가 태어날 때 더 이상 살 수 없게 된다는 것을. 뭐, 정확히 말하면 그 이후는 더 이상 하이 엘프가 아닌 게 되는 것이지만.”

자조적인 웃음까지 띠며 말하는 란슬로트의 모습에 케리는 팔장을 긴 채 과장되게 고개를 끄덕이며 말했다.

“그렇지. 네가 오버하고 있었던 거야.”

“…그렇게 딱 집어 말할 건 없잖아.”

“하지만 스스로도 인정하고 있으면서. 어어, 그 손 뭐야? 빨리 도로 내려놓으라고.”

“치잇, 봐줬다.”

얄미운 케리의 태도에 란슬로트는 그녀를 한 대 쥐어박으려고 손을 들어 올렸으나 뒤로 슬금슬금 물러나며 그만 하라는 그녀의 말에 아쉽다는 표정을 하며 손을 내려놓았다.

“뭐… 그렇게 해서 에닐은 죽었지. 아마 죽었을 거야. ‘순수’, 그러니까 작은 란 녀석이 태어나는 순간 에닐은 이미 하이 엘프가 아니게 되었을 테니. 기껏해야 수십 년 정도 더 살다 죽었겠지. 그녀는 애초에 인간이었으니까.”

문득 란슬로트는 자신의 기억 속에서 에닐을 찾았다. 화사한 금발과 더불어 그 웃는 모습이 너무나도 잘 어울리던 ‘사랑’의 하이 엘프. 언제나 활기 차며 발랄했고, ‘그때’ 다른 이들이 모두 좌절하려 할 때에도 그녀는 같이 주저앉기에 앞서 자신들을 격려하고 용기를 북돋워 주려 노력했다. 어쩌면 지금의 자신들은 그녀 덕분에 이렇게 존재할 수 있는 것인지도 모른다. 그리고 그것은 비단 자신들만이 아니고 이 세계와 이 세계 위에 있는 모든 이들에게 해당하는 사항이라고도 할 수 있으리라.

“쟈밀이 있으니까… 그는 우리와 달리 봉인되어 있거나 하지 않았잖아? 포츈, 텐스, 렘브리엘, 아즈라우드… 다른 이들이 ‘그 일’로 인한 여파에 의해 반강제로 스스로를 봉인했을 때도 그만은 남아 있었어. 분명 에닐은 행복하게 죽었을 거야. 그렇게 믿어.”

“아아…….”

슬픈 미소를 지으며 에닐에 대한 이야기를 하는 란슬로트의 모습을 보며 다른 이들은 아무 말도 할 수 없었다. 그의 말에 모두들 그가 얼마나 에닐을 사랑했었는지 새삼 다시 느꼈기 때문이다. 아니, 그는 지금도 에닐을 그 누구보다 사랑하고 있었다.

"란슬로트……."

그리고 그의 말을 들으며 라젤은 두 손을 가슴에 모은 채 망연한 시선으로 그를 바라보며 작게, 아무도 들을 수 없을 크기의 목소리로 그의 이름을 불렀다.

'나는 그녀의 대신이 될 수 없는 걸까……?

라젤의 두 눈가에 물기가 고였다. 하지만 그녀는 다른 이가 볼세라 재빠르게 그것을 닦아내었기에 아무도 그녀의 눈물을 본 이는 없었다.

"그래, 내가 너무 미련했던 거야. 이미 지나간 과거에 얽매여서 지금과 미래마저 망칠 수는 없지."

그는 자리에서 일어섰다. 어느새인가 그의 양손에는 검이 쥐어져 있었다. 쟈밀이 그에게 만들어준 순은색의 검이. 그리고 다른 한 손에는 그것과 모양이 거의 같지만 날의 색이 엷은 하늘색 검이 쥐어져 있었다.

"내가 하이 엘프로 존재하는 이상 나는 에닐의 뜻을 잇겠어. 무슨 일이 일어난다 하더라도 라니오스를, '순수'를 믿겠어!"

그의 모습은 방금 전까지와는 정반대였다. 회한과 곤경, 복잡한 심정으로 가득 차 어두웠던 그의 눈동자는 밝게 빛나고 있었고, 움직임 하나하나에 힘이 실려 있었다. 그리고 그런 그의 모습을 본 케리가 한마디 했다.

"간신히 예전대로 부활했구나."

"뭐……."

"그럼 이제부터는 예전대로 단순 무식 미련 한심 돌격 제일주의 평지풍파 언어 도단 주먹 우선 사고 제조기 란슬로트로 돌아오는 거 맞지?"

휘청.

처음 건네어진 케리의 말에 쑥스럽게 웃으며 대답하려던 란슬로트는 뒤이어진 그녀의 말에 몸의 힘이 풀리는 것을 느꼈다. 그리고 이내 온몸의 피가 머리로 쏠리는 것을 느낌과 동시에 지금 들고 있는 검을 그녀를 향해 내려칠까에 대한 심각한 고민을 하기 시작했다.

"아하하. 농담이야, 농담. 그렇게 노려보지 말라고."

"……."

"그런데 애틀샨, 무슨 일로 우리들을 이렇게 불러 모은 거지? 단순히 간만의 인사를 하자는 목적만은 아닌 것 같은데."

란슬로트는 여전히 케리를 노려보며 그녀를 향해 검을 내려쳐야 할지를 고민하고 있었지만 정작 당사자인 그녀는 어색한 웃음과 함께 구렁이 담 넘듯 넘겨 버리며 화제를 전환하고 있었다.

"아아, 그렇군요. 잠시 잊고 있었습니다."

그제야 자신이 이들을 불러 모은 이유가, 아니, 자신이 이들을 불러 모았단 사실을 자각하고는 뒤통수를 긁적이며 웃음 지었다.

"사실은 텐스님과 포츈님에 대한 일과……."

순식간에 그의 표정이 굳었다. 방금 전 이야기를 꺼내려고 할 때만 해도 실실 웃으며 뒤통수를 긁적이던 그는 엿듣는 사람이 있을까에 대해 잔뜩 경계하며 조심스럽고 신중하게 이야기를 꺼내고 있었다.

"변수에 대한 일. 그리고……."

잠시 애틀샨의 말이 멈추었다. 그의 안색은 극도로 어두워져 있었고, 얘기를 꺼낸다는 것만으로도 질린다는 듯 입가가 가늘게 떨리고 있었다.

"… '파멸을 부르는 존재' 에 대한 이야기입니다."

● 제18장
결투

"어째서… 어째서 내 말을 듣지 않은 거야?! 레미엘, 이 바보야!!"

—프로튼 왕국 붕괴 시의 일.

사랑하는 이의 고통스러운 최후는 두 번째 악몽

웅웅웅웅.

아무도 없는 석실 안. 그곳의 중앙에는 크샤레노가 있었다. 그리고 아무도 없음에도 불구하고 크샤레노는 스스로 기동하고 있었다.

지잉, 지잉, 지잉.

삐이, 삐이, 삐이.

엔진은 작동하지 않는 듯 아무 소리도 나지 않았으나 유독 콕피트와 그 주변에서는 계속해서 전자음이 나고 있었다. 그리고 조종석의 전면 계기판 중앙의 보석은 밝게 빛나고 있었다.

「레이더 시스템, 지형 보정 완료. 혹성 정보 입력 완료.」

본래 메인 컴퓨터였다 지금은 '레노'에 의해 서브 컴퓨터로 밀려났지만 그렇다고 해서 기능마저 떨어진 것은 아니었다. 서브 컴퓨터 '세블'은 의지가 있는 메인 컴퓨터 '레노'의 지시에 충실하게 따르고 있었고, 그 속도는 매우 빨랐다.

「정보 저장 중······.」

정면의 허공에 띄워진 작은 디스플레이에 지도가 그려지기 시작했다. 그것은 중앙대륙 대부분에, 심지어는 북대륙과 남대륙의 일부마저 포함하고 있을 정도로 큰 지도였다.

「···명령 접수. 수색 중······.」

지도 작성을 완료한 '세블' 은 뒤이어진 '레노' 의 명령에 따라 잠시도 쉬지 않고 연이어 작업을 수행하기 시작했다.

삐삐삐삐.

윙윙윙윙.

크샤레노의 컴퓨터로부터 들려오는 소리는 매우 작은 소리였다. 하지만 현재 그것 외에 아무 소리도 들려오지 않다 보니 그 기계음은 정적을 타고 넓게 퍼져 가고 있었다.

그렇다고 해도 그 소리를 들을 만한 인물이 있는 것은 아니었지만.

「···오류. 수색 대상인 '프리텐스' 를 찾을 수 없습니다. 탐색 범위 내에 존재하지 않을 수 있으며 하이퍼 재밍을 하는 중이거나 기동을 하지 않는 상태일 가능성도 있습니다. 또한 미확인된 미지의 방법을 통한 은폐일 수도··· 메인 컴퓨터의 명령에 의해 설명을 중지합니다.」

잠시 세블의 자세하다기보다는 쓸데없이 장황하다고 할 수 있을 듯한 설명이 이어지려 하였으나 가차없이 중지 명령을 내리는 레노에 의해 중단되었다.

「···메인 컴퓨터의 명령에 의해 다시 수색을 시작합니다. 수색은 해당 목표물을 발견하거나 중지 명령이 내려질 때까지 계속됩니다.」

레노의 명령에 따라 세블은 다시금 프리텐스를 찾기 시작했다. 그리고 그에 따라 레이더에서 나는 작은 신호음이 조용히 석실을 통해 울려 퍼지고 있었다.

챙챙채채챙—

카카캉—

"크윽……!"

나의 맹공을 받은 세린은 잠시도 견디지 못한 채 뒤로 물러서기 시작했다. 그녀는 힘에 겹다는 기색이 완연한 모습으로 간신히 내 검을 받아내고 있었다.

파바바밧—

그리고 티니의 경우도 쉽게 은사를 쓸 수 없게 안쪽으로 파고들어 손발을 날리는 내 공격에 방어하기 급급한 모습을 보이고 있었다. 물론 그녀에게는 또 다른 공격 수단인 소도가 있긴 했지만 내 공격을 받아내기에는 역부족이었다.

"합!"

그리고 내 옆으로 들어오는 엘즈마이어의 검. 하지만 이미 나는 그 자리에 없었다.

핏—

작지만 날카로운 공기를 가르는 소리와 함께 내 가슴 앞으로 엘즈마이어의 검이 지나갔다. 그리고 나는 바로 팔을 잡아채며 그를 바닥에 업어쳤다.

쿵!

"크윽……!"

그리고 그와 동시에 다리를 휘둘러 티니의 옆구리를 노렸다. 또한 동시에 티니에게 뻗었던 검을 회수하며 위에서 치고 들어오려는 가덴의 공격에 대비하였다.

"타아!"

챙—

검을 회수하자 곧바로 가덴의 공격이 들어왔고 간신히 방어하는 데에 성공했다. 그런데 이 사람… 이렇게까지 깊게 검을 들이밀다니. 정말 죽일 생각이었는지 의심해 봐야 할 정도였다.

"하!"

풋—

나와 티니, 제잔드, 가덴, 그리고 엘즈마이어가 얽혀 있는 상황에서도 그 틈을 노리고 찔러 들어오는 제잔드의 검. 하지만 역시 이번에도 나에게는 닿지 못했다.

"하아!"

가벼운 발 구름에도 나의 몸은 높게 솟아올랐다. 그리고 그런 나의 움직임을 놓치지 않겠다는 듯 티니도 나를 따라 솟아올랐다.

쉬리리릭—

거리를 두고 그녀의 손목에 있는 팔찌로부터 수가닥의 은사가 뻗어 나왔다. 그녀의 공격에 방어하기 위해 나는 양손에 들려진 검을 앞으로 내밀었다.

키리리링—

앞으로 내밀어진 한 쌍의 검은 빠르게 회전하여 나를 향해 뻗어오던 은사를 모조리 차단하였다. 그리고 그와 동시에 옆으로 몸을 날린 나는 이 틈을 이용해 사방에서 나를 노리고 들어오는 세린, 엘즈마이어, 제잔드, 가덴의 공격을 하나씩 피해내었다.

피핏—

파밧—

그들의 공격을 완벽하게 받아넘겼다고 생각했던 나지만 그것은 실수였다. 가장 안쪽으로 파고들어 낮은 위치의 공격을 시도한 가덴의 몸이 더욱 아래로 기우는가 싶더니 곧바로 내 다리를 잡아채 버린 것이다.

"와악!"

쿵!

그대로 넘어져 버린 나의 눈앞에 다섯 개의 검이 나를 겨누고 있는 것이 보였다. 내가 진 것이다.

"이런이런, 오늘도 져버린 건가?"

웃으며 뒤통수를 긁적이는 나의 모습에 세린 등의 다섯 명은 피식 웃으며 각자 짧은 대답을 한마디씩 하였다.

"그래도 이건 엄청난 거라고요."

"그래요. 무엇보다 다섯 명을 한꺼번에 상대했다고요."

"놀라운 발전이다."

"놀랍군요. 그 짧은 시간 만에 이 정도의 실력이라니……."

"며칠 만에 이 정도라니. 이거 며칠 후면 우리 다섯으로는 무리겠는데?"

그들의 한마디에 나는 피식 웃으며 대답하였다.

"뭘요, 아직 멀었는데요."

그런 나의 대답에 가덴은 묘하게 뒤틀린 표정을 짓더니 이내 내 목을 휘어감으며 말했다.

"요 건방진 엘프 보게나. 우리 다섯을 한꺼번에 상대하면서도 밀리지 않을 정도인 녀석이 '아직도 모자라요' 라고 하면 '어, 그래? 그럼 좀 더 노력해라' 라고 대답해 주기라도 할 줄 알았냐?!"

"우캐캑! 수, 숨 막혀요."

간신히 그의 팔에서 풀려난 나는 세린들을 향해 내 양 손에 들려져 있는 검을 보여주었다.

"그래 봐야 이 검 덕도 상당히 큰걸요. 순수하게 실력으로만 치면 확실히 모자라요.”

“그래도 5:1이다. 5:1이 이 정도라고!”

“캑캑……!”

또다시 가덴은 내 목을 조른 채 핏대를 세워가며 나에게 말했고, 갑작스레 다가와 목을 조르는 그의 행동에 의해 나는 그만 손에 들고 있던 검을 떨어뜨렸다.

“흐음… 아무리 보아도 신비한 재질이군요.”

언제 다가왔는지 레미엘은 내가 떨어뜨린 두 자루의 검 중 하나를 집어 들더니 처음 그것을 보았을 때처럼 이리저리 돌려보며 말했다. 그리고 세린 역시 남은 한 자루의 검을 바라보며 그의 말에 맞장구를 쳤다.

“그러게요. 이런 묘한 재질의 금속이 있다니… 저도 이런 건 처음 봐요.”

“이 검의 이름이… 분명 라이세린… 이라고 했던 것 같은데요.”

“…….”

사라진 스팅을 대신하여 새로이 나의 검이 된 라이세린이라는 이름의 ‘힘’. 이것은 스팅과 마찬가지로 그 힘의 주인에게 가장 어울리는 형태로 변화하였다. 그것이 지금의 쌍검 모양이었다.

모양에서는 스팅과 큰 차이가 없었다. 그도 그럴 것이 두 힘 모두 사용자에게 가장 이상적인 형태로 변하는 방식을 취하고 있으니까. 하지만 그렇다고 해서 아무런 차이가 없는 것은 아니었다. 자잘한 장식이나 문양이 늘어난 것은 둘째 치더라도 은백색의 몸체를 한 스팅과 달리 라이세린은 투명한 보석빛을 내고 있었다. 당장 겉으로 보면 유리와 같이 투명하지만 빛이 들어오는 각도에 따라 다채로운 보석 질감의 빛을 발했다. 그렇지만 질감은 보석보다는 금속에 가까웠다.

어찌 보면 다이아몬드와도 비슷했지만 많은 각이 져서 안으로 들어온 빛을 여러 각도로 반사시켜 다채로운 색을 내는 것과 달리 평평한 면에서도 다채로운 무지갯빛을 보이고 있는 것이다.

호기심 가득한 얼굴로 레미엘은 무거운 동작으로 스팅을 몇 번 휘둘러 보는가 싶더니 금방 힘이 빠지기라도 한 듯 가볍게 숨을 몰아쉬며 들고 있던 라이세린을 내려놓았다.

"흐음… 역시 주인이 아니면 마음먹은 대로 휘두를 수가 없군요."

"그런 기능은 에고 소드에도 찾기 힘든 기능인데… 대단한 검이로군."

주인, 즉 내가 아닌 다른 이가 휘두르려고 하면 원하는 대로 휘둘러지지 않는 거부 반응을 보이는 것도 같았다. 어느 면을 보아도 라이세린은 스팅과 너무 유사했다. 그래도 외형 외의 다른 점을 더 찾으라고 한다면 나의 힘인만큼 다루기가 더 쉽다는 것 정도? 굳이 잡고 휘두르거나 마나 혹은 투기 등의 힘을 실어 움직이지 않아도 내 의지 하나만으로 검을 움직일 수 있었던 것이다.

"'힘'의 발현체라… 단순히 힘을 이렇게 간단히 물질화시키다니, 역시 신의 힘은 대단하군요."

"응? 갑자기 웬 신?"

레미엘의 발언에 전후 사정을 알 리 없는 제잔드 등은 하나같이 얼굴 가득 의문 부호를 나타내고 있었다. 그러자 레미엘은 그들을 향해 싱긋 웃어 보였다.

"신의 무기입니다, 이것은."

"호오……."

가덴의 두 눈에 이채가 어렸다. 그리고는 마치 대단한 발견을 한 어린아이마냥 흥분해서 라이세린을 만져 보고 굴려보고 던져 보고 하였다. 하지만 반대로 제잔드와 엘즈마이어의 경우 이해했다는 표정을 지으며 고개를 끄덕였다.

"확실히 사용자에 맞춰 그 형상을 변화시키는 신의 무기가 있다고 들었다."

"하지만 저 정도일 줄은 짐작도 하지 못했군."

다행히 그들은 내가 어떤 존재이고 하이 엘프가 어떤 존재인지 제대로 알지 못했기에 나에게 있어 곤란한 질문을 하지는 않았다. 만약 이들이 라이세린이 나의 힘의 발현체임을 알게 된다면 상당히 시끄러워지리라. 그리고 한편으로는 레미엘이 아무 말 하지 않고 저 정도로 마무리해 준 것이 조금은 고맙기도 했다.

"아아, 나도 가지고 싶다, 저런 무기를……. 넌 어디서 이런 걸 주워온 거냐?"

"아하하……."

가덴의 부러움 섞인 시선에 나는 어색한 웃음을 지을 수밖에 없었다. '사실은 제 힘의 발현체예요' 라고 말할 수는 없는 노릇 아닌가?

그리고 이것으로 더욱더 확신이 섰다. 현재 많은 이들이 신이라 믿고 있는 존재가 사실은 하이 엘프라는 것을.

"그런데… 왜 안 오는 거지?"

"네?"

"누가 와요?"

내 작은 중얼거림을 들은 세린과 티니가 질문하였지만 지금 이곳에 레미엘을 비롯한 다른 이들이 있는 만큼 당장 설명을 하기는 무리였다. 그런 내 심정을 알았는지 그녀들은 살짝 고개를 끄덕이며 더 이상 질문하지 않았다.

내가 기다리고 있는 것은 애틀샨 일행이었다. 조만간 다시 찾아오겠다고 말한 그들이었으나 이전에 마지막으로 그들을 본 지 어느덧 삼 주째가 되어가고 있었다.

'할 수 없지. 오지 않는다면 혼자서라도 가는 수밖에…….'

대략적인 위치는 대강 짐작이 가고 있었다. 아마도 소르바스 북단 사막의 북동부 정도. 그곳에 유적이 있을 것이다.

나를 위해 준비되어 있는 유적이 말이다.

'하지만…….'

문득 이런 생각이 들었다. 대체 이렇게까지 모든 일을 예측했다는 듯이 안배를 해두는 이가 누구이며, 어째서 안배만을 할 뿐 직접 개입하지 않는 것일까? 어째서 하이 엘프는 세상을 떠받치는 존재로 선택된 것일까? 어째서 굳이 필요하지 않은 속성인 '순수', 즉 내가 태어나게 된 것일까? 그것도 다른 모든 하이 엘프 위에 올라서는 존재로 말이다.

그 외에도 수많은 의문점들이 꼬리에 꼬리를 물고 머리 속을 가득 메우고 있었다. 하지만 이렇게 많은 의문점이 있음에도 정작 대답을 해줄 만한 이는 없었다. 적어도 내 주변에는.

'그곳에 가면 모두 알 수 있을까?'

애틀샨은 그곳 유적에 가면 모든 것을 알 수 있을 것이라고 말했다. 그렇기에 나는 그곳에 가려는 것이고, 다른 한편으로는 그곳에서 나를 기다리고 있을 '남은 힘'을 위한 것이기도 했다.

지금의 나는 모든 것을 갖출 나에 비해 형편없을 정도로 작은 존재였다. 다른 하이 엘프에 미치기는커녕 어린 드래곤 하나를 상대하기에도 벅찬 상태였다.

하지만 그곳에서 잠자고 있는 나의 '힘'을 손에 넣었을 때, 그때의 나는 이 세계의 모든 것을 한 손에 잡을 수 있을 정도의 존재가 된다. 말 그대로 세상의 중심이 되는 것이다.

'하지만…….'

하지만 과연 그것이 나에게 좋은 일만 되는 것인가? 솔직히 두려운 감정도 없지 않았다.

힘을 가진 자는 그에 따르는 권리가 있지만 반대로 의무 역시 존재한다.

한때는… 아니, 지금에조차 나는 세상의 작은 조각밖에 되지 않는 존재이다. 그런 내가 한순간에 세상의 중심이 되었을 때,

그 누구도 범접할 수 없는 거대한 존재가 되었을 때…

'그때에도 나는 나 자신으로서 존재할 수 있을까……?

물론 그것을 미리 알 수는 없다. 미래를 예측하는 것은 그렇다 쳐도 운명 자체를 예측할 수는 없으니까. 적어도 나에게 그 정도의 능력은 없다.

'아직까지는 말이지…….'

기대감과 불안감이 교차한다.

"흐음……."

이미 하늘에 달이 떠오르고 그 주변을 별들이 빽빽하게 메운 밤, 히아스는 무언가를 기다리고 있는 듯 하늘을 올려다본 채 서 있었다.

"슬슬 시간인데……."

그는 왼쪽 손목, 정확히는 그곳에 장착한 손목시계 형태의 '우스컴' 이라 이름 붙인 소형 컴퓨터를 보고 있었다. 그는 그 '예정된 시간' 이 얼마 안 남자 점차 긴장이 되는 듯 디스플레이 위로 출력되는 숫자를 작은 소리로 읽어가고 있었다.

"3… 2… 1… 완료."

우스컴의 작은 플라즈마 화면으로부터 완료 직전을 알리는 카운트다운이 끝나는 순간 전 대륙의 지도가 그려져 있는 우스컴의 화면에 수십

개의 점이 찍혀지기 시작했다.

"블루 스콜피온, 악의 총통, 방화범, 국산품, 무적특공, 라이세린, 평화 사랑, 무빙 포트리스, 로맨스 거너……."

화면에 나타난 점의 개수는 총 스물두 개였다. 그리고 그 스물두 개의 점 옆에는 각자 이름이 쓰여져 있었다.

"…다행히 불발은 없는 것 같군. 완벽해."

그렇게 스물두 개의 점이 떠오르고 각 점의 이름에 '완료' 라는 글씨가 떠오르자 히아스의 입가에는 미소가 번졌다. 긴장감으로 인해 방금 전까지 털끝 하나 움직이지 않은 채 우스컴의 화면만을 바라보던 그는 그제야 뒤로 손을 뻗으며 말했다.

"리엔, 컴퓨터와 커피."

"예."

리엔은 마치 기다리고 있었다는 듯 곧바로 그에게 커피가 담긴 찻잔을 건네었다. 그리고는 곧바로 옆에 메고 있던 가방에서 몇 개의 기계를 꺼내 히아스의 앞에 조립하기 시작했다.

우우웅.

조립을 완료한 리엔이 버튼을 누르자 곧 컴퓨터가 기동되며 허공에 영상을 띄웠다. 잠시 동안 기동에 필요한 정보를 읽은 뒤 화면에는 '초짜도 3분이면 할 수 있는 위성 컨트롤 by 창문' 이라는 이름의 프로그램이 실행되어 있었다.

「프로그램이 시작되었습니다. 사용자 이름와 비밀번호를 입력해 주세요.」

히아스의 손이 가볍게 자판을 두드렸고, 곧 '확인 중…' 이라는 글자가 떠오르더니 이내 사라졌다.

「위성 제어 프로그램 기동. 각 위성으로부터 정보를 불러옵니다.」

컴퓨터의 본체 모서리로부터 제법 큰 안테나가 뻗어 나왔다. 그와 함께 화면에는 여러 개의 막대가 생겨났고 그것들의 가운데를 가로지르는 커다란 막대가 생겨났다. 그리고 느린 속도로 막대에는 색이 채워지고 있었다.

“흐음… 5분은 걸리겠군.”

‘역시 급조한 녀석인데다 간이형이라서 그런가?’ 라고 중얼거리며 히아스는 커피잔을 들어 올렸다. 그는 잔을 기울여 커피를 조금 마신 뒤 고개를 들어 다시 밤하늘을 올려다보았다.

“좋은 곳이다, 이곳은. 지구 따위와는 비교도 되지 않을 정도로…….”

그리움, 반가움, 부러움 등의 수많은 감정이 동시에 일었다. 비록 자신이 본래 존재했던 세계는 아니지만 그에게 있어 이 세계는 제2의 고향이라 해도 전혀 모자람이 없을 곳이었다. 무엇보다 이 세계는 지금의 그가 이렇게 존재할 수 있는 계기를 만들어준 곳이었으니까.

“위성… 기계… 갈 때 처리는 확실히 해야겠지.”

위성은 미리 설정해 둔 ‘사용 기간’ 이 끝나면 자동으로 대기권에서 연소되도록 해두었다. 설령 프로그램이 제대로 동작하지 않는다 해도 자신들이 직접 파괴하면 되는 일이다. 위성을 비롯하여 이곳에서 사용한 기계들의 처리는 자신들이 제대로 하기만 하면 완벽하게 수거, 또는 처리할 수 있다.

“리엔, 커피 더.”

“네.”

리엔은 히아스가 잔을 뒤로 내밀자마자 바로 주전자를 가져가 잔을 채웠다. 히아스는 다시 커피가 가득 차게 된 찻잔을 입가로 가져가며 그녀에게 말했다.

“멋진 하늘이지? 우리들의 세계에서는 볼 수 없을 정도로.”

“네.”

감상적인 히아스의 말투에 리엔은 살짝 웃으며 그의 말에 대답했다. 그는 양손을 뒷머리에 얹으며 그대로 잔디 위에 드러누웠다.

“죽는다면… 이런 곳에서 죽고 싶은데.”

“…네?”

“…아무것도 아냐.”

히아스는 아무것도 아니라며 고개를 저었다. 하지만 이미 그가 한 말을 들었던 리엔은 상황을 얼버무리기 위해 어색한 웃음을 짓는 히아스의 모습이 그렇게 불안할 수가 없었다.

사락.

그녀가 자리에서 일어나 걸음을 옮기자 그녀의 발 밑으로 잔디 흔들리는 소리가 들려왔다. 유난히 그 소리가 크게 들린다고 생각하며 리엔은 누워 있는 히아스 옆에 앉았다.

“마스터……..”

“응?”

이후 히아스는 무언가에 놀란 듯 커진 눈으로 리엔을 바라보았다. 갑자기 그녀가 자신의 품으로 안겨 들어왔기 때문이다.

“너, 너 지금 뭐 하는 거야?!”

“그런 식으로… 그런 식으로 말씀하지 마세요. 저희는… 저는 마스터가 없으면 살 수 없어요.”

“……..”

“죽는다는 말… 하지 마세요.”

만약 평소의 그였다면 조용히 리엔의 머리를 쓰다듬어 주며 가볍게 웃을 수도 있었다. 하지만 지금 그의 속은 이상할 정도로 차갑게 가라앉아 있었다.

"리엔, 비켜라."

냉랭하기만 한 히아스의 말투. 리엔조차 이 정도로 차가운 그의 모습은 접한 적이 거의 없었다. 그렇기에 그녀는 겁에 질리기까지 하면서 급히 몸을 일으켜 세웠다.

"너, 내가 좋냐?"

이후 몸을 일으킨 히아스의 질문은 다시 한 번 그녀를 당황하게 하였다. 하지만 이번에는 조금 용기를 내서 그의 말에 솔직하게 대답하였다.

"네……."

"어떻게? 주인으로서? 아니면 창조주로서? 아버지? 그것도 아니면……."

"……."

리엔은 아무 말도 하지 못하고 있었다. 아마 히아스도 리엔이 무슨 말을 하려는지 이미 알고 있으리라.

"……!"

순간 리엔은 이어진 히아스의 행동에 꽤 당황하였다. 갑자기 그가 손을 들어 올리더니 자신의 머리 위에 얹은 뒤 슬슬 매만져 주는 것이었다. 평소에도 이런 행동을 거의 하지 않던 히아스였기에 리엔의 놀라움은 더욱 컸다.

"후우… 사실은 말이다……."

"……?"

히아스는 다시 잔디 위에 몸을 누이며 리엔을 올려다보았다. 왠지 모르게 묘한 느낌을 주는 그의 시선에 리엔은 얼굴이 화끈거리는 것을 느꼈다. 하지만 다행히 어두운 밤이었기에 히아스는 그녀의 표정을 제대로 알아볼 수 없었다.

"…아니다, 관두자."

“…….”

리엔은 허탈감이 담긴 시선으로 히아스를 바라보며 이야기해 줄 것을 요구하였지만 이미 히아스는 몸을 일으켜 컴퓨터 앞으로 가버린 상태였다.

“으아아악!!”

순간 히아스로부터 엄청나게 큰 비명 소리가 터져 나왔다. 그는 대단히 큰 충격을 받은 듯 두 손으로 머리를 감싼 채 망연한 시선으로 디스플레이를 바라보고 있었다.

“비, 빌어먹을…….”

푸른색 바탕의 화면에는 ‘치명적 오류’ 라는 글씨가 커다랗게 떠 있었고 그 밑으로 원인의 설명으로 추측되는 자잘한 설명이 덧붙여져 있었다.

“망할! 썩을! 젠장할! 이래서 ‘창문’ 시리즈 운영 체제가 싫다니까! 저주받을……!”

그는 문제의 ‘창문’ 시리즈 운영 체제를 만든 이를 향해 갖가지 저주의 말을 퍼부어가며 궁시렁거리기 시작하였다. 그렇게 그가 한참 절망의 오로라에 휩싸여 갈 무렵 리엔이 그의 옆으로 다가오며 말했다.

“마스터, 그렇게 가만히 있으시기만 하면 안 되죠! 아직 희망은 있어요.”

그녀가 반쯤 넋이 나간 채 절망의 오로라에 휩싸여 있는 히아스를 옆으로 밀어내며 자판의 한 버튼을 누르자 푸른 화면의 구석에 붉은색의 작은 창이 생겨났다. 곧 이어 그녀의 가는 손가락이 빠르게 자판 위를 달렸다. 매우 빠른 속도로 수많은 기호와 문자들이 화면에 수놓아지고 그에 따라 점차 오류 항목이 줄어들고 있었다.

“아직… 위성이 대기권까지 떨어진 것이 아니라면… 살릴 수 있을 거예요."

어느새 오류 항목에는 아무 항목도 남아 있지 않게 되었고, 곧바로 화면이 원래대로 회복되었다. 하지만 여전히 그녀의 손은 계속해서 움직이고 있었다. 궤도가 틀어진 위성을 다시 원래의 위치에 맞추어주기 위해 제어하는 것이 남아 있었기 때문이다.

"열아홉, 스물… 스물둘… 좋아!"

탁.

마지막으로 그녀가 '입력' 키를 누르자 다시금 위성 관리 프로그램 쪽으로 화면이 돌아왔고 색이 붉게 변해 있던 화면상의 점들이 이동하여 원래의 자리를 찾았다.

"마스터, 위성 복구됐어요. 정신 차리세요."

"으, 응?"

위성이 복구되었다는 말에 그제야 정신을 차린 듯 히아스는 절망의 오로라에서 헤어나며 화면을 쳐다보았다. 그녀의 말대로 정말 제어를 잃고 흐트러지려던 위성들이 다시 원래의 자리를 찾은 것을 본 히아스는 놀라움이 담긴 시선으로 리엔을 바라보았다.

"저, 정말로 복구… 된 거냐?"

"네."

히아스는 화사하게 생긋 웃으며 대답하는 리엔의 모습이 그렇게 구세주 같을 수가 없었다. 그리고 히아스는 결국 기쁨의 감정을 주체하지 못하고 그대로 리엔을 껴안아 버렸다.

"와하하하! 잘했다, 잘했어! 정말 잘했어!"

"마, 마스터……!"

조금은 거칠게 자신을 껴안은 채 이리 흔들고 저리 흔들며 볼을 부비는 등 갖은 난리를 치는 히아스의 모습에 리엔은 조금 당황하고 있었다.

그가 이렇게까지 이성을 상실(?)할 정도로 저 위성이 중요한 것인가 하는
생각도 들고 있었다.

"저기… 마스터, 이제 좀 진정하시고."

이 말을 몇 번이나 했을까? 한참의 시간이 지나서야 히아스는 이성을
되찾은 듯 간신히 리엔에게서 떨어졌다. 그는 방금 전 자신이 했던 행동
이 제법 부끄러웠던 듯 헛기침까지 하고 있었다.

"흠흠. 이런, 내가 무슨 짓을……."

나이에 맞지 않게 어린애 같은 행동을 하는 히아스의 모습에 리엔은
그만 실소를 머금었다.

올라오는 웃음을 참지 못하고 쿡쿡거리며 웃는 리엔의 모습에 히아스
의 얼굴이 묘하게 일그러졌다.

"뭐, 뭐야! 우, 웃지 마!"

"쿡쿡. 하, 하지만… 쿡쿡."

"웃지 말라니까!"

히아스의 태도를 볼수록 리엔의 웃음은 짙어져만 갔다. 그리고 그에
비례해서 히아스의 발악 아닌 발악의 강도도 더욱 심해져 가고 있었다.

쿠르르르―

"……!"

"……!"

그렇게 언제까지고 끝없이 장난을 치고 있을 듯한 둘의 귀로 커다란
굉음이 들려왔다. 그 굉음의 원인이 좁은 지역에 국한된 강력한 충격파
라는 것을 안 히아스는 재빠르게 리엔을 컴퓨터 쪽으로 끌어당기며 방어
장을 형성하였다.

구구구구…….

진동이 땅을 심하게 뒤흔들며 히아스와 리엔을 덮쳤다. 하지만 다행히

충격파의 위력은 생각한 것만큼 대단하지 않았고 히아스는 별 피해나 부담없이 리엔과 컴퓨터, 그리고 그 옆에 놓은 자신의 짐들을 보호할 수 있었다.

"누구냐?!"

여전히 리엔을 가까이 끌어안은 채 히아스는 주의하며 사방을 살펴보았다. 그리고 어느 한 지점에서 기척이 느껴진다는 것을 느끼는 순간, 그는 조금의 망설임도 없이 손에 그의 채찍을 소환하여 뻗었다.

피윳!

촤르르륵—

바람보다도 빠른 속도로 뻗어 나간 채찍은 정확하게 히아스가 유도한 방향으로 뻗어 나갔다. 하지만 그의 채찍은 애초 그의 목표대로 목표물을 사로잡지는 못하였다. 상대 역시 채찍을 사용하는지 마주 채찍을 뻗어 히아스의 채찍을 붙잡았기 때문이다.

파르르르—

팽팽하게 당겨진 채찍이 흔들리며 작은 소음을 만들어내었다. 그리고 그와 함께 방금 전 히아스와 리엔에게 충격파를 날린 장본인이 모습을 드러내었다.

"이거이거, 인사가 조금 과격했으려나?"

"…너는……!!"

상대가 모습을 드러내었을 때 히아스는 당황감을 감출 수가 없었다.

"그런 표정으로 상대를 대하는 것은 실례가 아니던가?"

"……."

"이거이거, 이 정도에 그렇게까지 당황하면 이쪽이 미안해지지."

히아스는 상대의 힘이나 능력에 놀란 것이 아니었다. 만약 그런 것 정도에 놀라는 자신이라면 지금까지 수백, 수천 번은 더 놀랐을 것이리라.

“너도… 나와 같은 녀석이냐?”

너무나 닮았다. 외모부터 시작해서 분위기, 그리고 힘의 파동이나 존재감마저도. 다만 차이점을 꼽으라고 한다면 자신에 비해 터무니없이 거대해진 ‘힘’과 자신에 비해 나이가 들어 보이는 외모 정도일까.

“너… 5호는 아니군.”

“정답.”

“몇 번째냐, 너는?”

“글쎄…….”

경계심이 가득한 히아스의 시선에도 중년 히아스는 입가에 미소를 지은 채 그를 내려다보고 있었다. 이윽고 그는 채찍을 회수하고 허공에서 내려와 히아스에게 가까이 다가오려고 하였으나 히아스는 손을 들어 올리며 그를 저지했다.

“오지 마! 거기서 얘기해.”

“훗, 겁먹은 건가?”

“맘대로 생각해.”

중년 히아스는 자신을 경계하는 히아스의 모습을 보며 비웃었다. 하지만 그렇다고 해서 히아스가 발끈하거나 하지는 않았다. 오히려 자신을 도발하려고까지 하며 무언가 수상한 모습을 연출하는 그를 더욱더 신중히 경계할 뿐이었다.

“이거 섭섭하군. 그래도 같은 자기 자신인데 이렇게까지 거부하는 모습을 보이다니…….”

“나보다 오래 산 너라면 알 텐데? 오히려 자기 자신이라 더 혐오감을 느낀다는 것.”

“…….”

매몰찬 히아스의 반론에 중년 히아스는 잠시 당황하는 모습을 보였으나 그것도 잠시, 그는 입가에 비릿한 웃음을 머금으며 히아스를 노려보았다.

"그렇겠지. 그렇다면 내 목적도… 잘 알겠지!!"

파앗!

당장이라도 피비린내가 날 것 같은 미소와 함께 중년 히아스는 히아스를 향해 날아들었다. 명백히 자신을 공격해 오는 중년 히아스의 태도에 히아스는 옆에 있던 리엔을 멀리 날려 버리듯이 밀치며 자신은 그 반대편으로 도약했다.

"…훗."

그러한 히아스의 행동에 중년 모습을 한 히아스가 비웃음을 흘렸다. 이윽고 그가 보인 행동에 히아스는 당황하며 외쳤다.

"안 돼!!"

중년 히아스는 히아스가 아닌 리엔을 향해서 날아가고 있었다. 그리고 그의 손은 마치 잘 벼려진 칼날과도 같이 쟁쟁한 기운을 뿜고 있었다. 머리로는 이미 늦었다 생각하고 있으면서도 그의 몸은 이미 리엔을 향해 가고 있었다.

"빙고."

"……!!"

역시나 저자의 진짜 목표는 리엔이 아닌 히아스 자신이었다. 히아스는 알고 있었음에도 이런 어리석은 행동을 하는 자신을 질책했다.

쉬리릭―

중년 히아스의 손이 빠르게 움직인다 싶더니 어느새 그의 손에는 히아스의 것과 거의 같은 모양의 채찍이 들려 있었고, 채찍은 의지를 담은 번개처럼 빠르게 히아스를 노리고 뻗어왔다.

"치익……!!"

이미 막거나 방어하기엔 늦은 상태였다. 그렇다면 피해를 최소한으로 줄이기라도 하자고 생각한 히아스는 공중에서 급격히 몸의 진행 방향을 바꾸며 옆으로 틀었다.

슈카!

"크아악!"

중년 히아스의 힘은 히아스가 생각한 것 이상이었다. 그가 내뻗은 채찍은 단순히 자신의 팔을 휘어감아 으스러뜨리거나 후려치는 정도가 아니었다. 그것은 마치 번개를 머금은 칼날, 혹은 날카롭게 선 날을 가진 번개라도 되는 듯 순간적으로 스쳐 지나간 사이 자신의 왼팔을 깨끗하게 도려내었던 것이다.

툭.

촤아악.

"크아아악!"

단순한 고깃덩이가 되어버린 팔이 바닥에 떨어졌고, 그와 함께 이제는 팔이 없는 히아스의 왼쪽 어깨로부터 피분수가 뿜어졌다. 히아스는 고통에 비명을 질렀지만 그러면서도 신속히 지혈을 하며 이어질지도 모르는 상대의 공격에 대비하는 것을 잊지는 않았다.

"젠장… 어떻게 돼먹은 녀석이……!"

너무나도 압도적인 힘의 차이. 단 한 번의 공격을 받은 것이었지만 그 격차를 느끼기에는 충분했다.

'이 상태라면 절대 이길 수……!!'

문득 히아스의 머리 속으로 한 가지 생각이 스치고 지나갔다. 방법이 있었던 것이다.

이 막대한 힘의 차이를 극복할 수 있는 방법이.

비록 이긴다는 보장은 없지만 지금보다는 훨씬 유리한 상황을 만들어

줄 수 있을 것이다.

"치이……!"

슈르르륵—

히아스의 소매 안으로부터 수십 장의 카드가 빠져나왔다. 그리고 그것들은 하나하나가 마치 의지를 가지고 있는 양 히아스의 주변을 감싸기 시작했다.

"그런 것 정도로 시간을 끌 수 있을 것이라 생각했나?"

그런 히아스의 행동에 중년 히아스는 입가에 비웃음을 머금으며 그를 향해 다시 한 번 채찍을 뻗었다.

파캉!

"……!!"

하지만 그의 웃음은 곧 사라지고 말았다. 간단히 산산조각날 것이라 생각했던 카드들은 오히려 별것 아니라는 듯 너무나도 간단히 그의 공격을 튕겨내었기 때문이다.

"그런 바보 같은……! 이렇게 빠르게……."

그러나 그는 더 이상 히아스를 보며 경악만 하고 있을 순 없었다. 그의 공격을 방어하던 카드들이 일제히 자신을 향해 날아들었기 때문이다.

"치잇!"

파파파팟—

퍼퍼펑!

그는 빠르게 채찍을 휘둘러 히아스의 카드를 튕겨내었다. 하지만 애초부터 그 카드들의 목적은 히아스를 직접 공격하려는 것이 아니었다.

"서, 설마……!"

그는 그제야 카드들의 일부만이 자신의 눈을 속이기 위해 직접 공격을 해오려는 척 날아들어 왔을 뿐 대부분의 카드들이 자신의 주변을 둘러싸고 있다는 것을 알아챘다. 그는 당황하면서도 재빨리 손을 놀려 카드들을 떨어뜨리려고 하였으나 그런 중년 히아스보다는 히아스 쪽 대응이 더 빨랐다.

"아까의 빚을 갚아주지. 받아라!"

쿠웅!

파치이잉—

거대한 해머로 내려치는 것 같은 착각을 줄 정도의 강한 중압이 중년 히아스를 내리눌렀다. 그리고 그와 함께 히아스의 손에 들려 있는 큐브 이노센트의 주변을 회전하고 있는 반물질화된 상태의 문자들이 강렬한 빛을 내뿜었다. 그리고 그 빛은 어느 순간 이노센트의 전방부 중심에 모이더니 곧 한줄기의 광선이 되어 중년 히아스를 향해 뻗어 나갔다.

"크학……!"

중년 히아스는 자신을 노리고 뻗어오는 빛으로부터 몸을 피하려고 하였다. 하지만 자신을 내리누르고 있는 이 빌어먹을 힘은 단순히 압력을 가하는 정도가 아닌, 차원적인 강제력마저 지니고 있었기에 쉽지 않았다.

무엇보다 이런 빌어먹을 상황이 만들어진 가장 큰 이유는 자신이 저자를 너무 만만하게 보았던 것 때문이리라. 신들을 정면에 두고도 눈 하나 깜짝하지 않을 정도의 힘을 가지고 있다고 하지만 이런 상황에서는 갑작스레 '힘'을 끌어내는 것이 불가했다.

"젠장……!"

'내가 이렇게 허무하게 끝나다니…….'

그렇게 생각하며 중년의 히아스는 두 눈을 질끈 감았다. 하지만 아무리 시간이 지나도 자신의 '존재'가 멀쩡한 것에 의아함을 느끼며 다시 눈을 떴다.

"……!!"

의외다. 그렇게 그는 생각했다. 정말 의외의 상대가 자신의 목숨을 구해준 것이다.

"유감이지만 지금 그를 죽게 할 수는 없습니다."

어느 순간에 나타났는지 애거트가 두 명의 히아스 사이를 가로막고 있었다. 그리고 그의 손에 들려 있는 거대한 챠크람 인피니티는 이노센트의 빛을 흡수한 듯 챠크람 전체에 그것의 빛을 머금은 채 백금빛으로 빛나고 있었다.

"너는……!!"

의외라 생각하기는 히아스 역시 마찬가지였다. 히아스 역시 그가 저자를 도와줄 것이라고는 전혀 생각조차 하지 못하였기 때문이다.

"죄송합니다. 하지만 저는 지금의 그를 그냥 사라지도록 내버려 둘 수 없습니다."

"…그런 말도 안 되는……!"

그렇다. 완전 개소리다. '변수'가 그냥 사라지면 안 된다고? 미치지 않고서야 저자가 그런 소리를 할 턱이 없었다.

"이것은… 저의 개인적인 이유입니다. 부탁입니다. 이번 한 번은 그냥 모른 척해 주십시오."

"이, 이봐… 너 지금… 제정신이야?"

애거트는 대답하지 않았다. 그는 등을 돌려 중년 히아스에게 작은 소리로 무언가 몇 마디를 말한 뒤 그대로 사라졌다.

"후우, 역시 나 자신은 무섭군. 이렇게까지 몰리다니, 참 오랜만에 당한 일이었어."

히아스가 다시 중년 히아스에게로 시선을 돌렸을 때, 그는 절망감에 사로잡혀야 했다. 지금의 그는 방금 전과는 비교도 할 수 없을 정도로 거대한 기운을 풍기고 있었던 것이다.

"하지만 이번만은 넘어가지. 어쨌든 난 너에게 패했고, 아까 그 녀석이 아니었다면 지금 이렇게 존재하지 못했을 테니."

중년 히아스는 비릿하게 웃으며 손을 들어 올렸다. 그의 작은 손 움직임 한 번에 그를 누르고 있던 힘과 그 힘을 발생시키고 있던 카드들이 마치 죽어가는 하루살이마냥 힘없이 떨어졌다. 그러한 그의 모습에 히아스는 상대가 되지 않는다는 것을 알면서도 이를 악물며 채찍을 움켜잡았다.

"아아, 그렇게 경계하지 않아도 돼. 이번은 그냥 물러가 줄 테니 말야. 후후후."

"……."

'저 녀석, 봐주겠다는 건가?

속으로는 자존심 상하는 일이었지만 겉으로는 전혀 내색하지 못했다. 지금의 자신은 절대 그를 이길 수 없었고, 그렇기에 자신이 살기 위해서는 상대의 자비를 바라는 수밖에 없었다.

"하지만 다음에도 이런 행운을 기대하는 것은 하지 않는 게 좋을 거야. 하하하하!"

스륵.

그리고 그는 사라졌다. 언제나 그렇듯이 애초에 없었다는 듯, 아니, 오히려 없었다고 강요하거나 암시를 주는 것 같은 느낌을 받을 정도였다.

"바보."

중년 히아스가 사라진 뒤 히아스는 미소를 지었다. 그는 지금 어떠한 '상황'을 가정하였고 그것에 대한 확신을 가지고 있었다.

"빙고."

그것은 그에게 팔이 잘린 것으로 인한 통증마저 생각나지 않게 할 정도의 즐거움과 통쾌함을 안겨주고 있었다.

"마스터, 괜찮으십니까? 팔이……."

그리고 리엔이 그의 옆으로 다가와 그의 안위를 물어보았을 때, 그는 비로소 자신이 팔을 잘렸고 잘린 부위에서 피를 흘리고 있다는 것을 인지하곤 비명을 지르기 시작했다.

"악! 아아악! 팔이 잘렸어~! 아푸다아!!"

"마… 마스터, 진정하시고……."

"너 같으면 팔이 잘렸는데 진정하게 생겼냐?!"

"아, 아하하……."

말은 그렇게 하고 있었지만 히아스는 애초에 충분히 제정신이었다. 오히려 팔이 잘린 상태에서도 입가에는 장난기 섞인 웃음마저 배어 있었다. 그런 히아스의 모습에 리엔은 어색하게 웃으며 그의 칭얼거림에 답하였다.

"어쨌든 가만히 놔둘 수는 없지. 리엔, 재생약을 가져와. 그 외에 필요한 약품도 같이."

"네."

히아스가 보호해서 그런지 다행히 약품 등의 중요 물품이 담긴 가방과 위성 제어용 컴퓨터는 별 피해 없이 무사했다. 리엔은 재빠르게 가방이 있는 곳으로 달려가 그 안에서 몇 가지 약품을 꺼내 다시 히아스에게 돌아왔다.

"이걸로 된 건가, 5호여……."

"네?"

막 응급 처치 겸 치료를 시작하려는 리엔의 귀로 히아스의 작은 중얼거림이 들려왔다. 하지만 언제 그가 이럴 때 설명해 달라고 해서 설명해 준 적이 몇 번이나 있었는가? 못 들은 셈치며 묵묵히 치료에만 몰두하는 그녀였다.

'마스터…….'

겉으로는 최대한 평정을 유지하고 있는 그녀였지만 사실 그녀의 심정 역시 상당한 충격을 받은 상태였다. 두 명의 히아스의 대립, 그리고 중년 히아스가 보였던 행동.

주륵.

그녀의 눈가에 물기가 맺혔고 이내 눈물은 볼을 타고 흘러내렸다.

'마스터에게… 저는 '도구' 정도뿐이 되지 않는 것인가요?'

아까 전 중년 히아스가 취한 행동은 그녀에게 적지 않은 충격을 주고 있었다. 이전에 그가 자신에게 보여주었던 따뜻한 미소의 기억은 더욱더 그녀를 괴롭게 하고 있었다.

게다가 그가 지금 자신이 상처를 치유해 주고 있는 히아스와 동일 인물이라는 것을 짐작하게 된 그녀로서는 더욱 괴로운 일이었다.

"응? 뭐야? 너, 지금 울고 있는 거냐?"

"아, 아니에요. 아무… 일 아니에요."

갑자기 눈물을 흘리는 리엔의 모습에 히아스는 의아한 모습으로 그녀에게 질문하였으나 그녀는 아니라고 둘러대며 옆으로 고개를 돌릴 뿐이었다.

"아니긴 뭐가 아냐? 얼굴 봐봐."

"아, 아앗!"

히아스는 강제로 리엔의 턱을 잡아 그녀의 얼굴이 보이게 돌렸다. 그녀가 울고 있었다는 것을 확인한 그는 혀를 차며 그녀에게 말했다.

"쯔쯔쯔, 왜 우는지는 안 물어봐도 알겠다. 방금 전 그 녀석 때문이겠지."

"……."

“신경 쓰지 마. 아무리 그 녀석이 나와 완벽하게 같은 존재라 해도 그건 이미 과거형이니까.”

하지만 여전히 리엔의 표정은 밝아질 기미를 보이지 않고 있었다. 히아스는 그것에 짜증이 났는지 홧김에 그녀를 끌어안아 버렸다.

“……!!”

“신경 쓰지 말라면 신경 끄라고. 알았어? 무엇보다 주인 명령이잖아?”

“네에…….”

“아, 정말! ‘변수’ 라는 것은 전에 간단히 설명했잖아? 이미 그 녀석과 나는 완벽하게 별개의 존재라고. 알았어?”

“하지만…….”

“하지만이고 나발이고! ‘변수’ 가 된 이후부터 그 녀석과 내가 겪은 운명은 완전히 다르고, 그러니까 그 녀석과 내가 하는 행동은 절대 같을 수 없다 이거야. 알았어?!”

겉으로는 화가 난 것이 아닐까 생각될 정도로 큰 소리를 치는 히아스였지만 실제 그의 속은 바작바작 타고 있었다. 도대체가 이 꼬맹이 같은 가디언은 조금만 일이 터지면 울어버리고 하니 원…….

‘게다가 더 환장할 일은 다른 사람 앞에선 절대 울지 않는다는 거지.’

속으로 연신 ‘젠장할’ 을 되뇌이며 히아스는 다시 리엔 달래는 것을 계속했다.

“맹세할게, 맹세한다고! 난 절대 널 미워하거나, 해코지하거나, 못된 짓 하지 않을 테니까 이제 그만 울어!”

“마스터…….”

또다시 리엔의 눈가로부터 왈칵 눈물이 쏟아졌다. 그녀의 눈으로부터 쏟아지는 눈물의 양은 아까 전보다도 훨씬 더 많았다.

“야, 야, 또 우는 건 대체 무슨 이유야?”

당황해서 어쩔 줄 모르는 히아스의 모습에 리엔은 연신 흘러내리는 눈물을 닦아내며 웃어 보였다.

"아니요… 그만… 너무 기뻐서… 흑……."

"……."

리엔의 대답에 히아스는 그만 벙쪄 버려서는 아무 말도 못한 채 입을 쩍 벌리고만 있었다.

어느새 울음을 그친 리엔이 양손을 들어 여전히 자신을 껴안고 있는 히아스의 등 위로 손을 얹었다.

"조금… 더 안고 있어도 되나요?"

"안~돼!"

다분히 장난기 어린 히아스의 대답에 리엔은 어리광 섞인 표정으로 그의 품에서 벗어났다.

"아~앙, 어째서요?"

"지금부터 중요한 일을 해야 돼. 빨리 위성 제어를……."

방금 전까지의 장난기있는 표정은 사라지고 진지함이 가득한 히아스의 얼굴을 본 리엔은 역시 장난기있는 표정을 지운 뒤 컴퓨터 앞에 앉았다.

"으음… 내 기억이 맞다면 긴급 방어 프로그램 중 '코션 아타프' 라는 항목이 있을 거야. 당장 실행!"

"네. 코션… 아타프… 이건가요?"

리엔이 가리킨 화면에는 그 컴퓨터에서 보여줬던 언어와는 다른 형식과 모양을 한 언어로 써져 있는 글씨가 있었다.

"어어, 그거야. 그런데 이제는 잘 읽네? 이 언어를 가르친 게 고작 삼 일이었을 텐데……."

히아스의 칭찬에 리엔은 밝게 웃었다. 하지만 방금 전까지 펑! 펑! 울

던 그녀였기에 두 눈은 부어 있었고 눈물로 인해 화장은 엉망이 되어 있
었다. 다행히 히아스가 그런 자신의 얼굴을 자세히 보지 않았기에 망정
이지 안 그랬으면 진작 히아스의 웃음거리가 되었으리라.

　"거기서 옵션은… 어, 그거하고… 이거, 그리고 저기 '레르타카카' 는
7로 하고 '페하히에' 는 4. 그렇게 하고 '마야' , 그러니까 완료 버튼을
눌러."

　"네!"

　타다다닥.

　히아스의 지시에 따라 리엔의 손가락이 빠르게 자판 위를 두드렸다.
그리고 어느새 모든 명령어 작성을 완료한 리엔이 입력키를 누르자 화면
의 창 배치가 새롭게 바뀌었다.

　"빌어먹을 녀석, 맛 좀 봐라."

　히아스의 입가에는 악동의 그것과도 비슷한 짓궂은 미소가 걸려 있었
다. 그리고 그런 히아스를 바라보며 리엔은 수줍음 섞인 말투로 그에게
말했다.

　"저기… 마스터?"

　"응? 왜?"

　"이제… 껴안아도… 될까요?"

　"…맘대로 해."

　히아스의 허락이 떨어지자마자 리엔은 재빠르게 그의 품 안으로 안겨
들었고, 그 상태로 아침 해가 뜰 때까지 움직이지 않았다.

　응응응응응응──

　부웅부웅부웅──

　히아스와 그의 일행들이 쏘아 올렸던 위성들은 잠시 제어를 잃고 제

위치에서 이탈할 뻔한 위기를 겪었으나 다행히 빠른 조치를 취한 덕에 다시금 정상적으로 기동하고 있었다. 게다가 좀 전의 명령으로 인해 이제는 그것들이 쏘아 올려져 배치된 목적을 수행하고 있었다.

"후후훗."

중년 히아스는 그런 위성들을 바라보며 비릿한 웃음을 짓고 있었다. 그것은 마치 재미있는 장난을 치려고 계획을 꾸미는 악동의 그것과도 비슷한 점이 있었다.

"제법 머리를 쓰는군. 위성과 이노센트를 조합하겠다는 건가?"

그는 천천히 위성을 향해 손을 뻗었다. 그의 표정은 마치 당장 큰 사고를 저지르려는 악동의 그것과도 비슷하였다.

"큭큭큭, 하지만 이제부터 제법 큰 차질이 생… 아닛!"

파칭!

파파파파파—

그의 손이 위성에 닿는 순간, 그를 중심으로 공간이 뒤바뀌어지기 시작했다. 무수한 작은 블록들이 뒤집어져 새로운 장소를 만들어내고 있었다.

"바보 같은. 고작 차원 고립 정도로 나를 가둘 수 있… 흐악!"

치아아아앙!

파치치치치—

"크, 끄으아아아악!!"

그를 주변으로 펼쳐진 폐쇄 공간 사이로 수많은 선이 그어지기 시작했다. 그것은 마치 깨어지려는 유리 조각처럼 불안정하였다. 마치 유리를 긁는 것 같은 소리, 그리고 강렬한 스파크를 일으킬 때 나는 것과 비슷한 소리들이 서로 어울려 시각적, 청각적, 정신적으로 그를 괴롭혔다.

"서, 설마… 처음부터 이 위성들은 나를 노리… 크우아아악!!"

그는 알 수 있었다. 지금 자신을 가두고 있는 이 폐쇄 공간은 자신이 부수려던 것을 포함한 모든 위성의 힘이 동원되고 있었다. 그리고 이노센트 역시 사용되고 있을 것이라는 것은 안 봐도 뻔한 일이었다. 아마 이노센트를 힘의 중심으로 해서 일정한 진형으로 배치된 위성들이 힘을 증폭하여 더욱더 자신을 옭아매고 있는 것이리라.

빠직.

뿌득.

까가각!

누가 들어도 불쾌하다고 할 소음과 함께 공간이 통째로 깨져 나가려 하고 있었다. 하지만 히아스는 자신을 옭아 죄어 영혼마처 깨뜨리려는 극심한 고통 속에서도 최대한 침착을 유지하며 자신까지 포함하여 깨어지려는 공간을 붙들고 있었다.

"크으윽……! 젠장, 두 번이나 방심을 하다니……!"

푸스스스—

"젠장! 이래서는 아무도 도우러 올 수조차 없잖아?!"

중년 히아스의 말투에는 자신을 이렇게까지 처참하게 만든 장본인, 히아스에 대한 증오와 방심이라는 어처구니없는 일로 인해 이렇게까지 위기 상황에 몰린 자신에 대한 한탄이 섞여 있었다.

콰드드득!

그리고 그의 노력에도 불구하고, 공간은 점점 더 부스러져 가고 있었다.

비극, 희극

"크윽……!"

파슈우우웅—

파바바밧—

파칭!

정말로 엄청난 맹공이었다. 처음 만났을 때와는 비교조차 할 수 없는, 그야말로 '완벽'에 가까운 운용법으로 상대는 자신을 몰아붙이고 있었다.

"이대로는……."

진다, 절대로 진다. 운용 및 조종 능력, 기체의 성능, 그 어느 것에서도 자신이 상대를 능가할 만한 것은 없었다.

'이렇게 되면… 도박이다!'

그렇게 속으로 되뇌이며 이드는 굳게 이빨을 악물었다. 그는 페달을 세게 밟아 크게 가속하며 동시에 레버를 당겨 원을 그리는 운동을 하며 레노에게 명령을 내렸다.

"레노! O/S 체인지다!!"

악에 받친 그의 명령을 제대로 알아들은 듯 크샤레노의 조종석 계기판의 중앙에 박힌 보석에서 잠시 빛을 뿜었다.

「명령 접수, 스트라이크 어택 언인스톨 중……」

순간적으로 기체의 제어 권한이 사라졌다. 크샤레노를 제어하는 운영 체제가 삭제되었기 때문이다.

「삭제 완료. 어썰트 드라이브, 인스톨.」

상황은 너무나도 아슬아슬했다. 이미 상대는 크샤레노를 사정권에 잡기 직전이었다. 게다가 굳이 사정권 내에 잡히지 않는다 해도 상대에게는 자신과 크샤레노를 쓰러뜨릴 방법이 얼마든지 있었다.

「인스톨 완료, 모드 체인……」

「경고. 전방에 적.」

"뭐얏?!"

레노의 목소리와 함께 세블의 경고 안내가 그의 귀를 파고들었다. 그리고 그제야 이드는 방금 전 크샤레노의 뒤를 쫓아오는 것이 프리텐스가 아닌, 그것으로부터 사출된 비트였다는 것을 눈치 챌 수 있었다. 프리텐스가 가지고 있는 여러 가지의 비트 중 하나인 재밍 비트는 신호를 위장하고 광학적인 속임수를 통해 프리텐스인 척 크샤레노의 감각을 속이고 있었던 것이다.

「전방으로부터 이레이져 에너지 확인.」

프리텐스의 양 옆으로 커다란 포신이 나와 있는 것이 보였다. 이레이져 캐논, 대소멸 에너지를 가진 강력한 무기였다.

그리고 그 강력한 무기가 자신을, 정확히는 크샤레노를 조준하고 있었다. 그리고 크샤레노는 마치 호랑이 아가리 속으로 들어가려는 토끼마냥 정확하게 프리텐스의 정면을 향해 돌진하고 있었다.

"레노! 긴급 회피, 스크램블!"

「불가능합니다. 또한 현 상태라면 97.59%로 본 기체가 격파됩니다. 파일럿의 긴급 탈출을 권합니다.」

이대로라면 거의 확실하게 크샤레노는 산산조각이 난다. 아니, 부서지는 정도가 아닌 완전 소멸을 당할 것이다. 그것을 아는 레노는 이드가 탈출 레버를 당기기도 전에 멋대로 그를 탈출시키는 프로그램을 기동하고 있었다.

펑!

파앗.

크샤레노의 조종석을 보호하던 부분이 퍼지(폭발력으로 부품 혹은 어느 한 부분을 분리시킴)되어 날아가고 이드가 앉아 있던 의자가 위로 튕겨져 올라갔다. 이드는 순식간에 손바닥만하게 멀어진 크샤레노를 보며 절규했다.

"레노오오오오오!!"

파지지지직—

그 순간 프리텐스의 양쪽에 장착된 포신으로부터 뿜어져 나온 빛은 크샤레노를 휘감았다.

"허억!"

벌떡.

크샤레노가 프리텐스에 의해 소멸되는 순간 이드는 잠에서 깨어났다. 마치 현실인 것 같은 그 꿈은 지금도 생생하게 그 느낌을 전달해 주고 있었다.

"…꿈인가?"

방금 전까지 그가 꾸었던 꿈은 단순히 꿈이라고 생각할 수 없는 것이었다. 너무나도 생생하게 머리 속에 남는 것은 둘째 치고라도 꿈을 꿀 때의 '느낌' 이 그것을 단순한 꿈이 아니라고 말해 주고 있었던 것이다.

"…또 다른 나로부터의 경고인가?"

그러나 그의 고민은 그리 오래가지 않았다. 그는 다시금 침대에 몸을 누이며 이불을 가슴 위까지 덮었다.

"아무래도 상관없다. 지금은 그저 잠을 잘 뿐……."

이드는 그대로 또다시 잠의 세계에 빠져들었다. 방금 전의 그 꿈에 대해서는 더 이상 신경을 쓰지 않은 채…….

"쌔액, 쌕……."

잠시 후 마치 아기의 그것과도 같은 조용한 숨소리만이 공기를 타고 울려 퍼졌다.

어느덧 또다시 아침이 찾아오고 있었다. 넓은 대지를 박차고 막 하늘을 향해 뛰쳐 오르려는 태양을 등지고 몇 명의 인영이 히아스에게 다가오고 있었다.

"멍청아, 늦었잖아."

히아스는 그들을 보자마자 욕지거리를 내뱉었다. 당연히 그 대상은 지금 자신을 향해 오고 있는 저 빌어먹을 녀석들이었다.

"미안, 미안. 아무래도 북대륙까지 갔다 오다 보니 조금 늦었어."

"미안, 아직 남아 있는 녀석들을 보고 오느라고 말야……."

"미안하다. 생각보다 일이 복잡하게 되는 바람에……."

그래도 저 셋은 양반이었다. 남은 한 명, 데스틴은 반성의 모습을 보이기는커녕 뻔뻔하게 헤실헤실 쪼개고 있는 게 아닌가?!

"에이, 그래서 이노센트도 너한테 맡겨둔 거잖아. 게다가 이렇게 멀쩡하게 살아 있으니까 된 거 아니… 꾸엑!"

빠악!

히아스의 강렬한 어퍼컷이 정확하게 데스틴의 턱에 작렬했다. 의심의 여지가 없는 크리티컬 히트에 데스틴은 높이 허공에 떠오르며 수차례 회전한 뒤 볼품없는 자세로 땅바닥을 나뒹굴었다.

"니놈 눈에는 지금 내가 멀쩡한 걸로 보이냐? 앙?!"

중년 히아스에게 잘려진 그의 팔은 아직 완전하게 재생하지 못한 상태였다. 하지만 잘렸던 그의 팔이 있던 부분으로부터 육안으로 확인할 수 있을 정도의 속도로 그의 팔은 재생되고 있었다.

"이노센트? 젠장! 그 빌어먹을 녀석, 이거 하나로는 꿈쩍도 안 하겠더군. 다행히 그놈이 '위성'에 걸렸으니 망정이지, 만약 그 자리에서 나를 절단 냈으면 이미 끝장이었다고! 알아?!"

그 이후로도 히아스는 한참 동안을 악에 받쳐서 감정 섞인 열변을 토하였다. 물론 그 내용은 뒤늦게 온 데스틴 일당에 대한 질책이었다.

"###해서 %%%가 &&&까지 @@@를 ***하는 것이… 어쩌고저쩌고… 궁시렁궁시렁… 쫑알쫑알… 떽떽떽떽!!"

하지만 정작 그런 그의 열변을 듣고 있는 이는 한 명도 없었다. 데스틴 일행은 이미 각자 히아스의 눈에 띄지 않는 방법을 이용하여 귀를 틀어막은 상태였고, 리엔의 경우는 밤새 위성에 관한 프로그램을 조작하고 남은 시간마저 히아스를 껴안고 싱글싱글 웃으며 이런저런 이야기를 하느라 못 잤던 잠을 자고 있는 중이었다.

"!@#$#%@☝¥£Å∀♥Ⓚ㈜♨♨♨♨!!"

그 이후로도 한참의 시간이 지나서야 히아스의 설교는 끝이 났다. 그는 지금까지 말하느라 쉬지 않고 있던 숨을 한꺼번에 들이쉬겠다는 듯 매우 거칠게 숨을 몰아쉬고 있었다.

“훅헥헥훅헥훅헥헥헥… 알겠냐? 다음부터… 헤고, 숨차… 다음부터
또 이런 일이 벌어져 봐! 만약 내가 그때도 살아남는다면 내 필히 너희들
을 작살 내버리겠어!”

“예이~예이~” ×4

아무리 보아도 건성으로 하는 대답이었지만 이미 히아스에게 더 이상
따질 여력은 남아 있지 않았다. 심지어는 체력을 유지시킬 힘도 남아 있
지 않은 듯, 마치 처절하게 돌로 얻어맞고 짓밟힌 뒤 다 죽어가는 개구리
마냥 엎어져 있는 상태였다.

“그런데 이상한 점 느끼는 거 없냐?”

“뭐가아아아아…….”

문득 무언가가 떠오른 듯 손가락을 튕기며 말하는 게아발트에 대한 히
아스의 반응은 가히 시체, 혹은 좀비 친척 정도로 착각할 만한 것이었다.
그만큼 지금의 그에게는 생기라는 것이 전혀 느껴지지 않았다. 만약 리
엔이 지금의 그를 보았다면 질겁을 하며 그에게 안위를 물었을 것이리
라.

“우리와 다른 선상에 있던 ‘변수’ 라는 작자 말이야…….”

“어어어어… 그게에에에 뭐어어어가아아아 어어때애서어어어어……?”

갈수록 늘어지는 히아스의 목소리. 게아발트는 생기가 없는 정도를 넘
어 귀기가 서리려는 히아스의 모습에 안 되겠다 싶었는지 그를 향해 회
복의 기운을 불어넣어 주며 이야기를 이었다.

“그러니까 좀 적당히 쨍알댈 것이지… 어쨌든 그놈들 말야, 어째서 너
만 만나는 걸까? 이상하지 않아?”

“그리고 보니……!”

게아발트의 말에 그제야 알아챘다는 반응을 보이며 당황한 것은 비단
히아스뿐만이 아니었다. 이니어스를 비롯한 나머지 일행 역시 그제야 지

금까지 자신들이 본 또 다른 '변수'는 오직 히아스뿐이었다는 것을 알고 놀라고 있었다.

그리고 그제야 이 사실을 안 그들은 서로 머리를 맞대고 의논을 시작하였다.

"으음… 역시 단순히 우연이라고 생각하기는 힘들지. 저 녀석의 또 다른 녀석은 두 명이나 만났는데 우리들의 또다른 존재는 한 번도 만나지 못하다니…….."

"혹시 저놈이 배신을 때려서 또다른 우리들을 모조리 몰살시켰다거나…….."

"설마, 우리들이 저런 녀석에게 나가떨어질 리가 있겠냐?'

"…그거 무슨 의미야?'

이니어스, 데스틴, 게아발트의 의논과 미묘한 의미를 담은 게아발트의 한마디에 히아스가 이마에 힘줄을 돋우려는 순간, 그때까지 조용히 있던 이니어스의 입이 열렸다.

"…나는 만난 적 있는데… 또다른 나 자신."

"에에?!'

'그걸 왜 이제야 말하는 거야?!' 라는 원망의 의미가 다분히 섞인 모두의 시선에 이니어스는 슬며시 그들의 시선을 회피하며 대답하였다.

"흠흠, 내가 그와 만난 것은 이곳에 오기 얼마 전이었… 하아품."

막 진지한 표정으로 이야기를 꺼내려던 이니어스는 돌연 손으로 입가를 가리며 작은 하품을 하였다. 그러더니 곧 옆에 내려두었던 가방에서 얇은 모포 한 장을 꺼내며 다시 이야기를 꺼내었다.

"…일단 한숨 자고 이야기하지. 며칠 동안 잠다운 잠을 못 자서 그런지 너무 피곤하군."

"아아… 그러자. 너무 졸린다."

데스틴 역시 맞장구치며 몸을 웅크렸다. 그러자 그의 몸 안쪽으로부터 무수히 많은 실들이 뻗어 나와 그의 몸을 감쌌다. 그런 그의 모습은 마치 누에고치와도 같았다.

"그래, 일단 한숨 자자. 나도 요 며칠간 한숨도 못 잤더니 너무 졸린다."

"어어, 나도 동감이다."

그리고 게아발트 역시 가방에서 여행자용 모포를 꺼내어 펼치더니 그 안으로 기어들어 갔고, 크리오의 경우는 그의 주변에 흙과 바람의 막이 생겨 온기를 보존해 주었다.

"……."

단지 잔뜩 기대한 상태에서 옆으로 김이 새버린 것에 황당해하는 히아스만이 망연자실해서 여전히 엎어져 있을 뿐이었다. 지금의 그에게는 움직일 기운은 물론이요, 말할 기운마저 없었던 것이다.

'리에엔… 이불 덮어줘어어어… 추워어어어~'

그저 이 한마디가 입 밖으로 나가지 못한 채 히아스의 머리 속에서 메아리칠 뿐이었다.

그렇게 다른 이들이 각자의 방법을 통해 따듯하게 잠을 자는 와중에도 히아스 혼자만은 차디찬 바닥에 비스듬하게 엎어져 차가운 새벽바람을 온몸으로 맞으며 서서히, 마치 죽어가듯이 잠이 들었다.

마지막 모험의 시작

　잘 말려둔 과일과 야채, 충분한 양의 식수, 여벌의 옷, 응급 시에 사용할 수 있는 약품, 그 외 몇 가지 여행에 필요한 물품들…….
　"좋아, 준비 완료."
　그렇게 어느 정도 짐을 갖춘 나는 등에 배낭을 둘러메며 자리에서 일어섰다. 제법 많은 물품이 들어갔지만 공간 압축 마법과 경량화 마법이 갖추어져 있었기에 부피도 일반 책가방 수준으로 그리 크지 않았고 무게도 상당히 가벼웠다.
　"세린, 티니, 아직 멀었어?"
　나야 간단하게 필요한 것만을 챙겼기에 그리 많은 시간이 소요되지 않았지만…
　그녀들의 경우는 달랐다.
　"티니, 이게 좋을까, 아니면 이게 좋을까?"
　"글쎄요… 아무래도 세린 언니는 에메랄드 색이 좋지 않을까요?"

"하지마안~ 맨날 에메랄드 색 한 가지로만 입고 있으면 그것도 좀 그렇잖아."

"그것도 그렇네요. 그럼 여기 붉은색은 어때요?"

"어머~ 싫다. 너무 야하다고 생각하지 않니?"

"하지만 세린 언니와 잘 어울릴 것 같은데요? 우훗."

"티니야말로 이 옷 어때?"

"시, 싫어요. 너무 달라붙잖아요?!"

"그래서 더 어울리는 것 같기도 한데? 우후후."

"세, 세린 언니도 참. 장난하지 마세요."

이런 꼴이었다.

"하아……."

또다시 한숨이 나왔다. 배낭에 넣어둔 짐을 다시 풀어보며 재확인하는 것도 이것으로 몇 번째인지…….

"세리인… 티이니이… 멀었어?"

도대체가 이 여자들은 긴장감이 결여된 것 같다. 짐을 챙길 생각보다 가지고 갈 옷 고르는 데 여념이 없으니 말이다. 이게 무슨 나들이 가는 것도 아니고…….

"티니, 이 속옷 어때? 예쁘지?"

"그건 좀… 너무 야한 것 아니에요?"

"괜찮아, 괜찮아. 란 오빠는 이런 거 좋아해."

"정말요……? 오빠가 이런 걸…….."

"그럼! 전에도 내가 이걸 입고 같이 잘 때 얼마나 좋아했는데?"

"그래… 요? 그럼 저도 이걸로…….."

"오옷! 티니, 대담한데?!"

"그, 그렇게 보지 마요. 부끄럽다고요."

"헤에~ 그렇게 말하면서도 잘 입고 있네. 게다가 의외로 어울리는 데?"

"어, 언니도 참!"

그녀들의 대화 내용은 갈수록 위험 수위를 넘나들다 못해 한껏 장대높이뛰기를 하려 하고 있었다. 위험하다. 절대 위험하다. 당장 말리지 않으면 그녀들은 정말 일(?)을 저지를지도 모른다. 그런 생각들이 머리 속에서 울려 퍼졌다.

"무, 무슨 얘기를 하는 거야? 둘이 빨리 나오지 않고 대체 뭘 하는 거야?!"

결국 참다못한—사실은 더 이상 두었다가는 무슨 일이 일어날지 두려워서—내가 그녀들이 있는 방 안에 대고 외치자 그녀들은 뭐가 그리 좋은지 방 밖으로 얼굴을 내밀며 나에게 말했다.

"아, 란 오빠도 들어와 봐요. 오빠한테 어울릴 만한 옷도 잔~뜩 있어요."

"그, 그게 무슨… 우아아아!"

세린은 내가 무어라고 한마디 제대로 하기도 전에 손을 뻗어 내 팔을 잡아당겼다. 기습적인 그녀의 행동에 나는 별 저항도 해보지 못하고 그녀들의 방 안으로 끌려 들어가 버렸다.

'젠장! 미리 문에서 좀 물러나 있는 건데……!'

하지만 그런 후회를 해봐야 이미 늦은 일이었다. 영문도 모르는 상태의 나였지만 그녀들이 결코 좋은 목적으로 나를 이 안으로 데려온 것이 아니라는 것은 안 봐도 뻔한 것이기 때문이다.

"이거 입어봐요. 엄청 예뻐요."

"그, 그건……."

티니는 사악하도록 수줍은 미소를 지으며—모순되는 표현 같지만 그녀의 미소를 보는 나는 그렇게 느꼈다. 정말로—나에게 옷을 권하고 있었다.

"오빠, 이런 옷 처음 입는 것도 아니잖아요? 간만에 모습 바꾸고 한번 입어봐요."

"그, 그런……!"

세린과 티니의 초롱초롱한 눈빛 공격과 더불어 점점 나의 자유를 박탈해 가는 그녀들의 행동에 나는 눈물이 날 것 같았다.

그렇다. 그녀들이 지금 나에게 권하는 옷은… 여자 옷이다!! 그것도 엄청 위험(?)한…….

"……."

벌써 이걸로 한 시간은 훨씬 지났을 것이다. 그럼에도 레미엘은 뭐가 그리 좋은지 연신 나를 보며 싱글벙글 웃고만 있었다.

"……."

차라리 평소처럼 뭐라고 말이라도 하면 반응을 할 텐데, 도대체가 평소의 능글맞은 말투는 간데없고 그저 싱글싱글 웃으며 나를 바라보고만 있으니… 이것도 어찌 보면 난감한 일이다.

"가신다고요? 북쪽 사막에……."

그리고 간신히 그의 입이 열렸다. 그는 별다른 감정을 드러내지 않은 채 여전히 웃는 얼굴을 하고 있었다.

"응. 가야 하니까… 반드시."

"후우……."

평소 무언가에 대한 이야기를 꺼내며 나와 말하는 것을 즐기던 그는 오늘따라 이야기의 템포가 무척 느릿했다. 아쉬움일까? 하지만 적어도 그의 표정에서 그다지 아쉬움의 감정을 느끼지는 못하였다.

"…누구에게나 살아가면서 반드시 해야 할 일이 한 가지씩은 있다고… 누군가 그랬었죠."

그렇게 운을 떼우며 레미엘은 들고 있던 찻잔을 내려놓고 자리에서 일어섰다. 걸음을 옮긴 그는 테라스 쪽으로 걸어가 닫혀 있던 창문들을 활짝 열어젖혔다.

"저에게는 저의 할 일이 있습니다. 그리고 란 누나에게는 역시 란 누나의 할 일이 있겠지요."

그는 상당히 감정적인 모습으로 나를 바라보며 엷은 웃음을 띠었다.

"저에게 란 누나를 붙잡을 권리 따위는 없습니다. 가신다면 보내 드려야지요."

"레미엘……."

알 수 있었다. 그가 정말로 나를 좋아했다는 것을. 그리고 그는 지금 나와 헤어지면 영영 지금의 나와 만날 수 없다는 것을 짐작하고 있다는 것도.

"다음에 만날 때에는… 세상을 다스리는 신과 만나게 되는 것이겠군요."

"……."

농담조로 말하며 웃음 짓는 레미엘의 모습에 나는 어색하게나마 마주 웃으며 답하였다. 그는 나에게서 고개를 돌려 바깥쪽을 바라보며 말을 이었다.

"다시 만납시다, 미래에서. 서로가 아무리 변한다 해도 지금의 이 마음은 간직한 채."

"…그래."

그가 나에게서 고개를 돌린 상황이기에 표정을 볼 순 없었지만 짐작할 수는 있었다. 적어도 지금 이 말을 하는 그는 웃고 있지는 않다고.

"저도 보다 위대한 인간이 되어서 기다리고 있겠습니다."

그는 몸을 돌려 나에게 다가왔다. 이윽고 그는 오른손을 들어 나의 턱을 잡고…

가까워진다, 눈앞에까지 다가왔다. 떨쳐 낼 수도 있었고, 평소라면 응당 그랬어야 하겠지만 지금은 그럴 수 없었다.

나는 조용히 눈을 감았다. 왜 그런 행동을 취했는지는 나조차도 잘 이해가 가지 않았지만 말이다.

그리고 그의 입술이 나의 입술 위에 닿았다.

"……."

그리고 길지 않은 시간이 끝나고 레미엘은 입술을 떼며 빙긋 웃었다.

"이번에는 순순히 허락해 주셨군요. 이번마저 거절당하면 어쩔까 걱정했습니다."

"…더 응큼한 짓을 하려고 했으면 반쯤 죽였을 거야."

"…아하하."

레미엘도, 나도 얼굴이 붉어져 있었다. 나야 내 얼굴이 어떤지 직접 볼 수는 없었지만 이렇게 화끈거리는데 붉어졌다는 것을 모르겠는가?

"저는 라니오스 형을 동경했고, 라니오스 누나를 사랑했습니다. 진심으로요."

"그래……."

오늘따라 레미엘은 유난히 감상적인 모습이었다. 그만큼 나와 헤어지게 된다는 것을 아쉬워하는 것이리라. 그리고 그가 이렇게까지 나를 좋아했다는 것에(남자 모습이든, 여자 모습이든…), 그리고 그렇게 나를 좋아해 준 그와 헤어지게 된다는 것에 나 역시 많은 아쉬움을 느끼고 있었다.

"지금이 마지막이라곤 생각하지 않습니다. 기다리고 있겠습니다. 당신이 위대해지는 만큼 저도 위대한 사람이 되어서……."

그렇게 말하는 레미엘의 두 눈은 미래에 대한 야망과 열정으로 빛나고 있었다. 하지만 그의 빛나는 두 눈을 정면으로 보았을 때, 나는 자칫하면 비명을 지를 뻔했다.

그의 미래, 그의 '운명' 을 보아버렸다.

"그때는 서로 돕는 사이였고, 친구였을지 모르지만 지금은 아닙니다. 유감이군요."

전선 기지 정도 되는 듯 급하게, 하지만 꽤 신경 써서 만든 듯한 막사의 안에서 레미엘은 자신에게 경고의 서신을 보내온 소브런의 외교관에게 잔혹한 미소를 짓고 있었다.

"일제 사격! 목표는 소브런 왕궁이다!"

그는 비공정 위, 그 선단에 올라서 있었다. 화려하지만 치렁치렁하지는 않은, 비교적 실용적인 옷을 입은 그의 손에는 백금빛의 로드가 들려 있었다.

"제군! 드디어 우리의 꿈을 이룰 순간이 왔다!"

그는 전장에 있었다. 순백색의 말은 그의 주변에 있는 말들과 확연히 비교가 되어 말 자체에서부터 남다른 기백과 품위의 기운을 뿜어내고 있었다.

"모두 수고하셨습니다. 자, 프로튼 대제국의 미래를 위하여 건배!"

그는 축배를 들고 있었다. 이대로라면 모든 것이 순조로웠다. 세상이 마치 자신을 중심에 두고 움직이고 있다는 생각이 들 정도였다.

"훗, 이 정도는 되어야 이 정도의 전쟁을 일으킨 보람이 있지요."

그는 달아나고 있었다. 하지만 아직은 여유가 있었다. 이것은 승리를 위한 길목에 놓인 작은 걸림돌이라고만 생각했기 때문이다. 이 정도쯤 극복하지 못할 리가 없다고 생각했다.

"아쉽지만, 이곳은 포기합니다. 전원 퇴각!"

언제나 웃음이 어려 있던 그의 표정은 더 이상 그렇지 못하게 되어버렸다. 그의 표정은 예전에는 그 전례를 찾아볼 수 없을 정도로 딱딱하게 굳어 있었다.

"…조금 원통하다는 생각도 드는군요. 하지만 어쩔 수 없는 것일까요?"

그는 잔뜩 수척해져 있었다. 그의 얼굴에는 긴장과 불안함의 감정이 역력했다. 이미 여유 따위는 사라진 지 오래였다. 이대로는 아무것도 남지 않는다.

"그렇습니까? 하지만 아직은… 여유가 있으니까……."

이제 스스로가 자기 자신을 속이는 것도 한계이다. 지긋지긋하다. 이제는 어디론가 멀리 도망가고 싶지만 현실은 그것을 허락하지 않고 있었다.

"대체 어쩌자는 겁니까? 어째서 이렇게……!"

가장 무능하게 변해 버린 자신은 이제 해악스러운 쓰레기일 뿐이었다. 그것을 스스로가 알고 있음에도 그는 여전히 그곳에 있었다.

"레노아… 나 이제… 더 이상은 못해……."

이제는 더 이상 웃음 짓지 못하는 그녀. 더 이상 물러설 곳이 없는 그는 대체 무엇을 위해 그녀를 피신시키고 있는 것일까?

"그런……! 이런 바보 같은……!!"

예상하고는 있었다. 하지만 그렇다고 해서 이 상황에 대한 절망감이 덜어지는 것은 아니다.

"프로튼, 나의 왕국… 이렇게……."

그의 심장을 한 자루의 검이 관통하고 있었다. 그의 군사들은 바닥을 나뒹구는 시체, 투항하거나 도망쳐 버린 배신자와 겁쟁이 이렇게 둘 중 하나였다. 그의 육신은 무너지는 간이 요새 안의 차갑고 울퉁불퉁한 바닥 위에 널브러져 있었다.

"그래도… 나는 행복한 녀석인가 봅니다……."

누군가 그를 품에 안았다. 두 번 다시 볼 수 없다고 생각한, 그리운 존재가 자신을 내려다보고 있었다. 이것으로 죽기 전에 조금은 여한과 절망을 덜어낼 수 있을 것 같았다.

그리고,

그는 그렇게…

죽었다.

"레미엘……."

"…네?"

내 모습에 레미엘은 의아한 표정을 하며 나를 바라보았다. 하지만 나는 더 이상의 설명은 하지 않았다.

다만 그에게 다가가 조용히 그를 껴안았다.

"저, 저기… 란 누나?"

레미엘은 제법 당황한 듯 얼떨떨한 모습이었다. 나는 더욱 격정적으로 그를 껴안으며 그에게 말했다.

"나도… 네가 좋아. 사랑할 수는 없지만 친구 이상으로 좋아."

"……."

"그러니까… 그러니까… 그러니까 제발 무모한 짓은 하지 마."

물론 더욱 자세한 설명을 할 수도 있었다. 하지만 그럴 수는 없었다.

"후훗, 란 누나도 참……."

내가 말하는 '무모한 짓'이 무엇인지 짐작한 듯 레미엘은 피식 웃으며 그를 껴안고 있던 나를 살며시 떼어내었다.

"죄송하지만 그럴 수는 없습니다."

"레미엘……."

잔잔하게 웃으며 고개를 젓는 그의 모습에 나는 레미엘의 어리석음에 대한 원망, 그리고 그에 대한 안타까움의 감정을 느꼈다.

"그리고 이건 제 개인적인 부탁이지만, '그때' 가 되면 란 누나께서 저를 도와주……."

"이 바보야!"

짜악!

그는 바보다. 물론 이것은 그가 '그 일' 을 일으켰을 때 그 자신이 어떻게 되는지 모르기 때문일 수도 있지만 비단 그것만은 아니었다. 어째서 그렇게 남을 상처 입히려 하는 것인가? 어째서 남을 상처 입히지 않으면 만족하지 못할 그런 터무니없는 꿈을 품게 된 것인가?

"이제 됐어. 레미엘 따위, 이제 어떻게 돼도 몰라!"

"자, 잠까……!"

그는 당황한 듯한 모습을 보이며 나에게 뭐라고 하려는 듯하였으나 나는 더 이상 그의 말을 듣지 않고 바로 방을 빠져나왔다.

"바보… 바보바보……."

한참 동안 복도를 달렸다. 그리고 그렇게 얼마나 달렸을까? 어느새 나는 세린과 티니가 기다리고 있는 왕궁의 정문이 보이는 곳까지 와 있었다. 즉, 정문과 궁전 사이의 긴 길목 겸 정원이 있는 곳이었다.

"레미엘……."

마지막으로 다시 한 번 그가 있는 곳을 바라보았다. 프로튼의 궁전. 근래 들어 내가 가장 오랫동안 머물렀던 곳이다. 그러는 동안 많은 일들이 있었고, 그중에는 추억이 되어 머리 속에 남아 있는 일들도 꽤나 있었다.

"…안녕."

그리고 그것을 마지막으로 나는 더 이상의 미련을 가지지 않고 몸을 돌렸다. 그리고 빠른 걸음으로 궁전을 빠져나왔다.

'운명은 거역할 수 없으니까 운명인 것이겠지……'

그리고 지금의 나에게는 보이고 있었다. 레미엘을 잃고, 수많은 소중한 이들을 이 운명이라는 수레바퀴에 치이게 놔둘 수밖에 없지만 그래도 절망하지는 않았다.

이미 벗어날 방법이 있다는 것 역시 알고 있으니까 말이다.

'변수' 라는…

그것이 나에게 있어 이 운명에 대항할 수 있는 유일하지만 가장 효과적이고, 절대적이며, 그만큼 나조차도 알 수 없는 방법이었다.

"언니, 뭐 해요? 거기서 계속 서 있기만 하고."

"빨리 오세요~"

아무래도 내가 너무 오랫동안 생각에 빠져 있었나 보다. 멀리서 내가 오고 있다가 갑자기 멈춰 서 있는 것을 의아하게 생각한 듯 그녀들은 어느새 내 앞에 다가와 있었다.

"무슨 문제라도 있었나요? 그렇게 멍하니 서 있어서는……."

세린의 질문에 나는 방금 전까지 하고 있던 생각들을 접어두고 대답하였다.

"아니, 별일 아냐. 다만……."

그녀들의 걱정 어린 시선을 돌리기 위해서도, 그리고 실제로 문제이기도 하기에…

"이제 옷 돌려줘야지……?"

그렇다. 그녀들은 반강제로 내 옷(남자)을 모조리 빼앗아 버리고는—게다가 적어도 남자일 때의 나는 옷차림에 큰 신경을 쓰지 않기 때문에 가지고 있는 옷이 얼마 되지 않았다. 그것이 그녀들에게 있어 손쉽고 간단하고 빠르게 내

옷을 모조리 몰수(?)할 수 있게 한 것이리라—나에게 여자 옷을 내미는 것이
었다. 그녀들이 어떻게 내 사이즈에 맞는 여자 옷을 그렇게도 많이 가지
고 있는지 궁금해서 물어보았더니,

그녀들이 어느 날 옷 가게로 쇼핑을 갔을 때…
"흐음… 이 옷은 마무리가 엉성한 거 같고… 저 옷은 너무 레이스가
늘어지고……."
"그래요? 전 괜찮은 거 같은데……."
"아냐아냐, 티니. 이런 옷일수록 자세히 보면 허점이 많지. 옷 디자인
부터가 제대로 모르는 녀석들을 현혹하기 좋게 되어 있거든. 어이, 거기
얼쩡거리는 멍청이! 지금부터 3초 내에 제대로 된 옷을 가져오지 않으면
네 녀석의 뼈와 살을 분리시킨 뒤 척추를 반으로 접어버릴 테다!"
"그런가요? 세린 언니는 참 눈이 높으신가 봐요."
"그렇지, 아무래도 살아온 동안의 연륜이 있으니까. 어어, 그래도 난
아직 젊은 '아가씨' 니까 노인네 취급은 하지 마. 2만 살이라고 하지만
드래곤은 10만 년 이상을 산다고. 그러니까 인간으로 치면 20대 정도의
아가씨야."
"후훗, 물론이지요."
"흐음… 이제야 조금 제대로 된 옷을 가져오는군. 한번 볼까?"
"와아, 세린 언니, 저 옷 예쁘지 않아요?"
"어라? 정말이네. 저런 옷을 내가 왜 못 보고 그냥 넘기려 했지? 어라,
그런데 저 옷 사이즈도 그렇고 분위기도 그렇고 란 '언니' 한테 입히면
딱일 거 같지 않아?"
"어머… 그러고 보니 그렇겠네요."
"좋아! 저것도 사자!"

"분명히 좋아하실 거예요."

"그렇지? 그렇겠지? 어이, 거기 점원인지 마담인지 모를 할망구. 이것도 포장해!"

이렇게 된 것이었다고 한다. 그 이후로 그녀들은 옷 쇼핑을 할 때마다 내가 입을 만한 옷까지 함께 골라왔다고 하는데…….

"에에?! 벌써요?!"

"벌써… 라니?"

안 되겠다. 그녀의 태도를 보아하니 쉽사리 옷을 돌려줄 것 같지 않았다.

"저기……."

"응? 무슨 할 말 있어, 티니?"

"저기… 란 '오빠' 도 좋지만… 가끔은 '언니' 도 좋다고 생각해요."

"……."

"게다가… 그 옷, 잘 어울리고……."

콰과광!

머리 속에서 천둥 번개가 치는 것 같은 느낌이었다. 티니, 너마저 나를 배신(?)하다니……!

"하지만 약속했잖아? 출발하기 전에는……."

"아직 출발 안 했어요오~!"

세린은 평소에 잘하지 않던 '떼쓰기' 까지 하며 옷을 돌려주지 않았다. 게다가 티니도 직접 매달리는 것은 아니지만 은근히 내가 여자 모습 하고 있는 것을 원하는 것 같았다.

"알았어! 알았다고! 그냥 이렇게 있으면 되잖아?!"

"와아~" ×2

내 신경질 섞인 한마디에 그녀들은 목적을 달성했다는 듯 만세를 부르며 팔짝팔짝 뛰었다. 더불어 나는 곧바로 이어진 그녀들의 모습에 좌절해야 했다.

"언니, 기왕 그렇게 결정한 거 제 레어에 가서 이거 한 번씩만 입어봐요."

"저희들이… 고른 건데 어울리실 것 같아서요."

"……."

정말 후회스러웠다. 방금 전의 그 결단이 말이다.

"저걸… 다?"

"네." ×2

성 밖에 그녀들이 가지고 갈 짐이라고 놓아둔 것은… 작은 산으로 착각할 정도로 엄청난 그 짐은…

열에 아홉이 옷이었다.

개입 확대

파지지직—

인공위성의 바로 옆, 중년 히아스를 집어삼킨 그곳은 여전히 강한 스파크와 공간의 균열이 이어지고 있었다. 그것은 아직 그가 자신을 집어삼킨 격리 공간 속에서 살아 있다는 것을 의미하기도 했다.

파즈즈즈즈—

그러나 그로서도 빠져나오기는커녕 버티는 것도 힘에 부치는 듯 스파크와 균열은 점차 약해지고 있었다. 무너지는 공간을 지탱하는 히아스의 힘이 점차 약해짐에 따라 붕괴 속도는 더욱 그 속도에 박차를 가하려 하였다.

파직파직—

쿠르르르—

그러던 어느 순간, 돌연 스파크와 균열이 심해지기 시작했다. 그리고 그것은 순식간에 주변 공간에 영향을 끼칠 정도로 거대해졌다.

"라우지 파우 짠 빠하 텐자웅!"

파캉!

누군가의 외침, 주문의 마지막 부분으로 들리는 그 외침을 끝으로 중년 히아스를 가두던 폐쇄 공간은 완전히 산산조각이 나버렸다. 그리고 그와 동시에 그 안에 갇혀 격리되었던 중년 히아스는 다시금 모습을 드러낼 수 있었다.

"멍청하긴. 그러니까 방심하지 말라고 그렇게 말했는데……."

"살다 보면 이런 날도 있는 거야."

그를 구해준 것은 그와 비슷한 나이 대로 보이는 중년이었다. 가는 눈매, 길게 흘러내려 바람이 불면 펄럭거리며 흩날릴 것 같은 옷차림. 뒤로 넘겨 단정하게 묶은 머리 모양은 이니어스의 모습과 매우 닮아 있었으나 그의 얼굴은 이니어스에 비해 제법 나이가 들어 있었다. 그것은 이 위성을 설치한 히아스와 지금 있는 히아스의 차이와도 같았다.

"그래, 살다 보면 이런 일도 있고, 그런 걸 시도 때도 없이 반복하는 것이렷다?"

"…누가 들으면 맨날 촐랑대는 줄 알겠수."

"사실이 그런 것 같은데. 이번만 봐도 그렇고."

시원시원한 상대의 반응에 중년 히아스는 고개를 흔들며 손을 내저었다.

"…적어도 지금은 할 말이 없군. 그래, 이렇게 날 찾아온 이유는?"

'빨리 용건만 말하고 사라져 버려'라는 의도가 명백한 그의 태도에 상대의 이마에 작은 힘줄이 하나 솟아올랐다. 하지만 그는 바로 화를 내거나 폭력을 행사하지 않고 평정심을 유지하며 대답했다.

"두 가지가 있는데 하나는 이미 끝났다. 내가 여기 온 목적은 얼빠지게 덫에 걸린 네 녀석을 구하는 것이니까."

“그럼 두 번째는?”

이어지는 중년 히아스의 질문에 그는 위성을 손가락으로 가리켰다.

“저걸 처리하는 거지.”

그의 한마디에 중년 히아스는 막 좋은 방법이 생각났다는 듯 미소를 지으며 말했다.

“그래? 그렇다면 나 좀 도와줘. 그냥 부수는 것보다 좋은 방법이 있으니까.”

“어떤 방법?”

얼굴에 작게나마 궁금함의 표정을 띠는 상대의 모습에 중년 히아스는 씨익 웃어 보이며 대답했다.

“좋.은. 방.법.”

자신의 바로 옆에 있는 위성은 물론, 이 별 전체를 감싸고 있는 위성들을 생각하며 중년 히아스는 의미심장한 미소를 지었다.

“일명 ‘재활용 테크닉’ 이라고들 하는 방법이지.”

그렇게 중년 히아스가 미소를 짓고 있을 때 히아스 일행은 막 전 머츠론 공화국의 국경을 넘어서고 있었다.

“자, 이제 국경을 넘었다. 지금이라도 바지에 오줌 질질 흘리면서 도망치고 싶은 사람은 손!”

누가 들어도 얄밉다고 생각할 말투로 말하는 히아스의 모습에 나머지 이들은 하나같이 손을 들어 올렸다.

“뭐야? 설마 다들 겁을 먹은 거야? 여튼간 겁쟁… 악!”

빠바바박—

그리고 그들은 가차없이 히아스의 정수리를 내려쳤다. 난데없는 기습 공격을 당한 히아스는 몸을 비틀거리며 몇 발짝 뒤로 물러섰다.

"그래! 우린 무서워 죽겠으니 너 혼자 다 해먹어라!"

"여튼간 꼭 뭘 시작하기 전에 헛소리를 해야 속이 풀리나……."

"꼭 바보 같은 소리만 골라서 한다니까."

"매를 벌어요."

그리고 이어지는 네 명의 핀잔. 히아스는 양 손으로 정수리를 문지르며 신경질적인 말투로 그들에게 말했다.

"알았어, 알았다고. 안 하면 되잖아? 내 정말 드러워서라도 안 한다."

"그 말도 꽤 많이 써먹은 듯하군."

"냅둬, 원래 입만 살은 놈인데 그 입마저 죽이면 어쩌라고."

"……."

"게다가 학습 능력이 없는 건지 아무리 말해도 다음에 또 그러는데 뭐, 말해 봤자 입 아프고 주먹 아프지. 안 그래?"

"……."

곧바로 날아오는 이니어스와 데스틴의 한마디에 의해 그는 또다시 한 방 맞은 모습을 하며 고개를 푹 숙이게 되었다. 비록 속으로는 '니놈들도 말은 그러면서 이럴 때마다 다 걸고넘어지잖아!' 라고 절규하고 있을지언정 적어도 겉으로는 그러하였다.

"그런데 위성은 제대로 설치한 것 맞지?"

"물론. 내가 누군데 그런 거 하나 제대로 못할 거라고 생각하는 거야?"

"네놈이라서 물어보는 거다."

"으그극……!"

일일이 말꼬투리를 잡고 늘어지는 데스틴의 모습에 히아스는 혈압이 오르는 느낌이었지만 이대로 가면 끝이 없다는 생각에 애써 들끓는 속을 삭였다.

“뭐… 그래. 그건 그렇다 치고… 벌써들 몰려오셨군. 빠른데?”

“아아.”

그들이 그렇게 잡담을 하고 있는 사이, 그들의 앞은 어느새인가 수많은 마물들로 벽을 이루고 있었다. 신족이나 마족이나 둘 모두 그 수가 적었기 때문에 이런 방법을 통해 모자란 군사력을 보충하는 것이다. 물론 그 중간중간마다 그것들을 지휘하고 다루기 위한 마족이 간간이 보이기는 하였지만 말이다.

“이쪽은 마족들의 영역인가 보군. 새카만 걸 보니까 말야.”

하지만 그런 그들의 모습은 익숙하지 못한 듯 제법 어설퍼 보였다. 그도 그럴 것이 원래 그들이 살던 마계는 보이는 모든 땅이 그들의 것이어서 이렇게 어느 한 지점에 수비 병력을 세운다는 것은 해본 적이 없었기 때문이다.

“저런 잔챙이는 몰라도 신족이나 마족은 가급적 죽이지 마.”

“말 안 해도 알아.”

“왜 네가 대장인 척 지시를 하는 건데?”

히아스의 지시 아닌 지시에 나머지 이들은 언제나처럼 핀잔을 한마디씩 던진 뒤 앞으로 걸음을 옮겼다. 일말의 긴장감도 없는 그들의 걸음걸이는 특별히 빠르지도, 느리지도 않았다.

“멈춰라! 이곳은 너희들이 마음대로 다닐 수 없는 곳이다. 무역을 하는 것이라면 정해진 도로를 통해 이동해라!”

상대 무리의 지휘관으로 여겨지는 자의 외침에 히아스 일행의 입가에 미소가 번졌다. 그것은 일절의 선의가 배제된, 명백한 비웃음이었다.

“킥, 들었냐? 우리들이 마음대로 다닐 수 없는 곳이란다.”

“잘 들었고말고. 저런 헛소리를 듣는 게 대체 얼마 만일까?”

“난 우리 세계에서도 가끔 들었는데?”

"그래도 그때는 다 잘 해결됐잖아."

"그렇지. 잠시 후면 '몰라뵈서 죄송하다' 고 하며 설설 기었으니까."

그리고 점점 두 집단 사이의 거리는 좁혀지고 있었다.

일말의 두려움도 없이 자신들을 향해 걸어오는 상대방 일행의 모습에 지휘관 마족은 제법 당황하면서도 애써 그것을 추스르며 다시 한 번 외쳤다.

"다시 한 번 경고한다! 지금 당장 돌아가지 않는다면 이후 너희들의 안전에 대해서는 보장할 수 없다!"

그러나 그의 말에 겁을 먹는 이는 한 명도 없었다. 히아스를 비롯한 네 명은 아까보다 더욱 진한 비웃음을 머금을 뿐이었다.

"크히힛, 완전히 개그를 하는군. 할 테면 해봐!"

그렇게 말하며 다섯은 각자의 무기를 꺼내었다. 히아스의 손에는 한 쌍의 길고 긴 채찍, 데스틴은 날이 달린 커다란 원반을, 이니어스는 소매 안에서 보통의 것보다 두 배는 큰 부채를 꺼내었고, 크리오는 등에 차고 있던 여러 개의 검 중 왼쪽 허리에 달려 있는 '카타나' 에 손을 뻗었다.

"음? 너는 안 꺼내냐?"

"시, 시끄러! 상관하지 마!"

데스틴은 아직까지 아무것도 꺼내지 않은 채 여전히 맨손인 게아발트를 보며 질문하였다. 게아발트는 슬며시 그의 시선을 외면할 뿐 아무 대답도 하지 않았다. 그런 게아발트의 반응에 데스틴은 사악한 미소를 지으며 그를 약 올리려 하였으나 그것은 그의 어깨에 손을 올리며 말하는 이니어스에 의해 무산되었다.

"놔둬. 위험하다 싶으면 알아서 처신하겠지."

하지 말라는 의도가 담긴 그의 말에 데스틴은 고개를 끄덕이며 게아발트를 놀리려던 것을 그만두었다.

"너희들이 자초한 일이다. 이제 와서 후회해도 늦었다!"

그렇게 외치는 것과 함께 마족과 그들이 이끄는 마물들은 히아스 일행을 향해 달려들었다. 그리고 그에 따라 히아스 일행 역시 각자 싸울 준비를 하였다.

"아까도 말했지만 우리 목적은 이 녀석들이 아니다. 가급적 죽이지 마!"

"자꾸 대장인 척할래?!" ×4

"왔다."

렘브리엘의 작은 중얼거림은 순식간에 다른 이들의 귀를 파고들었다. 그리고 그 한마디는 그들을 긴장하게 하였다.

"저들이 그… '변수'라는 자들인가?"

"일단 정보대로라면 맞을 겁니다."

그의 말에 대답하는 티가로 역시 잔뜩 표정이 굳어 있었다. 그것은 다른 이들 역시 마찬가지였으나 유독 텐스 혼자만은 그렇지 않은 상태였다.

"흥, 우리가 잠들어 있는 사이 보지도 못하던 이상한 녀석들이 꽤나 생겼군."

언제나 자신감에 가득 차 있던 그에게는 도저히 저들이 자신들을 위협할 수 있을 만한 존재로 인식이 되지 않았던 것이다. 그도 그럴 것이, 하는 행동부터 일을 처리하는 모습까지 도무지 대단한 존재라고는 생각을 할 수 없게 하였으니 말이다.

"그러나 불행의 근원은 싹일 때 제거하는 것이 이치에 맞겠지?"

하지만 그렇다고 해서 상대에 대해 방심하거나 하는 어리석은 짓은 범하지 않았다. 그런 걸 하다가 자신보다 나약한 자에게 파멸당하는 이들을 수없이 보아왔기 때문이기도 하지만 그의 성격에 의한 이유이기도 했다.

"너도 그렇게 생각하지, 포츈?"

"…글쎄."

반면 포츈은 무언가 석연치 않다는 듯한 모습이었다. 그녀는 무언가 의문스러운 점이 있는 듯 골똘히 생각하고 있었다.

"텐스, 너는 무언가 이상하다는 생각 안 들어?"

"무엇이?"

"저 '변수' 라는 자들 말이야."

텐스는 포츈이 무엇을 말하려는지 모르겠다는 듯 고개를 갸웃하며 그녀에게 설명을 요구하였다.

"무어라고 딱히 짚어내지는 못하겠지만… 그때 그자와는 달라. 분명 동일 인물인데 말야."

"그렇겠지. 그러니까 '변수' 라고 하는 것이겠지."

"아냐, 내가 말하는 건 그런 정도가 아냐."

포츈은 무언가 생각하는 것으로 인해 잔뜩 표정이 굳어져 있었으나 여전히 텐스의 반응은 시큰둥했다. 그는 '대체 무엇이 대수인 거냐?' 라는 생각으로 그녀의 말에 대답하고 있는 것이었다.

"게다가 상식적으로 생각해도 이상하지 않아? 대체 그자가 무슨 이유로 적이라고 할 수도 있는 우리들에게 그런 이야기를 했던 거지? 미심쩍다는 생각 안 들어?"

"글쎄……."

불안함을 노골적으로 드러내는 포츈의 모습에도 텐스는 여유작작한 모습이었다. 그는 슬며시 고개를 돌려 그녀의 눈동자를 정면으로 바라보며 입을 열었다.

“어쨌든 정형이 되지 않은 저들이 장차 우리에게 큰 위협이 될 수도 있다는 것은 변하지 않은 일이며, 지금의 우리는 그의 말 외에 믿을 수 있거나 확신할 수 있는 정보가 거의 없어. 내 말에 틀린 거 있나?”

“…없어.”

갑자기 길게 설명을 하는 텐스의 모습에 포츈은 제법 당황하였지만 곧 정신 차리고 표정을 바로 고쳤다. 그런 그녀의 모습에 텐스는 피식 웃음을 지어 보이더니 다시 히아스 일행이 있는 곳으로 시선을 돌리며 이야기를 이었다.

“창조신과 파괴신, 하이 엘프, 그리고 변수. 조금씩 종류와 형태 등은 다르지만 결국 우리에게 있어서는 견제할 세력이고 어찌 보면 적이야. 그런 녀석들에게 자비를 베풀 만한 이유가 우리들에게는 없을 텐데.”

“하지만……..”

“하지만이라는 단어는 우리에게 쓸 이유가 없어. 나는 빛, 너는 어둠. 그것이면 돼. 괜히 회색을 만들려고 하지 말라고.”

“…….”

“알아? 우리는 망설이면 안 돼. 우리는 새로운 지배자가 될 존재이고 그것은 확실해. 하지만 너의 그런 순간의 망설임이, 어중간함이 그러한 우리의 운명을 박살 낼 수 있다는 것, 잘 생각하라고.”

“……!”

그의 말을 듣던 도중 포츈은 그의 말속에 포함된 한 가지 단어에 의해 상당히 놀란 상태였다. 그녀는 방금 전 그의 말을 잘못 들은 게 아닌가 하는 심정으로 그에게 질문했다.

“텐스… 방금 ‘우리’ 라고…….”

텐스도 그제야 자신이 말실수했다는 것을 깨닫고는 얼굴색을 붉게 물들이며 애써 포츈의 시선을 외면하려 하였다.

“그… 그건, 어쨌든, 어쨌든 우리는 대립하는 입장이고 서로 보면 죽이려고 으르렁대는 사이지만 어느 한쪽이 완전히 사라지면 안 되는 거잖아? 균형이 깨지니까.”

“응.”

“그래서… 그래서 그렇게 말한 것뿐이니까 이, 이상하게 생각하지 말아주었으면 좋겠어.”

“으응.”

‘쟤가 왜 저러지?’ 라는 생각에 고개를 갸우뚱하면서도 결국 포츈은 그가 저렇게까지 당황하는 마땅한 이유를 생각해 내지 못하였다. 그것은 어찌 보면 텐스에게 있어 다행일 수도, 불행일 수도 있으리라.

그런 둘의 모습을 보며 티가로와 레이는 서로 가까이 마주 보며 작게 소곤거렸다.

“우훗, 일이 재미있게 돌아가는군요.”

“그러게 말입니다. 이거 이러다 큰일 나겠는걸요?”

그리고 쟈밀이나 렘브리엘 역시 포츈과 텐스의 모습에 희미한 미소를 지으며 둘을 바라보고 있었다. 그러다가도 이내 서로가 같은 표정을 짓고 있다는 것을 알고는 잔뜩 인상을 구기다가 다시 피식 웃고 마는 그들이었다.

“그런데 어떻게 할 거야? 저 ‘변수’ 인지 뭔지 하는 녀석들 말야.”

갑작스럽게 텐스의 뒤로부터 그의 목에 팔을 감으며 말하는 리리의 모습에 그는 피식 웃으며 포츈을 바라보았다. 그녀에게 선택권을 넘기겠다는 뜻이었다.

“하지만 역시…….”

그녀는 다시 한 번 밑에서 싸우고 있는 히아스 일행을 바라보았다. 그리고는 드디어 결심을 굳힌 듯 고개를 들어 텐스를 바라보며 대답했다.

"역시 그냥 놔두기에 저들은 너무 위험해. 하지만 제거하지는 않아. 결국 독은 독으로, '변수' 는 같은 '변수' 로 막을 수 있을 거라는 생각이 들기도 하고 말야."

그녀는 조용히 '힘' 을 끌어 모았다. 그리고 텐스를 비롯하여 나머지 이들 역시 각자의 힘을 집중하기 시작했다. 만약 지금 그들이 있는 곳이 그들의 전용 공간이거나 하다못해 이곳보다 조금이라도 더 제약이 약한 곳이라면 이렇게까지 할 필요는 없지만 다른 곳이 아닌 이곳이었기에 어쩔 수 없는 것이다.

"시험을 내려보겠어."

고난과 역경

파바바박—

"으그극… 으아악!"

세인의 비명이 계곡 전체에 울려 퍼졌다. 그는 자신을 옭아 죄고, 갈수록 더 고통스럽게 육체와 정신과 영혼마저 물어뜯는 고통에 저항하였지만 그것으로부터 풀려나지는 못하고 있었다.

"어, 어째서… 어째서 이런 짓을 하는 거야아?!"

그는 이해할 수 없다는 시선으로 자신을 이렇게 포박하고 있는 당사자, 애거트를 향해 외쳤다. 그는 항상 들고 다니던 챠크람 인피니티로 세인을 구속하고 있었다.

"…죄송합니다."

애거트는 슬며시 고개를 돌리며 세인의 시선을 외면하였다. 그들 정도의 존재가 고작 그런 행동으로 무엇을 어떻게 할 수 있을 리 없지만 이런 의미없는 행동이라도 하지 않으면 죄책감에 미쳐 버릴지도 몰랐기 때문이다.

"이봐, 너무 그렇게 그 녀석을 미워하지 말라고."

순간 세인은 옆에서부터 들려오는 목소리에 퍼뜩 고개를 돌렸다. 그곳에는 제법 익숙한 존재가 거만한 자세로 자신을 노려보고 있었다.

"그 녀석이 이런 일을 하는 게 다 나 때문이니까 말야. 큭큭큭."

세인의 시선이 중년 히아스 얼굴에서 허리쯤으로 이동했을 때 그는 또 한 번 경악할 수밖에 없었다.

"아아? '이것' 때문에 그렇게 놀라는 건가?"

털썩.

그는 손에 들고 있던 인물, 스프린을 그의 앞에 집어던졌다. 정신을 잃은 상태인 그녀의 옷은 이미 원형을 알아볼 수 없을 만큼 손상되어 있어 곳곳으로 맨살이 보였고, 그나마도 크고 작은 상처로 인해 피투성이가 되어 있는 상태였다.

"스프린… 크아악!"

파바바바박!

세인은 당장 그녀에게 다가가고 싶었지만 그럴 수가 없었다. 애거트가, 이 인피니티가 자신을 옭아 죄고 있었기 때문이다. 만신창이가 된 그녀의 모습은 그에게 적지 않은 충격을 주었고, 그것은 그의 감정을 격하게 만들어 억누르고 있던 힘을 날뛰게 하였다. 하지만 그것은 인피니티에 반사되어 오히려 자신의 고통을 가중시키는 역할밖에 하지 못했다.

"이런이런, 그렇게 흥분하면 건강에 해롭다고. 지금도 흥분하니까 그렇게 고통스러워지잖아, 응?"

"크으윽… 스프린에게… 무슨 짓을 한 거냐……?!"

그녀의 몰골은 이루 말할 수 없는 상태였다. 팔다리가 완전히 꺾인데다가 관절 부분이 모두 부러지거나 탈골된 상태였다. 몸에 난 수많은 상처는 반 이상이 치명상이었다. 이대로 놔둔다면 얼마 안 가 그녀는 죽게 되리라. 아니, 사실 아직도 죽지 않았다는 것이 가히 기적이라 할 만한 것이었다.

중년 히아스는 그런 상태의 스프린을 발로 짓밟은 채 서서 세인과 이야기를 하고 있었다.

"스프린에게서… 발 치… 으아악!"

파드드득!

그의 감정이 격해지는 순간 그의 '힘' 역시 그의 감정에 호응하여 움직이려 하였고, 또다시 인피니티에 의해 반작용을 불러일으킨 그것은 그에게 또다시 고통을 선사하였다. 중년 히아스는 그런 세인의 모습을 보며 입가에 조소를 머금었다.

"설명을 해줘도 못 알아듣는군. 내가 알기로 이렇게 멍청한 제자는 아니었는데… 실망인걸?"

"크으윽……!"

몸과 영혼을 갈갈이 찢어버릴 것 같은 고통 속에서도 세인은 두 눈을 부릅뜨고 이를 악문 채 그를 노려보았다.

"내 스승은 너 따위가 아냐!"

"호오~ 그렇다 이거지?"

그는 스프린을 밟고 있던 발을 떼며 그에게 다가갔다. 불과 두세 걸음 정도만큼 가까이 다가간 그는 세인을 속박하고 있는 인피니티에 슬며시 손을 대었다.

쿠드드득!

"아아악!"

인피니티를 타고 들어온 강력한 힘이 세인의 몸을 뒤흔들었다. 세인의 얼굴은 순식간에 고통스러움으로 가득 찼고, 그가 고통스러워할수록 중년 히아스 입가의 웃음은 점점 그 정도를 더해갔다.

"스승 알기를 우습게 아는 제자에게는 사랑의 매를 드는 수밖에 없지. 큭큭."

그의 표정은 마치 나쁜 장난을 치며 즐거워하는 악동과도 같았다. 세인은 자신을 괴롭히며 기분 나쁜 미소를 짓고 있는 그의 안면에 발길질하고 싶은 충동을 느꼈으나 지금의 그로서는 손끝조차 움직일 수 없는 상황이었기에 그저 그를 노려보는 것 외에 할 수 있는 행동이 없었다.

"이런 짓을 하는… 목적이 대체 뭐냐?"

"목적?"

세인의 질문에 그는 어깨를 으쓱하며 대답했다.

"아까 말하지 않았나? 프리텐스를 받으러 왔다고. 정말 머리가 나쁜가 보군."

"그걸 말하는 게 아니라는 것을 알 텐데. 머리가 나쁜 건 오히려 그쪽인 것 같군."

자신이 처한 상황에도 불구하고 비틀린 미소를 머금으며 자신을 비웃는 세인의 모습에 그는 그만 웃어버렸다.

"하하하하! 배짱 정말 좋군. 옆에 있는 누구와는 너무나 비교되는걸? 분명 똑같은 녀석인데 말야. 하하하하!"

"……"

그의 말에 애거트는 별다른 말을 하지 않고 고개를 푹 숙였다. 그 역시 애거트의 그런 모습을 보았으나 가볍게 무시한 채 걸음을 옮기기 시작했다.

"그 녀석의 처리는 알아서 해도 좋아. 지금 당장 놔줘도 상관하지 않겠어."

"……"

“단, 너에게 그럴 만한 용기가 있다면 말이지. 큭큭큭.”

중년 히아스는 ‘놓아주어도 괜찮다’고 하였지만 애거트는 그럴 수 없었다. 단순히 자신의 소심함 때문 따위가 아니었다.

만약 지금 세인을 놓아준다고 해도 애거트는 그를 어찌할 수 없다. 그리고 세인이 입게 되는 해는 결코 그의 선에서만 끝나지 않는다. 분명 자신에게도 어떠한 방법으로든 치명적인 해를 끼치리라. 그는 그렇게 확신했다.

‘저렇게 강대한 존재가 되었을 줄이야……’

그는 너무 거대한 존재가 되어 있었다. 설령 자신이 그에게 이용당하는 관계를 극복하고 그를 적극적으로 막으려 한다 해도 과연 가능할지 의문이 들었다.

비록 기습적이었다고 하지만, 자신에 비해 약간 그 힘이 작다고 하지만 지금 세인이 이렇게 터무니없을 정도로 허무하게 당해 버렸다. 그리고 그렇게 세인을 발 밑에 넘어뜨린 히아스는 그런 그를 비웃으려는 듯 저렇게 여유작작한 웃음을 짓고 있는 것이다.

“프리텐스를… 가지고 무엇을 하려는 것이냐?!”

막 프리텐스를 향해 걸음을 옮기던 중년 히아스를 향해 세인이 악을 쓰듯이 질문했다. 그러자 히아스는 짜증난다는 듯한 표정으로 그를 돌아보며 대답했다.

“시끄럽군. 내 것을 내가 가져간다는 데 무슨 불만이 그렇게 많은 거냐?”

“그게… 무슨……?”

세인의 반응에 그는 완전히 몸을 돌려 그를 보며 다시 한 번 말했다.

“못 알아들은 건가? 정말 한심하군. 이 프리텐스는 내가 만든 내 거다. 알았나?!”

“……!!”

“……!!”

그의 대답에 세인은 물론 애거트조차 크게 놀란 모습으로 그를 쳐다보았다. 하지만 그는 더 이상 어떠한 대답도 하지 않은 채 곧바로 몸을 돌려 프리텐스에 올라탔다.

“잘 보고 있으라고. ‘네 녀석들이 원하던 것’ 을 내가 대신 해주겠다 이거야.”

쉬이익—

철컹!

그가 프리텐스의 조종석 안으로 들어가고 곧 기계의 관절이 움직일 때 나는, 코팅된 금속들 간의 작은 마찰음과 함께 해치가 닫혔다.

위이이잉—

프리텐스가 떠올랐다. 그것의 움직임은 자신으로서는 도저히 흉내도 낼 수 없을 정도로 정교하고 부드러운 움직임이었다. 단지 이륙하는 것만으로도 차이를 느낄 정도로 그의 조종 실력은 완벽했다.

휘유우우웅—

어느 정도 높이에 이르자 프리텐스는 순식간에 세인과 애거트의 시야에서 멀어져 버렸다. 프리텐스 역시 마치 물을 만난 물고기처럼 평소보다 더욱 활기 차게 움직이고 있었다. 마치 주인을 알아보고 꼬리를 치는 개처럼 말이다.

“저것을 만든 것이… 히아스라고……?”

세인은 물론 애거트 역시 믿을 수 없다는 듯한 모습으로 잠시 동안 멍하니 그가 사라졌던 방향만을 보고 있었다. 그러나 곧 제정신을 차린 세인은 다시금 몸부림치기 시작했다.

“이봐, 네가 나와 같은 존재인만큼 지금의 상황을 잘 알고 있을 거 아나?! 빨리 날 풀어줘. 다급하다고! 위험해!"

"……."

"뭐 하는 거야?! 나보다 오랜 시간 존재한 네가 더 잘 알잖아! 빨리 풀
어줘! 자칫하면 라니오스님이, '순수'가……!"

"……."

하지만 애거트는 세인을 풀어주지 않았다. 오히려 이번에는 아까 전처
럼 고개를 돌리거나 하지도 않은 채 정면으로 그를 바라보며 대답했다.

"그럴 수 없습니다."

"뭐얏?!"

"죄송하지만 그렇게 할 수 없습니다."

"그게 무슨… 크윽!"

파드드득!

"크우아아악!!"

애거트가 자신을 향해 손을 내민다고 생각한 순간, 세인은 무언가가
사방에서 짓누르는 것을 느꼈다. 그리고 실제로 세인을 중심으로 한 공
간이 마치 찌그러지는 종이 상자처럼 우그러들고 있었다.

"뭐, 뭐 하는 짓이얏!!"

그와 함께 세인은 자신의 '힘', 이곳에 와서 새롭게 눈뜬 '힘'이 빨려
나가는 것을 느꼈다. 하지만 이것은 애거트가 하는 것이 아니었다. 지금
그를 구속하고 있는 인피니티는 세인의 힘을 빨아들여 밝게 빛을 내고
있었다.

"당신을 풀어드리면 안 되는 것을 알면서도 그를 쫓아가겠지요? 그렇
다면 차라리 잠시 동안이나마 당신의 힘을 억류하겠습니다."

애거트가 말하는 와중에도 세인은 계속 힘을 흡수당하며 짓눌려지고
있었다. 덕분에 갈수록 그는 자신을 짓누르는 것에 대항할 힘을 잃었으

며 반대로 짓누르고 있는 인피니티의 힘은 증가하고 있었다.

"스프린은 제가 치료해 두겠습니다. 당신이 육체를 복구하여 다시 이 공간 위에 나타날 때까지는 제가 보호하고 있도록 하지요."

이제 세인은 마치 막대기로 생각될 정도로 압축이 된 상태였다. 애거트는 막 완전히 육체가 소실되려는 세인을 향해 한마디 했다.

"그때는 설명해 드리겠습니다."

"……!!"

파앗!

그것을 끝으로, 세인의 육체가 소멸되었다. 하지만 소멸된 것은 육체만이기에 어느 정도 시간이 지나면 다시 육체를 복원시키고 이곳에 나타날 것이다.

"같은 나 자신인데도… 이렇게 달라지는 것은 대체 어째서일까요……?"

그렇게 중얼거리며 그는 고개를 밑으로 숙였다.

이미 답은 나와 있었다.

이미 자신은 '변수'에 의해 '변화'하고 있는 것이다.

정해진 운명으로부터 말이다.

삐이이—

삐이이이—

크샤레노의 스피커로부터 요란한 경보음이 울려 퍼졌다. 그 소리는 그것이 있는 석실 내부로는 모라란 듯 석실의 벽을 뚫고 바깥에까지 그 소리를 울리게 할 정도로 큰 것이었다.

덜컹!

누군가가 석실의 문을 열고 안으로 들어왔다. 갑작스레 커다란 경보음을 내며 주변을 시끄럽게 하는 것에 의아함을 느낀 이드였다.

"이게 무슨……."

하지만 그는 이미 어느 정도 짐작하고 있었다. 크샤레노가 이렇게 크게, 메인 컴퓨터인 레노가 자신의 명령도 없이 스스로 움직여 이런 반응을 만들어낼 이유는 한 가지뿐이 없었기 때문이다.

삐이이―

삐이이이―

이드가 크샤레노를 향해 걸음을 옮기는 와중에도 경보음은 계속해서 울리고 있었다. 그것은 그가 크샤레노의 조종석에 올라타고서야 간신히 잦아들었다.

"…역시나."

계기판의 한쪽을 차지하고 있는 대형 디스플레이는 정밀 레이더의 화면을 보여주고 있었다. 레이더에는 중앙대륙의 지도 일부가 그려져 있었고, 그 지도 위에는 하나의 점이 찍혀 있었다.

"프리텐스……."

그것은 이드의 기억을 구성하는 가장 큰 파편 중 하나였다. 이것으로 인해 자신, 그리고 자신의 동료들은 수많은 일을 겪었고 수많은 승리와 수많은 패배, 수많은 기쁨과 슬픔을 남겨야 했다.

"레노, 기체의 상태는?"

그것은 거의 무의식적인 것이었다. 이드 자신도 자신이 왜 이렇게 프리텐스에 집착하는지 모를 정도였다. 하지만 그렇게 프리텐스를 추격할 이유에 대해 내리는 이드의 결론은 언제나 같았다.

'추격한다.'

그리고 격추시킨다. 그것이면 족했다. 그의 과거를 장식하고 있는 한 사건에 의해 그날 이후로 그는 프리텐스를 자신의 최대 적수 중 하나로

각인시킨 상태였기 때문이다.

「기체 상태는 양호합니다. 다만 행성 내부에서 전투를 할 경우 사용 가능한 무장이 매우 제한적이며, 현재로서는 일체의 보급을 기대할 수 없는 상황이기 때문에 일부 광학 병기만이 운용 가능합니다.」

레노의 설명과 함께 정면에 있는 디스플레이에 작은 창이 생겨났다. 창 안에는 여러 가지 색이 씌워진 문자들이 나열되어 있었다.

"…그런가? 그렇다면 O/S 체인지 시스템과 P−SYNC 시스템은 운용 가능한가?"

「현재로서는 어떠한 문제점도 발견할 수 없습니다. 운용 가능합니다.」

이드의 입가에 작은 미소가 피어났다. 어차피 프리텐스와 본격적인 전투를 하게 되면 일반적인 무기는 거의 통하지 않게 된다. 그때부터는 그야말로 일격필살의 전투가 되는 것이다.

"좋아, 출격한다."

「명령 접수. 메인 엔진 및 제네레이터 가동. 시스템 점검 및 사용 가능한 무장과 프로그램 체크 중…….」

디스플레이에 수많은 문자들이 수놓아지기 시작했다. 화면 가득히 들어찬 문자들과 상태 표시 막대는 계속해서 그 모양을 변화시키고 있었고, 잠시 시간이 지나자 그것들은 일제히 사라졌다.

「크샤레노, 준비 완료.」

"좋아."

이드가 옆에 있는 버튼 하나를 누르자 크샤레노의 조종석 해치가 닫혔다. 힘찬 엔진음과 함께 크샤레노의 몸체가 서서히 떠오르기 시작하였다.

「이륙에 문제없음. 올 클리어.」

일전의 일로 인해 이미 석실의 천장에는 커다란 구멍이 뚫려 있는 상

태였다. 덕분에 크샤레노는 별 무리 없이 선실에서 빠져나와 허공에 떠
오를 수 있었다.

"이드, 크샤레노, 간다!"

푸아아앙~

커다란 엔진음, 그리고 엔진의 가속과 크샤레노의 기동으로 인해 생긴
파공음이 함께 주변을 울리며 크샤레노는 하늘 높이 날아올랐다.

상식을 넘어서는 격돌

"세린, 아직 안 보여?"

"안 보여요오~"

어느덧 이 지겨운 사막 위를 나는 것도 반나절이 지났다. 하지만 이 사막은 대체 얼마나 넓은 건지 아무리 날아가도 끝없는 모래벌판과 모래언덕이 반복된 경치만이 보이고 있었다.

"그런데 정말 이 방향이 맞기는 맞는 건가요? 도대체가 방향을 잡을 수 있는 지형물이 없으니 제대로 가고 있는지부터 의심스러워요."

솔직히 나도 그녀처럼 이 방향이 맞는지 의심스러울 정도였다. 만약 지금 내 머리 속을 잡고 있는 유적의 위치에 대한 '느낌'이 없었다면 난 그녀보다 더 심한 불안감에 휩싸였을 것이다.

"그건 그렇고 이거보다 더 빨리 갈 수 없는 거야?"

"더 빨리요?"

그녀는 앞을 보고 있던 고개를 돌려 나를 바라보았다. 정말 오랜만에,

그것도 이제 두 번째로 보는 본체로 현신한 그녀의 모습은 아직 나에게는 상당히 생소하게 느껴지고 있었다.

"하아, 그건 무리예요. 이 사막은 아무래도 누군가가 인위적으로, 그리고 특수한 목적을 생각하고 만들어졌는지 마나의 유동도 상당히 제한적이고 점점 그 굳어 있는 마나조차 느끼기 힘들어지고 있어요."

드래곤은 날갯짓과 바람을 타는 것만으로는 날 수 없다. 그것만으로 그들의 그 거대한 몸을 띄울 수 있을 리가 없다. 때문에 드래곤은 마나를 운용하고 그 흐름까지 이용하여 비행을 하는데, 이렇게 마나의 흐름이 제한되어 있으니 지금의 세린은 상당히 날기 힘들어지는 것이다.

"아직 자세히는 모르겠지만 여기는 누군가가 고의적으로 창조한, 또는 본래 존재하던 곳을 이런 황폐한 사막으로 변질시킨 것이군요."

"응, 그런 것 같아."

확실히 그녀의 말대로였다. 이 사막, 마나의 움직임 물론이요, 공기의 흐름, 구성 요소, 물질의 분포, 모든 것이 인위적으로 제어되고 있었다. 그것은 단순히 기존에 있던 사막의 제어권을 잡고 있는 것이 아닌, 본래 사막이 아닌 다른 장소였을 이곳을 일부러 사막으로 만들어놓은 것이다.

게다가 더욱 신기한 것은, 이 사막은 계속해서 지금의 모습이 아닌, 이 장소가 원래 가지고 있었어야 할 본래의 모습으로 돌아가려 하고 있다는 것이다. 이곳을 제어하고 있는 힘이 더 크기 때문에 여전히 사막의 모습을 하고 있는 것일 뿐, 이곳은 보통의 다른 곳과 달리 매우 격렬한 변화를 하는 곳이었다.

"그건 그렇고… 사막이란 참 터무니없는 곳이군요."

"동감이야. 특히 이곳은 더욱더……."

태어나서 처음으로 진짜 사막이라는 곳에 와서 그럴까? 이곳에 처음 발을 들였을 때 느낀 것은 '황당함'이었다. 인간의 도시보다, 심지어는 드워프들의 땅굴보다 더욱 황량한 곳. 하지만 그렇다고 해서 생명이 없는 것은 아닌 살아 있는 장소.

모순된 것 같지만 이곳은 그런 곳이었다.

"게다가 제어까지 받고 있으니……."

지금의 나로서는 이렇게 광활하고 강력한 영향을 끼치거나 간섭의 힘을 가질 순 없지만 알 수 있었다. 그리고 알아본 결과 이 사막을 제어하고 있는 힘은 한 가지가 아니었다.

'이건……'

제법 많은 힘이 관련하고 있었다. 그리고 제법 익숙한 힘이기도 하였다.

"하이 엘프……."

이 공간에 영향력을 행사하고 있는 것은 하이 엘프, 그들이었다.

이 장소는 그들만을 위한 장소이다. 그것만은 확실히 알 수 있다. 나역시 '그들', 하이 엘프 중 하나이니까 말이다.

"뭘 그렇게 중얼거리고 있어요?"

"으음……."

"란 오빠?"

"끄으으음……."

"여보세요?"

"우웅웅웅우우웅……."

"란 오빳!!"

"에엑?! 음? 뭐, 뭐야?"

한창 기존에 알고 있던 기록에 대한 기억과 막 떠오르는 가설 등을 토대로 하이 엘프에 대한 일들을 생각하고 있던 나는 세린이 몇 차례나 부르고 나서야 겨우 현실로 돌아왔다. 물론 나 자신은 그녀가 나를 몇 번

불렀는지 정확하게 알 순 없었지만 그녀가 저렇게 씩씩대는 것으로 보아
하니 제법 많은 횟수로 불렀던 것 같다.

"어어, 무슨 일이야?"

"뭘 그렇게 중얼거려요?"

"아아……."

"오빠는 무언가를 깊이 생각하면 꼭 그렇게 중얼거리면서 다른 세계
에 떨어진 듯한 모습을 보이더라요. 무슨 생각을 하고 있었어요?"

아무래도 내—깊이 생각에 빠지면 중얼중얼하면서 주변에 무슨 일이 일어
나는지 전혀 모르게 되는—버릇이 또 나왔었나 보다. 지금도 그녀가 얼마
나 답답했으면 나를 부를 때 드래곤 피어를 담아서 불렀을까?

"아아… 아무래도 이 사막, 하이 엘프에 의해 만들어진 것 같아서."

"하이 엘프요?"

"응. 처음 오는 곳인데도 힘의 느낌이 제법 익숙한 걸로 봐서 그런 것
같아."

그것 외에는 이 사막의 기운이 익숙한 것에 대한 해답을 낼 수가 없으
니까 말이다.

세린과 티니는 나의 그런 모습에 궁금증을 가진 듯 질문하였다.

"그런데 오빠는 이상한 것 못 느끼나요?"

"맞아요. 마나가 움직이지 않다 보니 저희는 점점 느낌이 거북해지고
있는데 오빠는 오히려 더 좋아지는 것 같아요."

"아아……."

그녀들의 말대로다. 이곳의 특성상 워낙에 더워서 조금 불쾌한 것일
뿐이지 점점 굳어버리는 마나로 인해 불편해하는 그녀들과 달리 나는 멀
쩡하다 못해 오히려 더 기운이 나는 듯하였던 것이다.

"아무래도 이곳은 하이 엘프만을 위한 장소인 것 같아. 아직은 자세히

모르겠지만 마나 말고 무언가가 더 있어.”

그 무언가가 대체 어떤 원리로 마나의 흐름을 억제하면서 하이 엘프에게는 영향을 주지 않고 오히려 더 힘을 주는지 모르겠지만 그로 인해 그녀들이 지금 이렇게 힘겨워하는 것은 틀림없다.

“미안, 괜히 같이 오자고 해서 이런 고생을 시키고……..”

“아뇨, 전 괜찮아요. 아무리 힘들어도 란 오빠와 떨어지는 것보다는 나아요.”

“저도 마찬가지예요. 그러니까 심려하지 마세요.”

그녀들의 대답에 나는 가슴속이 푸근해지는 것을 느꼈다. 이렇게까지 나를 생각해 주고, 나를 위해 헌신해 주는 그녀들이 너무나도 고마울 따름이었다.

“고마워.”

짧은 대답이었지만 그것만으로도 티니의 얼굴에는 진한 미소가 피어났다. 지금은 앞을 보고 있어 알아볼 수는 없지만 세린도 웃고 있을 것이다. 나는 그렇게 생각했다.

“자, 가자고요. 방향은 어느 쪽이죠?”

“아아, 지금 가는 방향으로 계속 전진.”

“예!”

지금의 대화로 그녀는 힘이 솟은 듯 활기 차게 대답하며 날아가는 속도를 높였다. 그와 함께 내 옆을 스쳐 지나가는 바람들도 점점 거세지기 시작했다.

● 제18-1장
마족전대

“너희들, 의외로 멋진 녀석들이었구나!”
“단순한 바보인 줄만 알았는데…….”
“그런 말씀은 실례 아닙니까?”
“…그래그래, 어쨌든 정말 고맙다.”
“이 은혜는 나중에 반드시 갚는다.”
“그거 고마운 말씀이로군요.
하지만, 저희는 당신들 때문에 이러는 것이 아닙니다.”
“이것은 저희 마족을 위해서입니다.”
“뭐, 좋아. 어쨌든 우리가 너희들에게 신세를 지게 된 것은
사실이니 일단은 고맙게 생각하겠어.”
“그렇게 떠들 시간이 있다면 한 걸음이라도 더 가십시오.
지금은 순간의 시간조차 아까울 때입니다!”
“그, 그래. 그럼 잘 부탁한다!”

—히아스와 그 일행들의 과거 중에서.

마족전대 세바탄즈 대망신의 날
주:이 에피소드는 매우 무의미하며 썰렁하기 짝이 없는
개그로 이루어져 있으므로 그냥 넘기셔도 무방합니다.

"크아악!"

"쿠에에엑!"

콰콰콰쾅!

또 한 번 천지를 뒤흔드는 굉음과 함께 수백 마리의 마물이 허공으로
흩어지며 사라졌다. 하지만 마물들은 여전히 줄어들 기미를 보이지 않은
채 끊임없이 몰려들고 있었다.

"이거… 너무한데? 정말 끝도 없구만 그래."

자신들을 향해 몰려오는 마물들을 보며 하는 데스틴의 말에 다른 일행
은 고개를 끄덕여 그의 생각에 동조함을 표시했다. 그러나 끝이 없을 것
처럼 몰려오는 마물들의 살기등등한 모습에 비해 그들의 모습은 너무나
도 여유로웠다.

이미 그들을 향해 몰려드는 마족은 없었다. 단 한 차례 만에 그들은
모두 이 다섯 명에게 죽기 직전까지 얻어맞고 도망을 친 뒤였고, 그들의

명령을 받은 마물들만이 끝도 없이 달려들고 있을 뿐이었다.

"자, 이번에는 네 차례다."

"아아……."

데스틴의 지명에 이니어스는 고개를 끄덕이며 앞으로 나섰다. 어느새 손에는 한 다발의 부적이 들려 있었고, 그는 낮은 목소리로 주문을 외우며 마물들을 향해 걸음을 옮겼다.

"랑 쩌우 단 판. 차우 빠잉 하우 단……."

그의 손에 들려 있는 부적으로부터 강렬한 불꽃이 뿜어졌다. 새하얗게 백열될 정도로 강한 열을 머금은 불꽃이었으나 신기하게도 주문을 시전하고 있는 이니어스는 물론 부적에 어떠한 탄 흔적은커녕 그을음조차 생기지 않았다.

"샤우징!"

쿠오오오!

고온으로 물체가 연소할 때 나는 소리와 함께 그의 전방으로 수십 갈래의 용의 형상을 한 화염줄기들이 뻗어 나갔다. 그것들은 마치 살아 있기라도 한 듯 날아가는 도중에도 꿈들거리며 그것들의 전방에 있는 마물들을 향해 이빨을 드러내고 있었다.

쿠르르르―

그것들이 마물들과 충돌하는 순간 수십여 개의 거대한 화염 기둥이 생겨났다. 태양이 지상에 내려온 것 같은 착각을 줄 정도로 뜨거운 열기를 뿜어내는 화염의 기둥들은 마치 승천하는 용처럼 끝없이 하늘로 치솟아 오르고 있었다.

"휘익! 역시 우리 팀의 실질적 두목님이셔!"

신이 난다는 듯 휘파람까지 부는 히아스의 모습에 이니어스는 피식 웃어 보이며 흐트러진 옷매무새를 갈무리했다.

“흐음… 아까의 것으로 제법 많이 망가진 것 같은데? 주변 환경 말야.”

모두들 마물을 해치운 것에만 신경 쓰고 있을 때 들려온 게아발트의 한마디에 모두들 앞을 둘러보았다. 그의 말대로 방금 전까지만 해도 아름다운 경관이 있었다는 것 정도는 확인할 수 있던 평야와 언덕들은 도저히 그 원형을 알아볼 수 없는 상태가 되어 있었다.

“이거… 좀 심한데?”

이미 풀과 나무 등은 흔적조차 남지 않았다. 평원과 작은 언덕들로 이루어져 있던 그곳은 마치 운석 세례를 얻어맞기라도 한 듯 크고 작은 구덩이들의 흔적만이 남아 있을 뿐이었다.

“할 수 없는 일이다. 일은 최대한 빠르고 간단하게 처리하는 것이 좋으니까.”

“그런 말은 너한테 안 어울린다고.”

만약 평소의 히아스였다면 저렇게 자신에게 빈정대는 데스틴의 태도를 절대 그냥 넘어가 주지 않았을 것이다. 하지만 지금의 그는 무언가 걸리는 점이 있는 듯 슬며시 그의 시선을 외면하며 어정쩡한 대답을 할 뿐이었다.

“뭐… 조금 그럴지도 모르… 으음?”

문득 히아스는 누군가가 자신들을 향해 다가오는 것을 느꼈다. 그렇다고 해서 무언가 은밀하게 다가오던 상대를 간신히 알아채거나 한 것은 아니었다. 그가 놀란 것은 지금 느끼는 그 ‘기운’ 이 제법 익숙한 것이기 때문이다.

“지금 오는 녀석들… 설마……?”

“아아, 아마 네 생각대로인 것 같군.”

“간만에 반가운 얼굴을 보게 생겼군.”

그리고 그것은 나머지 일행들도 마찬가지인 듯 하나같이 묘한 웃음을 머금고 있었다. 그것은 마치 달갑지는 않지만 한 번쯤 만나고 싶었던 오랜 악우를 만날 때에 지을 법한 미소였다.

"막을까, 피할까, 튕겨 버릴까?"

"그때의 추억을 되살리며 한 대쯤 맞아주는 것도 나쁘진 않겠지."

"너나 맞으시지."

"그때처럼 온몸을 굴려가며 피하는 것도 재미있을지도……."

"아아, 우아하지 못하게……."

그들은 여전히 여유가 넘치는 모습이었고, 그런 그들 앞으로 다섯 명의 인영이 모습을 드러내었다.

"거기까지다!" ×5

다섯의 마족으로 짐작되는 그들은 한 치의 오차도 없이 동시에 외치며 히아스 일행의 앞을 가로막았다.

"아아, 역시 너희들이구나."

긴장감이 역력한 다섯의 모습과 달리 히아스 일행의 경우는 너무나도 여유작작했다. 심지어 데스틴의 경우는 밝게 웃으며 양팔을 벌리는 모션까지 취해 그들을 맞이하였다.

"이렇게 만나게 된 것도 인연인데… 음?"

쿠르르르—

막 그들 다섯 명을 향해 걸음을 떼려던 게아발트는 순간 그들 주위에 펼쳐진 검은 장막을 보며 인상을 찌푸렸다.

"…성질도 급하지."

그러나 찌푸러진 그의 표정에서는 일말의 곤혹스러움이나 짜증 등은 존재하지 않았다. 그것은 마치 과자 가게의 문 앞까지 왔음에도 계속해서 빨리 가자고 보채는 어린아이를 볼 때나 지을 법한 표정이었다.

그리고 그 안에서 하나의 인영이 모습을 드러냈다. 엉성하게 만들어진 가면 뒤쪽으로 흔들리는 붉은 머리, 온몸에 짝 달라붙는 데다가 이상할 정도로 반짝이는 붉은 옷, 엉성한 가면으로 인해 드러난 나머지 맨얼굴을 가리는 붉은 복면…….

온통 붉은색으로 무장한 그는 검은 장막 속에서 뛰쳐나오듯이 나타나며 양팔을 위로 뻗는가 싶더니 곧 대각선 아래로 비스듬하게 두 번 휘두른 뒤 양팔을 대각선 위로 뻗으며 외쳤다.

"불꽃이 솟아올라 하늘을 태운다. 불의 전사 세바탄 제플!"

그리고 이어서 나타난 인물은 온통 검은색이었다. 그는 붉은색의, 자신을 세바탄 제플이라고 한 자의 왼쪽에서 무릎을 반쯤 꿇은 상태로 양팔을 왼쪽으로 뻗으며 크게 한 바퀴 회전시킨 뒤 외쳤다. 복장은 색깔을 제외하면 거의 같으므로 굳이 언급하지 않겠다.

"대지가 흔들리며 울부짖는다. 땅의 전사 세바탄 라이오!"

그리고 연이어 세 명이 더 나타나 그들 옆에서 포즈를 잡으며 각각의 대사를 외쳤다.

"물이 흐느끼며 파도친다. 물의 전사 세바탄 세레프!"

"바람이 노하여 태풍이 된다. 바람의 전사 세바탄 가이젠!"

"뇌전이 번뜩여 천지를 뒤흔든다. 뇌전의 전사 세바탄 레반!"

이 중 세바탄 세레프와 세바탄 레반은 여자인 듯 몸매에 굴곡이 있었고 목소리가 여성의 것이었다. 그리고 그렇게 각각 자신의 소개(?)를 한 다섯 명은 또다시 포즈를 잡았다. 아까의 것이 각 개인만을 위한 것이라면 이번의 것은 다섯 전체를 위한 것이었다.

세바탄 제플이 양손을 가슴에 모은 뒤 위로 뻗으며 바깥쪽으로 내밀자 세바탄 라이오와 세레프가 그의 양쪽에서 양팔을 옆으로 뻗으며 반쯤 무릎을 꿇었다. 그리고 제일 바깥쪽에서 세바탄 가이젠과 세바탄 레반이 한쪽 다리를 들어 올려 무릎을 바깥쪽으로 향하게 한 뒤 양팔은 안쪽을 향하게 하였다.

"마계의 평화는 우리가 지킨다! 마족전대 세바탄즈!"

퍼퍼펑!

그들의 구호와 함께 그들 등 뒤로부터 일제히 폭발음이 울림과 동시에 다섯 가지 색의 연기가 치솟았다.

"……." ×5

그런 상대, '마족전대 세바탄즈'의 등장을 지켜본 히아스 일행은 입을 다물지 못하고 있었다. 물론 너무 멋있어서라거나, 너무 강해 보여서라던가, 너무 위협적인 것 따위의 이유가 아니었다.

"저 녀석들… 이때도 여전했구만."

"아냐… 그때의 복장은 지금보다 양호했어."

"구호도 그때가 조금은 더 나은 것 같군."

"하지만 그때나 지금이나……."

"한심하긴 매한가지군."

그렇다. 너무 한심해 보여서였다.

"자, 덤벼라. 마족의 존망을 위협하는 악의 세력이여!"

"……."

이후 벌어지는 사태는 매우 폭력적이며 지나치게 그로테스크하므로 잠시 중간 생략하겠다.

…….

"크윽… 핫핫핫하! 이 정도에, 쿨럭……! 이 정도에 우리 세바탄즈가 쓰러질 것이라고 생각했는가? 그렇게 생각했다면 큰 착각이다!" ×5

"……." ×5

구체적 묘사는 페이지 낭비라고 생각한다.

……

“크핫핫… 커헉……! 핫핫하… 쿨럭! 이 정도라니… 시, 실망이군. 이제부터 우리들의 진정한 힘을 보여주겠다, 각오해라!” ×5

“…….” ×5

역시 구체적인 진술은 하지 않도록 하겠다.

……

빠악!

……

한 번만 더 이런 지면 낭비를 하면 본 작가는 살해당할지 모른다고 판단된다.

“크하학, 쿨럭! 울컥! 아, 아직, 아직이다. 아직 멀었다! 크하핫… 쿨럭!”

“…….”

그들의 모습은 이미 한심함을 넘어 장렬함의 경지로 승화되고 있었다. 도대체가 이렇게 당하고서도 자신들과 상대의 능력 차이를 알지 못할 정도로 어리석은 것인지, 아니면 그 커다란 능력의 차이를 알면서도 정의감(?)에 불타며 자신들의 한 몸을 아낌없이 희생하려는 것인지 구분이 모호할 정도였다.

“저것들… 생각 같아선 당장……!”

“야, 야. 참아, 참으라고.”

“그래도 명색이 생명의 은인이니… 아니, 은인이 될 녀석들이라고 해야 하나?”

“어떻게 저런 녀석들이 우리를 도와줬을까?”

“그것보다는 우리가 저런 녀석들의 도움을 받았다는 사실 자체가 의심스럽군."

히아스를 비롯한 네 명의 눈가에는 짙은 그림자가 드리워져 있었다. 그리고 그런 그들의 모습에는 전혀 신경 쓰지 않는다는 듯 세바탄즈 일당은 또다시 무언가를 시작하려 하고 있었다.

"크윽……! 아무래도 '그 힘'을 쓰지 않으면 안 될 것 같군."

상당히 전형적인 대사와 함께 그들은 다시금 포즈를 잡기 시작했고, 그러자 그들의 앞에 커다란 마법진이 형성되기 시작했다.

찌이이잉—

"이제야 제대로 할 마음이 생긴 걸까?"

크리오의 중얼거림과 함께 마법진은 그 모양을 더욱 구체화시키고 있었다. 그리고 그 모양이 완성되었을 때 마법진의 위로부터 어떠한 물체가 형상화되고 있었다.

"초중 마도기, 세바틱 젠카!"

그것은 하나의 거대한 대포 모양을 하고 있었다. 세바탄즈 다섯은 그것을 자신들의 어깨 위에 짊어진 채 히아스 일행을 겨누었다.

"세바탄 젠카, 전개!"

포신에 새겨진 수많은 마법적 문양들이 흑색으로 물들었다. 그리고 그로부터 발생한 힘은 포신의 전방에 집중되었다.

"발사!"

쿠아앙!

사방을 진동시키고 지축을 울리는 굉음과 함께 거대한 흑색의 구가 히아스 일행을 향해 발사되었다. 그것이 머금고 있는 파괴력은 단지 지나가는 것만으로도 주변의 공간을 비틀어 왜곡시킬 정도로 강력한 것이었으나 그것조차도 히아스 일행에게 이렇다 할 위협이 되지 못했다.

히아스는 자신들을 향해 날아오는 검은 구체를 바라보며 일행에게 말했다.

"나, 다시 한 번 이런 상황이 닥치게 되면 하고 싶었던 일이 있어."

"유감인데 나 역시 그래."

"어, 나도 그랬는데 같이 하자."

히아스의 말에 동조하는 이가 둘 있었으니, 바로 데스틴과 크리오였다. 특히 크리오의 경우 그동안 이 다섯 명 중 가장 등장 횟수가 적었다는 것에 심각한 불만 사항을 품고 있는 듯 그 표정이 매우 비장했다.

그렇게 세 명은 비장한 각오와 함께—특히 크리오—검은 구체를 향해 발걸음을 내디뎠다. 그리고 그 세 명 중 가장 먼저 시작 테이프를 끊은 것은 데스틴이었다.

"리시브!"

그는 앞으로 달려나가며 양손을 모아 비스듬히 아래로 기울였다. 맹렬한 기세로 날아가던 검은 구체는 평평하게 모아 쥔 그의 손에 튕겨져 비스듬한 각도로 튕겨졌다.

"토스!"

그 다음은 히아스였다. 그는 양 손바닥으로 자신을 향해 튕겨온 검은 구체를 위로 밀어내었다.

그리고 그렇게 높이 떠오른 구체를 향해 크리오가 점프했다.

"스—파이크—!!"

푸캉!

마치 폭발음과도 같은 공명음과 함께 검은 구체는 세바탄즈 5명을 향해 되돌아갔다. 설마 그런 일이 일어날 줄 예상하지 못했던 5명의 미족은 그대로 자신들이 발사했던 검은 구체에 직격당하고 말았다.

쿠오오오오—

쿠르르르르—

쿠콰콰쾅쾅!

검은 구체가 착탄되는 순간, 그것이 떨어진 곳을 중심으로 커다란 검은 원이 형성되었다. 그리고 이내 검은 원 안의 공간이 마구 비틀린다 싶더니 연이어 크고 작은 폭발이 원 안에서 일어났다.

"호오~ 확실히 그때보다는 약하군. 하지만 그래도 상당히 강해."

"저 녀석들에게 도저히 어울리지 않을 정도로 강한 마도기군."

세바탄 젠카의 강력한 공격에—비록 어이없을 정도로 간단하게 되튕겨지기는 했지만…—뒤에서 히아스 일당의 쇼(?)를 구경하던 게아발트와 이니어스가 감상을 피력하였다.

"음? 아냐, 저 녀석들 거물이라고."

"……?" ×4

평소라면 '저놈이 또 헛소리를 씨불대는구나' 라고 생각하며 넘길 수도 있었지만, 상식적(?)으로 생각해 보았을 때 히아스가 저들을 높여주는 말을 할 리가 없다고 생각한 나머지 일행들은 얼굴 가득 의문 부호를 떠올리며 그에게 설명을 요구하는 눈빛을 보내었다.

"얼마 전에 레디님께 들은 이야기인데… 저 녀석들, 사실은 리노큰사—마족의 최고 우두머리—다음 가는 능력의 마족으로 5마 장군이라고 불리었다더군. 다섯이 모두 모이면 리노큰사에 필적할 정도의 강한 능력과 그에 걸맞는 품위와 예절, 그리고 항상 상대를 존중하는 태도와 하겠다고 마음먹으면 곧바로 실행에 옮기는 강한 행동력 덕분에 마족들에게는 존경의 대상이었다고 해."

"에엑?! 거짓말!" ×4

네 명의 반응은 어찌 보면 당연한(?) 것이었다. 저런 유치한 복장을 하고 3류도 하지 않을 대사와 행동 짓거리를 하면서, 그야말로 '생쇼'를 하는 저들의 모습이 어디를 봐서 마계의 2인자들이란 말인가?!

"믿지 못한다는 건 이해해. 나도 못 믿을 정도인데… 하지만 레디님의 말씀대로라면 저들은 마계의 2인자들… 이었어. 음, 과거형이지만 그런 시절도 있었다더군. 어어, 분명 그랬어."

연신 '그랬어, 그랬지' 라는 투의 말을 반복하는 히아스는 물론이요, 그의 말을 들은 일행들 역시 몇 번을 보아도 저 녀석들이 한때 마계의 2인자였으며, 모든 마족의 존경을 받았을 정도로 훌륭한 마족이라고는 도저히 생각할 수 없었다.

차라리 마계 최고의 허접한 바보라고 하면 모를까…….

"그럼 뭘 어쨌길래 지금은 저렇게 허접한 바보 집단이 된 거야?"

"그건… 음?"

막 히아스의 설명이 시작되려 할 때, 세바탄 젠카에 의한 폭발에도 쓰러지지 않은 채, 비록 당장이라도 쓰러질 것같이 비틀거리면서도 끝끝내 몸을 일으킨 채 히아스 일행을 노려보는 세바탄즈가 있었다.

"크으으… 아직, 아직이다!"

그들은 연신 비척대면서도 다시 히아스 일행을 향해 세바탄 젠카를 겨누고 있었다. 그리고 다시 한 번, 그들의 목소리가 크게 울려 퍼지며 세바탄 젠카 포신 전체의 마법 문자가 흑색으로 물들었다.

"세바탄 젠카!"

또다시 검은 구체가 히아스들을 향해 날아들었다. 그리고 이번에도 그들은 앞으로 나서며 그들의 공격을 받아쳤다.

"트래핑!"

"센터링!"

"헤딩슛!"

쿠오오오오—

쿠르르르르—

쿠콰콰쾅쾅!

"나이스 슛!"

"세바탄 젠카!"

"리바운드!"

"아리우프!"

"덩크 슛!"

쿠오오오오—

쿠르르르르—

쿠콰콰쾅쾅!

"나이스 슛!"

"세바탄 젠카!"

"필살 홈런 타법!"

쿠오오오오—

쿠르르르르—

쿠콰콰쾅쾅!

"나이스 배팅!"

"세바탄 젠카!"

"드라이브 샷!"

쿠오오오오—

쿠르르르르—

쿠콰콰쾅쾅!

"굿 샷!"

수번에 걸친 폭발과 그때마다 뒤이은 게아발트의 환호성이 지나고 폭발이 가라앉았을 때 모습을 드러낸 것은 아까 전보다도 더욱 심한 몰골을 하고 있는 세바탄즈의 모습이었다.

그들의 복장은 여기저기 찢어져 있었고, 가면과 복면은 깨지고 째져 맨얼굴이 보이고 있었다. 사실 아직까지도 몸을 일으킬 수 있다는 것 하나만으로 가히 기적이며, 운명을 극복한 자들이라 칭찬받을 만했다.

"크윽… 이렇게 강하다니……."

"우리의 힘으로는… 어쩔 수 없는 건가?"

우리는 이 다섯 명 중에서 아직도 용케 정신을 유지시키며 일어서 있는 두 명에 대해 한 번쯤 유심히 바라볼 필요가 있었다. 바로 붉은색과 검은색의 복장을 한 인물을 말이다.

"끄으으으……."

어디서 많이 본 것 같지 않은가?

…라고 해도 이것은 소설이니 직접 볼 수 있을 리가 없다. 작가가 잠시 착각하고 있었다.

둘에게는 공통점이 있었다. 지나치게 미끈하여 오히려 이질감이 느껴지는 외모, 복장과 머리색은 온통 한 가지 색으로 통일되어 있지만 피부색만은 새하얘서 대조가 된다는 점이었다.

"크극… 나를 이렇게까지 비참하게 만든 것은 네가 처음이다."

"이렇게까지 당하다니… 한 번도 겪어보지 못한 치욕이다."

아니다, 분명 아니다. 분명 처음은 아니다.

자, 독자 여러분은 여기서 맹렬히 두뇌를 회전시켜야 한다. 지금까지 등장한 인물 중 온통 검은색인 녀석과 온통 붉은색인 녀석이 누가 있었겠는가?

"그러나 물러설 수는 없다. 크큭큭."

"마족의 존망을 위해서라도."

보통의 존재였다면 이미 살아남기 힘들 정도로, 설령 살아남았다 해도 진작 자신의 능력의 한계를 깨닫고 물러섰을 상황에서도―하다못해 목숨을 건 마지막 특공이라도 하지는 못할망정 통하지도 않는 방법으로 계속 시도하는…―꿋꿋하게 버티고 선 채 웃음을 흘리는, 그 너무나도 당당한 모습.

"지금부터 진정한 나의 모습으로 싸우겠다!"

"지금부터 진정한 나의 모습으로 싸우겠다!"

그 둘은 이미 깨지고 찢어져서 본래의 기능을 더 이상 수행하지 못하는 복면과 가면을 벗어던지며 외쳤다.

"세바탄이 아닌 마족 카랏트로서 상대해 주겠다!"

"세바탄이 아닌 마족 스피더로서 상대해 주겠다!"

그리고…

역시 이후의 일은 그다지 따로 묘사할 필요를 느끼지 않는다. 다만 결과만 간략하게 요약하자면, 세바탄 젠카 때보다도 더욱 심각한 유혈 사태가 벌어졌다고 할 수 있을 것이다.

그럼에도 소멸하지 않은 채 존재를 유지하고 있는 세바탄즈의 멤버들을 보며 히아스 일행은 '목숨 질긴 거 하나는 누구에게도 지지 않겠군'이라고 생각하였다.

"……."

히아스 일행의, 일명 '마족전대 세바탄즈'라고 불리는 바보들 집단을 향한 일방적인 폭행 사태를 지켜보는 쟈밀과 렘브리엘, 그리고 그들 일행의 시선은 결코 좋을 수가 없었다. 그것은 히아스 일행을 향한 것이라기보다는 현재도 열심히 얻어터지고 있는 다섯 명의, 그중에서도 특히 눈에 띄는 붉은색과 검은색의 두 마족에 대한 것이었다.

“이건 너무하는군.”

“유감이지만 동감이다. 너무하는군.”

그들의 ‘너무한다’ 는 생각을 품게 하는 원인은 세 가지였다. 첫째는 저렇게 바보 행각을 하여 스스로 매를 버는 다섯 바보들에 대한, 둘째는 도가 지나치다 생각할 정도로 잔혹한 폭행을 실행하고 있는 다섯 명의 ‘변수’ 라는 자들에 대한…

그리고 세 번째는…

“호오~ 제법이잖아?”

“나도 그렇게 생각해.”

“…….”

“…….”

뭐가 그리도 즐거운지 입가에 희미한 미소까지 머금어가며 사태를 관전하고 있는, 그리고 애초에 이런 사건의 계기를 마련한 장본인인…

“이 정도에서 중단시키면 안 되겠습니까? 이미 기본적인 평가로서 충분하다고 생각하오만…….”

“그렇습니다. 명색이 5마 장군인데, 이대로는 저들이 너무…….”

결국 보다 못했는지 게론과 제이가 그들을 말리려 하였다. 그러자 포츈과 텐스는 하나같이 이해하지 못하겠다는 시선으로 그들을 바라보며 대답했다.

“음? 재미있지 않아?” ×2

“…….” ×?

황당하기까지 한 둘의 한마디에 쟈밀을 비롯한 모든 이들은 그 자리에서 굳어버렸다.

‘대체 저들의 사고 구조는…….’

하지만 다행히 눈치까지 없는 것은 아닌 둘이었기에 이상하게―적어도 포츈과 텐스의 관점에서는—굳어 있는 부하들의 모습에 고개를 끄덕였다.

"알았어, 그만둘게."

"레디, 가서 저 녀석들 회수해 와."

마지못해 한다는 티가 역력한 포츈의 명령에 레디는 고개를 끄덕인 뒤 히아스들이 있는 공간으로 이동하였다.

"뭐, 어쨌든 저 녀석들이 '힘'을 사용하는 동안 그 파장과 유형을 분석하니 확실히 먼저 만났던 녀석하고는 다르더군."

"저렇게 '멍청'하고 '단순'하고 '순진'한 녀석들이라면 안심해도 되겠어. 잘하면 이용할 수도 있겠고 말야."

입가에는 안도의 웃음까지 머금어가며 말하는 텐스와 포츈의 말에 다른 이들은 아직 완전히 믿지 못하겠다는 모습을 하고 있었다. 그리고 그런 그들의 반응을 본 둘은 그들을 향해 버럭 소리쳤다.

"지금 못 믿겠다는 건가?!"

"뭐야, 지금 내 말을 못 믿는 거야?!"

그제야 자신들이 누구 앞에서 못마땅한 표정을 지었는지를 깨달은 그들은 재빨리 방금의 표정을 회수하며 '그럴 리가 있겠습니까?'라고 말하는 듯한 표정으로 세차게 고개를 저었다.

"뭐… 그럴 리는 없겠지."

'휴우……'

미심쩍어하면서도 그냥 모른 척 넘어가 주는 포츈과 텐스의 모습에 그들은 속으로 안도의 한숨을 내쉬었다. 다행히 이번에는 이렇게 어물쩡 넘어갔지만 만약에 그들의 기분이 조금이라도 나빠져 마구 따지고 들어왔다면 그들은 아마 초죽음이 났으리라.

"좋아, 우선은 저 녀석들과 직접 접촉을 해보자."

“그러자. 알아내고 싶은 것도 많이 있고 말야.”

둘의 명령에 따라 포츈과 텐스, 그리고 쟈밀과 렘브리엘을 비롯한 그 둘의 부하들까지 모두 그들이 존재하던 공간으로부터 사라졌다.

그들이 이동 목적지는 바로 히아스들이 있는 장소였다.

● 제19장
결투

“블러디 데몬, 응답하라! 블러디 데몬!
테스탈롯사 블러디 데몬, 대답하라!”
“끄으으으······.”
“블러디 데몬, 여기는 크샤레노 다크엔젤. 응답하라!”
“끄으음······.”
“레온! 레온! 정신 차려라! 죽고 싶은 건가?!”
“끄윽··· 아직은··· 너에게··· 너에게 그 딴 말 들을 생각은 없어.”
“···아직 전투 속행은 가능한가 보군. 다행이다.”
“걱정해 준 건가?”
“아니, 네가 죽거나 이상이 생기면 이길 수 있는 확률이
더욱 희박해지기 때문이다.”
“···그럼 그렇지.”

―이드의 과거 중에서.

예정에 없던 일

"허억, 헉."

얼마나 빠르게, 그리고 얼마나 오랫동안 이 사막 위를 가로지르며 날아가고 있었을까?

"하악, 하악."

그래도 나는 그나마 나은 편이었다. 세린의 경우는 안 그래도 마음대로 움직여 주지 않는 마나를 억지로 움직여 날고 있었기 때문에, 게다가 지금은 엘프의 모습으로 폴리모프한 상태이기에 더욱더 힘들어 보였다.

"하아… 하아……."

그리고 티니의 경우도 엄청나게 힘들다는 것을 보여주기라도 하듯 표정은 물론이고 열심히 움직이고 있는 그녀의 날개―지금 그녀의 등에는 한 쌍의 피막 날개가 돋아나 있었다―를 움직이는 것에도 막 날기 시작할 때에 비해 힘이 없었다.

"둘 모두… 괜찮아?"

하지만 이렇게 질문하면서도 속으로는 이렇게 생각하고 있었다.

'괜찮을 리 없지.'

오죽하면 저 둘이 대답을 하고 싶은 듯 나를 보며 입은 열지만서도 숨을 몰아쉬느라 하려는 말이 안 나오고 있겠는가?

"…안 되겠다, 잠시 쉬자."

그렇게 말하며 나는 비행을 그만두었다. 내가 나는 것을 멈추고 땅 위로 내려서자 그녀들 역시 나는 것을 멈추고 내가 있는 곳으로 내려왔다.

"하아… 하아……."

"후… 하……. 후… 하……."

역시 상당히 힘이 드는 듯 그녀들은 한참 동안 그 자리에 멈춰 숨을 몰아쉬었다. 물론 나 역시 힘들다는 것은 마찬가지였지만 적어도 그녀들처럼 땀을 비 오듯 흘리며 모래바람을 들이키고 있다는 것을 망각할 정도로 정신없이 숨을 몰아쉴 만큼 지치지는 않았다.

"하악… 그런데… 하아… 괜찮을까요? 후아……."

"그래요. 후우… 무엇보다 여유가 없다고 한 것은 주인 오빠잖아요. 하아……."

우리가 이렇게 지금까지 쉴 틈도 없이 계속해서, 그것도 드래곤 모습으로 현신한 세린을 타지 않고 각자 날아가는 것에는 이유가 있었다.

거대한 드래곤의 몸체로 우리들을 태우기까지 한 채로는 '그'의 손아귀에서 벗어날 수가 없었을 것이기 때문이다.

'대체… 어째서……?

그때 내가 본 것은 분명 히아스였다. 아이어(프로튼의 수도)에서 본 히아스에 비해 외모도 목소리도 더 늙어 보이기는 했지만 분명 히아스였던 것이다.

대체 그가 어째서 나를 가로막는 것인가? 아직은 이해할 수가 없었다.

그것은 대략 한 시간 즈음 전에 일어난 일이었다.

“에효효······.”

이렇게 한숨을 쉬는 것도 대체 몇 시간째인지 알 수 없었다. 도대체가 이 사막의 넓이는 얼마나 되기에 아직도 이렇게 썰렁한 모래벌판만 보이는 것인가?

“정말 넓은 사막이네요.”

“그러게요. 게다가 사막이라는 게 원래 이런가요? 아무리 가도 모래… 모래… 온통 모래뿐이에요.”

과연 시간이 흐르는지조차도 의심스러울 정도로 똑같은 광경만 되풀이되는 주변의 모습. 그것은 정말 참기 힘든 지루함이었다.

“흐음… 슬슬 저녁이 되는 것 같은데?”

그나마 시간이 흐르고 있다는 것을 알려주기라도 하듯 우리가 출발했을 당시 막 지표면 위로 떠오르던 태양은 어느새 하늘 위에서 곡선을 그린 뒤 다시 지평선 아래로 가라앉으려 하고 있었다. 아침부터 지금까지 아무것도 하지 않은 채 날아왔기에 우리들은 이제 슬슬 쉬었다 가기로 하였다.

“세린, 내려가자.”

“네.”

그녀도 쉬고 싶었는지—그도 그럴 것이 반나절을 넘게 계속 날았으니까—내 말에 대답하며 곧바로 고도를 낮추었다.

휘유우웅—

아직 드래곤 형태인 그녀의 거대한 몸체가 날갯짓을 하며 땅에 가까이 내려오자 사방으로 먼지가 휘날렸다. 덕분에 우리들은 세린이 변신을 푼 뒤에도 잠시 동안 공중에 뜬 채 먼지가 가라앉기를 기다린 후 땅위에 올라설 수 있었다.

"하아… 이제야 다시 땅을 밟아보는… 어어어?"

막 땅 위로 내려선 나는 모래로 이루어진 땅에 발을 딛는 순간 잠시 당황하며 몸을 비틀거렸다. 이 모래의 감각이 다른 곳의 땅을 밟는 것과 확연히 차이가 났기 때문이다.

모래로만 된 땅을 밟는 것이 처음은 아니었다. 하지만 강가의 모래사장 등 몇 번 모래땅을 걷거나 뛴 적은 있었지만 이렇게 수분이 없어 푸석한 느낌의 모래땅은 처음이었다. 게다가 조금 걸음을 옮긴 것뿐인데 벌써 신발에 모래가 들어와 버려 상당히 거슬렸다.

"위에서 볼 때도 그랬지만 이거 엄청나네요……."

티니의 말대로였다. 도대체 어떻게 된 지형이 끝도 없이, 지평선까지 그저 모래벌판만이 펼쳐지고 있는 것인가? 물론 전부 평평하지는 않고 중간중간 크고 작은 모래언덕들이 있었지만 결국 그게 그거였다.

"에휴휴… 힘들어라."

반나절을 내내 날기만 해서 그런지 세린의 모습은 제법 지쳐 보였다. 그녀의 이마에는 작은 땀방울이 몇 개 송골송골 맺혀 있었고 호흡 역시 가볍게 숨을 몰아쉬고 있었다.

"그런데… 이래서는 자리를 깔기가 힘들겠는걸?"

점심을 거른 상태이다 보니 자연 우리는 꽤나 배가 고픈 상태였지만 그렇다고 해서 자리도 살피지 않고 냉큼 주저앉아서 식사 준비를 할 만큼 굶주리지는 않았다.

"그러게요. 이런 곳에서 자리를 깔고 식사했다가는 모래도 한 움큼은 먹겠어요."

아무리 봐도 이곳은 도저히 느긋하게 식사를 할 장소가 아니었다. 막 사막 안으로 들어올 때의, 계란을 깨놓으면 익어버릴 정도로 뜨거웠던 모래는 어느새 서늘하게 식어 쿠션이라도 깔지 않는 이상 엉덩이를 바닥에 닿게 하는 것이 싫어질 정도였고, 조금씩 불고 있는 바람은 도무지가 지나가는 길에 있는 모래들을 가만히 놔두지 않고 있었다.

"에휴… 할 수 없지. 뭔가 만들어 먹는 건 안 되겠고 일단 빵과 우유 정도만 먹자."

그렇게 말하며 나는 가방 속에서 빵과 우유를 꺼내었다. 가방은 단순히 공간 압축과 경량화 마법뿐이 아닌, 일종의 검색 기능 비슷한 것까지 있기에 나는 어렵지 않게 많은 짐이 들어 있는 가방 속에서 빵과 기타 몇 가지 먹거리가 들어 있는 바구니를 찾아낼 수 있었다.

"월 오브 파이어."

나의 주문에 의해 우리들의 측면으로 작은 불의 벽이 생겨났다. 그렇게 생겨난 불꽃의 벽은 열기가 식어 추워진 사막에서 온기를 얻을 수 있게 해주었다.

"자, 별수없으니 서서 먹어야겠다."

하지만 아무리 서서 먹는다 해도 그것은 앉아 있을 때에 비해 나은 것일 뿐 여전히 모래바람은 불고 있어 그다지 좋을 것도 없었다. 물론 비행 마법으로 공중에 떠오른 채 먹을 수도 있지만 그래서는 휴식의 의미가 퇴색되기 때문에 자중했다.

나와 티니는 그렇다 쳐도 계속 날아오느라 힘을 소비한 세린에게는 미안하니까.

"잘 먹겠습니다." ×3

점심을 거른 채 먹는 저녁이라 그런지 이미 식은 빵임에도 불구하고 상당히 맛있다는 생각이 들었다. 물론 이것을 만든 요리사의 실력이 대단하기 때문이기도 하지만 말이다.

'레미엘…….'

이것은 그가 나에게 ‘마지막으로’ 챙겨준 선물이라고도 할 수 있었다. 물론 그가 직접 만든 것은 아닐 테지만 말이다.

‘바보……’

그는 바보다. 정말 어리석은 녀석이다. 너무 어리석어서 그는… 멀지 않은 미래에 가진 모든 것을 잃을 정도로 어리석은 녀석이었다.

“주인 오빠?”

“…으응?”

문득 들려오는 티니의 목소리에 나는 정신을 차리며 그녀를 바라보았다. 그녀와 세린은 걱정스러운 시선으로 나를 보며 질문하였다.

“무슨 걱정이라도 있나요? 안색이 안 좋아요.”

“조금… 걱정되어서…….”

정확히 대답해 줄 수는 없고, 그렇다고 해서 이번에도 대답을 안 해주자니 미안한 생각이 든 나는 뜬구름 잡는 식으로나마 대답을 해주었다. 다행이라 해야 할지, 그녀들은 내 말의 의도를 다르게 판단하고는 피식 웃으며 나에게 말하였다.

“걱정 마세요. 설마 무슨 일이라도 있겠어요?”

“그래요, 별일없을 거예요. 무엇보다도 그곳은 하이 엘프를 위한 곳이라면서요?”

아마 그녀들은 내가 유적에 갔을 때 일어날 일에 대해서 불안해하는 것으로 알고 있는 듯하였다.

가슴이 아팠다. 대체 언제쯤이 되어야 그녀들에게 거짓이 아닌 진실을 이야기해 줄 수 있을까? 그녀들의 나에 대한 신뢰와 사랑이 깊어질수록 그녀들에게 작은 거짓말 하나 하는 것조차도 나에게는 너무나 가슴 아픈 일이었던 것이다.

“그래… 우선은 가봐야지.”

일단은 가보는 거다. 그러면 무언가 해결책을 발견할 수 있을지도 모를 것이리라. 레미엘의 일도, 그리고 점차 '시야'가 열리면서 괴로운 일이 많이 생기고 있는 것에 대해서도 말이다.

"그래, 우선은 가보자. 그러면 어떻게든 되겠지."

그렇게 결심한 나는 더 이상, 적어도 유적에 도착할 때까지는 고민하지 않기로 했다. 적어도 지금의 목적은 유적까지 도착하는 것이다.

시잉—

"⋯⋯!"

순간 내 머리 속으로부터 무언가가 울리기 시작했다. 마치 머리 속에서 날카로운 칼바람이 부는 것 같은 착각을 준 그 느낌은 점차 그 강도를 더해가고 있었다.

"또 왜 그래요? 모래 씹었어요?"

세린이 농담조로 질문하였지만 난 그것에 대답할 수가 없었다.

"아냐⋯ 이건⋯ 위험해."

이번 느낌은 방금 전 같은 막연한 걱정이나 불안감이 아니었다.

다가오고 있었다. 무언가 거대한 위협이 말이다.

"세린, 티니, 빨리 숨어야⋯⋯."

키유우우웅—

쿠우우우우—

하지만 그것은 이미 늦은 상태였다. 무언가 강대한 존재가 구름 한 점 없는 붉은 하늘을 가르며 빠른 속도로 날아오더니 우리들의 머리 위에서 곧바로 수직으로 떨어져 내려왔다.

파슈우웅—

휘유우우웅—

뾰족한 앞부분, 새하야며 약간은 뚱뚱하게 느껴지는 몸체, 뒤쪽으로 길게 뻗은 순백의 날개, 마치 새와 비슷하게 생긴 금속 질감의 그 물체는 우리들의 머리 위 5미터 정도에서 멈춘 채 떠 있었다.

"뭐, 뭐죠?"

"저것… 이전에……."

세린의 경우는 태어나서 저렇게 생긴 물체는 처음 보는지 적잖이 당황하고 있었고, 티니의 경우 이전에 나와 함께 저것을 본 적이 있어서 그런지 세린보다는 그 정도가 조금 덜했다.

"프리… 텐스."

그때와 똑같이 무심결에 그것의 이름이 내 입으로부터 흘러나왔다. 그리고 그것을 들은 듯 세린은 나에게 질문하였다.

"프리텐스라니요? 오빠는 저것을 알고 있나요?"

"아니… 아닌데……."

분명 아니다. 이번으로 저것을 본 것은 겨우 두 번째이다. 더욱이 첫 번째 보았을 때는 고작 몇 초 정도를 보았을 뿐이고, 그 이전에는 본 적도, 들은 적도 없는 물체였다.

그런데 나는 알고 있었다. 저것이 무엇인지, 그리고 저것이 어떤 것인지.

"하하하하, 이거 이렇게 만나뵙게 되니 반갑습니다그려."

그것, 프리텐스로부터 누군가의 목소리가 들려왔다. 그것은 처음 듣는 것이지만 일전에 들었던 누군가의 목소리와 상당히 비슷한 것이었다.

"실례지만 라니오스님께서는 제 말을 좀 들어주셔야겠습니다."

목소리는 물론이요, 이쪽을 내려다보고 있는 그의 모습은 히아스와 상당히 흡사했다. 다만 차이가 있다면 검은색의 정장을 입고 있던 그에 비해 저자는 하얀 옷을 입고 있었으며 전체적으로 그에 비해 늙어 보인다는 점 정도였다.

“거친 짓은 하지 않습니다. 얌전히 제 말을 따라주신다면 말이죠.”

그는 우리가 뭐라고 할 것인지에 대해서는 안중에도 없다는 듯 열심히 자신의 할 말만을 지껄이고 있었다.

“넌 누구냐?!”

그러던 와중 세린이 그를 향해 질문하였다. 그러나 상당히 짙은 피어가 섞인 그녀의 외침에도 그는 전혀 당황하지 않고 태연하게 그녀를 바라보며 대답하였다.

“굳이 대답할 필요성을 느끼지 않습니다만…….”

“건방지구나!”

그녀의 피어가 더욱 짙어졌다. 하지만 그는 오히려 더욱 짙은 미소를 띠며 세린을 마주 보았다.

그렇다. 단지 마주 보았을 뿐이었다.

“커헉!”

순간 그녀가 헛바람을 들이키며 몸을 앞으로 숙였다. 그리고 내가 걱정스레 다가갔을 때 그녀는 입으로 한 움큼의 피를 토하고 있었다.

“세, 세린……!”

“라, 란 오빠, 저, 저자를, 저자를 정면으로 쳐다보지 마세요. 쿨럭!”

그리고 또다시 쏟아지는 한 덩이의 핏덩이. 그 순간 나는 상대가 안 될 것이라는 생각을 하면서도 그를 향해 공격을 시도하고 있었다.

“라이세린!”

내 부름에 응답하여 나의 힘은 내 앞에 모습을 드러내었다. 두 자루의 검 형태를 띤 나의 힘을 그를 향해 겨누었다.

“가랏!”

나의 외침, 나의 의지에 따라 두 개의 검은 허공에 화려한 궤적을 그리며 그를 향해 뻗어 나갔다.

“훗.”

그러나 그는 전혀 당황하지 않고 오히려 비웃었다.

그는 품속에 손을 넣어 하나의 손잡이를 꺼내었다. 그리고 그가 그것을 휘두르는 순간 그것으로부터 긴 선이 뻗어 나오며 두 개의 라이세린을 휘감았다.

휘리리릭—

“크윽……!”

물론 나는 나의 라이세린을 휘감고 놓아주지 않는 저자의 채찍으로부터 빼내려 했으나 그것을 휘감고 있는 힘은 내 생각보다도 더욱 강했다. 게다가 나는 이를 악물며 있는 힘을 모두 쏟아 붓고 있는 것에 비해 그는 너무나도 여유로워 보였다.

힘의 격차가 너무나 컸다.

“이거이거, 아무래도 말로 해서는 순순히 들어주실 것 같지 않군요.”

그가 채찍의 손잡이를 잡아당겼다. 그러자 나의 안간힘을 쓰는 노력에도 불구하고 라이세린은 너무나도 힘없이 그에게 끌려갔다.

“크으윽……!”

“잠시 쉬는 것도 좋겠죠.”

파즈즈즈—

순간 채찍을 타고 마치 전류와 같은 스파크가 일었다. 그리고 그것은 곧 라이세린을 관통하였다.

“으… 으아아악!!”

그리고 라이세린의 고통은 곧바로 나에게 전달되어졌다. 나의 힘은 그의 힘에 형편없이 짓눌려 나에게 온몸이 부스러지는 것 같은 고통을 선사하였다.

“란 오빠!”

“주인 오빠!”

“오, 오지 마!”

세린과 티니가 나에게 다가온다. 하지만 나는 남아 있는 이성을 쥐어 짜 그녀들을 만류했다. 만약 그녀들이 나에게 다가온다면 그녀들 역시 성하게 있진 못할 것이다.

특히나 유한한 존재인 그녀들에게는……

“크악, 으아아, 크아악!!”

고통 속에서 고개를 들어 그를 쳐다보았다. 그는 나의 고통을 즐기기라도 하는 듯 한껏 비틀린 미소를 머금은 채 나를 내려다보고 있었다.

“크으윽… 큭……!”

언제까지나 계속될 것 같은 고통, 언제까지라도 계속 나를 비웃으며 내려다볼 것 같은 그. 마치 영원의 순간이 될 것 같은 그때 무언가가 이곳을 향해 날아오고 있었다.

“캬라라라라락!!”

쿠구구구구—

콰콰콰쾅—

그 순간 하늘에서부터 한줄기 섬광이 나와 그의 사이를 훑었다. 비록 그다지 굵은 빛줄기는 아니었지만 그것이 지나가며 일으킨 폭발은 엄청난 것이었다.

“아아악!”

“란 오빠!”

“주인 오빠!”

폭발로 인해 뒤로 날려가는 나를 세린과 티니가 받아 들었다. 갑작스러운 광선 공격에 당황하며 우리는 방금 전 공격이 날아온 방향을 쳐다보았다.

“키아아아악!”

쿠오오오—

또다시 아까와 같은, 하지만 그 강력함과 굵기에서는 상대도 되지 않을 정도로 거대한 섬광이 하늘에서부터 프리텐스를 향해 뻗어 나갔다. 그러나 그러한 강력한 힘을 머금고 있는 광선조차 저자에게는 먹혀들지 않았다.

파치칭—

움직이지 않았다. 손끝조차 움직이지 않았지만 어느새 그의 주변에는 무색의 방어막이 둘러쳐져 있었다. 그리고 그것은 매우 간단하게 그에게 향해오던 광선을 튕겨내 버렸다.

“…킥.”

그가 웃었다. 그것은 너무나도 극명한 비웃음이었다.

“명을 재촉하시는군, 용황.”

“캬라라라라락!!”

히아스의 비웃음 섞인 한마디와 함께 하늘에서부터 무언가가 빠른 속도로 이곳을 향해 내리꽂히듯이 날아오고 있었다.

“캬라라라락!!”

그것은… 드래곤이었다! 온몸이 찬란한 에메랄드 빛으로 이루어진 거대한 드래곤이었다.

“아버… 지……?”

이곳을 향해 빠른 속도로 날아오며 포효하는 드래곤을 보고 세린이 중얼거렸다. 혹시 저 드래곤이 세린의 아버지인 아즈라우드라고 하는 그린 드래곤인가?

“캬라라락!”

부우우우—

세린의 아버지인 듯한 드래곤의 입에 거대한 빛무리가 뭉치기 시작했다. 매우 빠른 속도로 그 크기를 더해가던 빛덩이는 어느 순간 강력한 힘을 머금은 하나의 빛줄기가 되어 다시 한 번 프리텐스를 노리고 뻗어 나갔다.

"훗."

투앙—

하지만 이번에도 광선은 맥없이 튕겨져 나갈 뿐이었다. 하나 아까와 다른 점이 하나 있었으니, 이번에는 약간이나마 프리텐스가 흔들렸다는 것이었다.

"크오오오오!"

파아앗—

연이어 밝은 백광이 드래곤의 거체를 감쌌고, 마치 하나의 거대한 빛무리처럼 변한 드래곤은 급속도로 그 크기가 줄어들었다. 그리고 그 빛이 사라졌을 때 아까 전의 거대한 드래곤은 간데없고 크리스털과 같이 투명하다고 느낄 정도로 눈부신 에메랄드 빛의, 인간과 드래곤의 형태를 섞은 듯한 존재가 있었다.

"'순수'여, 어서 가시오! 이곳은 나에게 맡기고!"

콰앙—

그의 온몸을 내던지는 공격에 프리텐스의 방어막이 순간 희미해지며 동체가 크게 흔들렸다. 그것을 본 히아스를 닮은 그자는 살짝 미간을 찌푸리며 채찍을 고쳐 잡았다.

"신경 쓰이게 하는군."

삐이이이—

채찍을 고쳐 잡는 순간, 거의 동시에 프리텐스로부터 큰 경보음이 울렸다. 거리가 너무 멀다 보니, 그리고 세린의 아버지인 드래곤이 프리텐스의 실드를 공격할 때 나는 소리로 인해 그 내용은 듣지 못하였지만 내 생각이 맞다면 저것은 분명 파일럿이 탑승하지 않고 있는데 적기가 가까이 다가왔을 때 내는 경보음이다.

씨익.

그가 미소 지었다. 그리고 그는 프리텐스를 향해 무언가를 지시하는 듯하였다. 그러자 그의 명령을 전달받은 듯한 프리텐스는 천천히 그 거대한 몸체를 회전시키기 시작했다.

쿠앙!

티디디딕—

그리고 히아스와 닮은 그 인간이 프리텐스의 보호막 안으로부터 뛰쳐나왔다. 그와 세린의 아버지인 듯한 드래곤의 공격이 맞부딪치면서 공간에 작은 균열들을 만들어내었다.

"'순수'여! 어서 가시오, 어서!"

힘에 벅찬 듯한 모습으로 히아스와 닮은 그의 공격을 받아내면서 또한 번 드래곤은 나를 향해 외쳤다. 나는 그의 말에 따라 다시 유적을 향해 걸음을 옮기려 했지만 그럴 수 없었다.

"아… 아… 아버… 아… 아버……."

그녀는 무언가에 큰 충격을 받은 듯 자리에 가만히 선 채 버벅거리고 있었다. 드래곤을 바라보는 그녀의 눈동자는 풀려 있었고, 입은 무언가를 말하려 하지만 제대로 말하고 싶은 바를 말하지 못한 채 계속 우물거리고 있었다.

"세린!"

결국 보다 못한 내가 그녀의 어깨를 잡고 거칠게 흔들어서야 그녀는 정신을 차리며 나를 바라보았다.

"세… 세린."

그녀의 눈가에는 커다란 눈물이 그렁그렁 맺혀 있었다. 무언가에 의해서인지는 모르겠지만 그녀는 지금 매우 슬퍼하고 있었다.

"란 오빠… 아버지가… 아버지가……!"

"……."

순간 그녀가 무슨 말을 하려는지 어렴풋이나마 짐작할 수 있을 것 같았다. 그것은 단순히 '짐작'이 아닌, 어찌 보면 그녀의 감정을 간접적으로나마 느끼는 것이었다.

저 드래곤, 아즈라우드는 죽을 각오를 하고 있었다. 그리고 지금은 죽으려 하고 있다.

세린은 그러한 아즈라우드의 감정을 전달받고 슬퍼하고 있는 것이다.

"뭐 하는 건가. 어서 가란 말이… 크웃……!"

빨리 떠나지 않은 채 우물거리고 있는 우리들을 향해 다시 한 번 아즈라우드가 소리 질렀다. 그리고 그 작은 틈을 놓치지 않은 상대의 공격에 그는 간신히 방어에 성공하며 밀려났다.

"세린……;."

그녀의 팔을 잡아당겼다. 그녀는 잠시 움찔하는가 싶더니 곧 천천히 고개를 끄덕이며 아즈라우드를 한 번 바라본 뒤 곧바로 마법으로 몸을 띄웠다. 방금 전 히아스에 의해 입은 데미지 때문인지 마법의 안정도가 떨어지는 듯하였으나 다행히도 그다지 큰 지장은 없어 보였다.

"가자."

나 역시 비행 마법으로 몸을 공중에 띄웠고, 티니 역시 등 뒤로 피막으로 덮인 날개가 생겨나며 공중에 떠올랐다. 그리고 셋의 준비가 끝나자 더 이상 돌아보지 않고 있는 힘을 다해 그곳에서부터 달아났다.

과거는 이어지지 않은 미래

"…그러나 우리는 이 정도로 물러서지 않는다. 다음에는 각오해라!!"

슈르르륵—

히아스 일행의, 다섯 명 중에서 특히 두 명을 향한 '일방적인 폭행'이 진행된 지 얼마나 시간이 흘렀을까? 그제야 그들은 '포기'라는 감정이 생긴 듯 허둥지둥 공간 이동을 해 달아났다.

"……."

그러나 히아스 일행들은 그들이 사라지고 나서도 한참 동안을 씨근덕 대며 그들이 사라진 방향을 노려보고 있었다. 다만 그들 중 데스틴만이 아직도 침착한 모습을 유지하고 있는 편이었다.

어디까지나 '비교적'이라는 차원에서이기는 하지만 말이다.

"흐이… 흐이… 이걸로 바보 쇼는 끝난 건가?"

"씨익… 씨익… 아마 그런 것 같은데……?"

"히에… 히에… 만약에 또 나타나면 차라리 다 때려 엎어버릴 거야."

“후우… 후우… 이럴 줄 알았으면… 흐이… 이온 캐논이라도 가져올 걸…….”

“…소형 핵폭탄도 나쁘지 않았을 거라는 생각이 드는군.”

언제나처럼 서로의 짧은 감상 한마디씩을 교환한 뒤 그들은 숨을 고르며 평상심을 되찾아가고 있었다. 그리고 그들이 간신히 평소와 같은 모습을 되찾을 즈음 또 다른 존재들이 그들 앞에 모습을 드러내었다.

지잉―

“익숙한 얼굴들의 연속이로군…….”

작게 중얼거리는 데스틴의 말을 들은 듯 텐스는 그들 앞에 모습을 드러내자마자 그에게 질문하였다.

“음? 우리를 알고 있는 것인가?”

“알고 있지요.”

마치 당연하다는 듯이 대답하는 상대의 모습에 텐스는 물론이고 포츈을 포함한 나머지 이들 역시 궁금함이 담긴 시선으로 히아스 일행을 바라보았다. 그들의 시선에는 하나같이 ‘설명을 해봐라’ 라는 의미가 담겨 있었다.

“질문을 하겠다. 한 치의 거짓 없이, 있는 사실 그대로를 대답해 주었으면 한다.”

“가능한 한도 내에서 그렇게 하도록 하지요.”

잠시간 두 집단 사이에 어색한 침묵이 흘렀다. 그리고 그 잠시간의 시간이 지난 뒤 처음으로 입을 연 것은 포츈이었다.

“너희는 어디에서 왔지?”

그녀의 질문에 히아스 일행은 곧바로 대답하지 않았다. 그들은 제법 긴 시간 동안 정면으로 포츈의 눈동자를 응시하며 조용한 힘겨루기를 하고 나서야 대답할 생각이 들었다는 듯 말하였다.

"…좋습니다. 사실대로 말씀드리죠. 저희는 미래에서 왔습니다."

"단순히 미래가 아냐. 어느 세계에서 왔지?"

데스틴이 대답을 하자마자 포츈이 연이어 또 다른 질문을 던졌다. 그리고 그녀의 질문에 이니어스가 대답하였다.

"'본래는 아무도 없는 곳'에서 왔습니다."

이니어스의 대답은 상당히 진지한 것이었으나 그것을 들은 포츈과 텐스의 경우는 그렇지 않은 듯 미간을 기묘하게 일그러뜨리며 그에게 따졌다.

"그런 애매한 대답을 원한 게 아니다."

상대가 애매모호한 대답을 하며 자신을 놀린다고 생각한 포츈은 날카롭게 눈을 부릅뜨며 이니어스를 노려보았다. 사나운 그녀의 기세에 이니어스는 잠시 동요된 듯 눈을 꿈틀하였으나 이내 평상심을 되찾으며 다시 대답하였다.

"애매한 대답이 아닙니다. 당신들이 그렇게 부르는 곳입니다."

"…정말인가?"

"거짓을 말할 이유가 없습니다."

이니어스는 진중히 고개를 끄덕였으나 그런 그에게 돌아온 것은 전혀 모르겠다는 투의 포츈과 텐스의 목소리였다.

"하지만 우리는 그런 곳을 모른다."

"그렇게 애매한 이름으로 부를 만한 장소가 있었던가? 애초에 그럴 이유가 없지 않은가?"

"…네?"

어처구니가 없다는 듯한 포츈과 텐스였으나 그것은 이니어스를 포함한 히아스 일행 역시 마찬가지였다. 그들은 다섯 명이 하나같이 '그걸 모른다고요?'라는 식의 표정을 감추지 못하고 있었다.

"대체 어떤 멍청이가 그런 애매한 이름으로 차원의 이름을 짓는다는 것인가? 농담하지 마라."

'정말 당신들이 그랬다니까요……!'

속마음이야 그랬지만 그렇다고 정말 그렇게 우겨서는 아무것도 되지 않는다. 그것을 잘 아는 그들이었기에 아무 말도 하지 못한 채 인상만 굳히고 있었다.

'그리고 보니 지금은 과거지?'

문득 그들의 머리 속으로 스쳐 지나가는 생각이었다. 지금은 그들이 있는 곳에 비해 과거의 시간을 지니고 있는 세계이다. 그렇다는 것은 만약 저들이 자신들이 언급하고 있는 그곳을 발견하지 못했거나, 그 '본래는 아무도 없는 곳' 이라는 세계 자체가 생성되지 않았을 수도 있다. 즉, 아직 저들은 자신들이 말하는 '아무도 없는 곳' 이라는 명칭으론 아무리 말해도 알아듣지 못할 수 있다는 것이다. 그렇다고 해서 이 무한에 가까운 시간과 차원선상 위에서 그곳의 위치에 대해 정확한 묘사와 설명을 '언어' 라는 것만으로 한다는 것 역시 한없이 불가능에 가까운 일이었다.

결국 그들에게는 무슨 말을 해도 이해시킬 수 없다는 결론이 나온 것이다.

'젠장! 그 베라먹을 이름은 분명히+확실히+틀림없이 당신네들이 지은 거란 말야아!!'

속으로는 그렇게 울부짖고 있는 다섯이었지만 괜히 입 밖에 냈다가는 다툼거리만 만들어내고 말게 될 것이다. 그렇기에 흥분으로 붉어지려는 얼굴을 애써 진정시키는 그들이었다.

"…좋아, 그럼 그건 그렇다 치고 다음 질문으로 넘어가지. 너희가 이곳으로 온 목적은?"

"분쟁 종식, 혼란 방지, 최악의 사태 예방."

"너희를 이곳으로 보낸 자는?"

"라니오스님, 순수의 하이 엘프."

"……!"

순간 포츈과 텐스, 그리고 그들의 일행들 사이로 놀라움이 스치고 지나갔다. 그리고 유독 그 놀라움과 당황의 감정이 더욱 큰 것은 쟈밀이었다.

"란이 보낸 자들이라고……?"

쟈밀이 아연해 있는 와중에도 질문과 대답은 계속되고 있었다.

"그럼 이번에는 질문 내용을 바꿔보지. 너희는 '변수' 라고 불리는 자들이다. 맞는가?"

"아마 맞을 겁니다."

이번 질문을 받아 대답한 것은 데스틴이었다. 그는 입가에 묘한 미소를 지은 채 포츈과 텐스를 번갈아 바라보고 있었다.

"너희를 만나기 전에 다른 한 명의 '변수' 를 만난 적이 있었다."

"우리는 그자에게 제법 많은 이야기를 들을 수 있었지."

꿀꺽—

잠시 양쪽이 아무 말도 하지 않은 상태에서 마른침 삼키는 소리만이 공기를 타고 전해졌다. 평소라면 여간 집중하지 않는 이상 듣기 힘든 소리였지만 지금 이 순간은 그 누구도 들을 수 있을 정도로 크게 울리는 듯하였다.

"그자는 거기 있는 그대와 상당히 많이 닮았더군."

텐스의 손이 히아스를 가리켰다. 텐스는 자신을 가리키는 그의 모습에 안색이 굳어지는 히아스를 더욱 강하게 직시하며 말을 이어 나갔다.

"그대들에게는 우리들의 '눈' 이 통하지 않기 때문인지 정확하게 알아볼 수는 없다. 하지만 적어도 너희 '변수' 라는 자들은 같은 존재라 할지라도 '변수'가 된 이상 더 이상 같은 존재가 아니게 된다는 것 정도는 안 보아도 짐작할 수 있을 듯하군."

"같은 존재였음에도 너희는 하나의 운명선 위에서 각자 다른 노선을 걷고 있군."

"……."

히아스의 표정이 더욱 어두워졌다. 그 역시 당황하기는 마찬가지였던 것이다. 자신과 동일한 인물인 자가 나타났고, 그는 나타나자마자 자신에게 적의를 품고 있었다. 그보다 먼저 만났던 자기 자신에게 이야기를 듣기야 했다지만 말로 들을 때와 직접 겪을 때의 느낌은 또 다른 것이다.

"나는, 우리는 너희 '변수'라는 존재에 대해 많은 흥미를 가지고 있다. 무엇보다도 너희는 우리와 달리 '얽매인 것이 전혀 없는' 존재들이니 말이다."

"이것은 그래서 하는 말이다. 이미 너희들에게 있어 누군가, 혹은 무언가에 속박되거나 하는 강제력은 일체 작용하지 않는다고 알고 있는데 맞는가?"

포츈과 텐스의 질문에 히아스 일행은 잠시 아무 대답도 하지 않았다. 그러나 어느새인가 포츈, 텐스를 바라보는 시선은 매우 날카롭게 변해 있어 그들이 얼마나 저 둘을 경계하고 있는지 짐작할 수 있었다.

"그렇게 노려볼 것 없다. 솔직히 말하지. 우리는 너희 '변수'가 우리와 손잡기를 원한다."

"너희가 '순수'에 의해 생겨난 존재이지만 이미 너희는 '변수'. 그는 물론 그 어떤 존재에게도 더 이상 너희를 강제할 수 있는 권리는 없다. 선택은 완전히 너희의 자유지."

여전히 히아스 일행은 침묵하고 있었다. 그런 그들을 구슬려 보려는 듯 다시 포츈의 입이 열렸다.

“무엇 때문에 하이 엘프 따위에게 너희의 그 아까운 능력을…….”

“그만 하시지요.”

결국 참지 못한 히아스의 입으로부터 제법 분노 어린 한마디가 새어 나왔다. 악다문 그의 입으로부터 나온 작은 한마디였지만 그 한마디로 인해 주변의 공기는 싸늘하게 냉각되어 버렸다.

“뭔가 착각하고 계신 듯한데, 저희는 저희가 라니오스님께 묶여 있다는 생각을 단 한 번도 한 적이 없습니다. ‘변수’라는 것이 ‘운명의 속박으로부터 자유로운 존재’이기 때문에 ‘변수’인 것 정도는 이미 알고 있습니다.”

그는 정면으로 포츈과 텐스를 노려보았다. 그의 두 눈은 매섭게 치켜떠져 있었고 흥분으로 인해 악다문 그의 잇몸에서부터 피가 새어 나왔다.

그는 더욱더 흥분하여 언성을 높이며 따지듯이 그녀에게 말하였다.

“어차피 ‘하이 엘프’라는 존재는 이 세계 안에서밖에 그들의 ‘절대력’을 행사할 수 없는 존재입니다. 고작 이 세계, 이 세계 하나입니다. 당신들은 어찌하여 그것조차 용납하지 못하여 그들을 미워하고 탄압하려 하십니까?”

점차 히아스의 표정과 말투에서 이성은 사라져 가고 있었다. 하지만 그 누구도 말리려는 생각을 하지 않아 계속 그의 입에서는 거친 말투의 항변이 쏟아지고 있었다.

“당신 같은 분 때문입니다! 저희는 적어도 당신들같이 하이 엘프를, ‘순수’를, 라니오스님을 탄압하는 이들로부터 보호하기 위해 지금 이 자리에 있습니다!”

히아스는 이제 손가락질까지 해가며 그녀를 마구 대하고 있었다. 그리고 그것을 참지 못한 듯, 하지만 흥분하여 소리를 지르는 히아스에 비하면 이성이 남아 있는 듯 텐스는 차갑게 가라앉은 목소리로 히아스를 향해 반론하였다.

"그래, 너의 말대로 하이 엘프는 이 세계에서뿐이 '힘' 을, '권능' 을 행사하지 못하지. 하지만……."

"닥치시지요!"

드디어 히아스의 입으로부터 직설적인 폭언이 나왔다. 그리고 그것은 포츈과 텐스를 비롯한 그들 부하들의 히아스 일행을 향한 적개심을 불러일으켰다.

"뭐… 야……?"

"닥치라고 했습니다."

쿠구구구―

순식간에 그들 주변으로 거대한 힘의 기운들이 모여들었다. 과도하게 밀집된 '힘' 은 공간의 균형을 뒤흔들고, 그들 이외의 존재들에 대해 막강한 위협감을 형성하였다.

"나를 우습게 보는 것인가?"

그러나 히아스는 아무 대비도 하지 않았다. 다른 그의 일행들이 만일에 대비하여 힘을 끌어올리고 있을 때도 그는 두 눈을 치켜뜬 채 낮은 목소리로 자신의 할 말을 이어가고 있었다.

"이미 알고 있습니다. 이 세계, 비록 작고 보잘것없어 보이지만 사실은 이 세계야말로 진정한 '중심' 이라는 것을!"

잊고 있는 것인가? 아니면 안 하고 있는 것인가? 갈수록 그는 열과 성을 다해 열변을 토하고 있었다.

"'중심' 을 뺏기니 아쉽습니까? 다른 나머지는 모두 당신들의 수중에 떨어진 것과 다름없는데도? 마지막 하나마저 뺏어야 당신들은 정녕 속이 시원하시겠습니까?"

“…….”

“ ‘중심’ 이면 어떻습니까? 그들은 이 안에서밖에 능력을 발휘하지 못하는, 새장 속의 새나 마찬가지입니다.”

알고 있다. 이미 전부터 알고 있었다. 그들 하이 엘프는 순전히 이 세계, ‘중심’ 만을 위한 존재이다. 때문에 이곳에서는 그 누구보다도 강력한 강제력을 발휘할 수 있지만 반대로 이야기하면 그 강력한 강제력이 통하는 곳은 이곳 ‘중심’ 뿐이었다.

“무엇입니까?”

어느새 주변을 무겁게 짓누르며 공간과 존재감을 으깨려 하던 ‘힘’ 은 사라져 있었다. 또다시 무거운 정적만이 주변을 감돌았고, 그 정적을 가로지르는 것은 오로지 히아스의 외침뿐이었다.

“무엇이 그렇게도 당신들의 욕심을 돋우는 것입니까?!”

“…….”

“무엇이 당신들을 그렇게 두렵게 하는 것입니까?!”

“…….”

아무도 그의 말에 대답을 하지 않았다. 답은 나와 있었다. 하지만 그것을 직접 말할 수는 없었다.

“당신들은 ‘파괴신’ 의 ‘그 행각’ 을 다시 반복하실 겁니까?!”

“……!!”

그때부터였다. 포츈과 텐스는 마치 무언가에 세게 얻어맞은 것처럼 크게 몸을 휘청이더니 자신들의 머리를 부여잡고 괴로워하기 시작했다.

“설마… 그런 건가? 그 역시… 우리가…….”

“그래서… ‘창조’ 는 더 이상 ‘창조’ 이기를 포기했고 ‘파괴’ 는 극단으로 치달은 것인가……?”

두 존재의 표정에 진한 괴로움이 서리기 시작했다. 그들은 두 눈, 입,

코에서까지 맑은 액체를 흘리면서 몸부림쳤다.

"아냐… 우리는… '질서'를… 새로운 '질서'를 위해……."

"그렇다면… 우리는, 우리는……."

"이용당했다? 우리는… 단순한 도구……?"

"우리뿐이 아닌… '그들'조차… '그분'께……."

이윽고 둘이 동시에 하늘을 향해 고개를 돌리며 외쳤다. 어느새인가 둘의 목소리는 마치 탁한 기계음처럼 변해 있었다.

"'그분'께서는 어찌하여 이러한 운명을 안배하셨단 말인가!!"

끼기기기―

유리가 마찰하는 듯한 불쾌한 소리와 함께 공간 전체가 뒤흔들리기 시작했다. 그리고 괴성을 지르며 괴로워하는 포츈과 텐스에 의한 영향인지 히아스 일행을 제외한 모든 이들이 괴로워하며 몸부림치기 시작했다.

"크윽……!"

"무, 무슨……!"

"꺄아아아악!!"

공기가 아닌 '공간'을 타고 남자의 것도, 여자의 것도 아닌 섬칫한 비명 소리가 울려 퍼졌다. 그 비명 소리의 주인은 어느새인가 자아의 붕괴에 의해 소멸을 눈앞에 두려고 하는 포츈과 텐스의 고통에 가득 찬 비명 소리였다.

"쟈밀, 이것은 설마……!"

"그래! 두 분은……."

쟈밀과 렘브리엘의 목소리가 다급해졌다. 그들은 지금 자신들의 주인이 어떠한 처지에 있는지 정확히 알아낸 것이다.

"안 돼! 이대로 가면 정말로 최악의 상황이 된다!"

"'변수'들이여, 부탁이다. 저 두 분을 봉인해 다오!"

그러나 지금의 '변수'들은 순순히 그들의 말을 들어 그들이 원하는 바를 수행할 수 있는 상태가 아니었다.

"이, 이게 무슨 일이지?"

"뭐야?! 너, 지금 무슨 짓을 한 거야?!"

그들도 당황하고 있었다. 포츈과 텐스가 자아를 붕괴시키게 만든 히아스조차 현재의 상황을 완전히 인식하지 못한 채 당황하여 허둥거리고 있었다.

"나, 나도 몰라… 나는 그저……."

"이 빌어먹을 자식아! 또 사고를 치는구나!"

"멍청한 놈, 내 언젠가 또 한 번 크게 사고 칠 줄 알았다."

어벙벙하게 서서 자신이 한 일에 자기 자신조차 감당이 되지 않는다는 듯 혼이 나간 모습을 한 히아스, 그리고 그런 그를 탓하기만 하는 나머지 일행들을 보며 이니어스가 윽박질렀다.

"그만 해! 지금 그런 추한 짓 하고 있을 때냐?!"

그는 품속에서 부적을 한 다발 꺼내며 여전히 괴로워 몸부림치며 비명을 지르는 포츈과 텐스를 향해 걸음을 옮겼다.

"'빛'과 '어둠'이 사라지면 지금의 질서가 무너진다. 어찌 되었든 지금의 상황에 있어 저들은 하이 엘프보다 중요해."

그제야 정신을 차리고 사태에 대한 파악이 되는 듯 히아스와 나머지 일행들도 부랴부랴 포츈과 텐스를 향해 다가갔다.

"쟈밀님과 렘브리엘님의 말씀대로 우선은 저 두 분을 봉인한다. 다들 준비해!"

"OK!!"

이니어스의 지시에 따라 일행은 신속하게 두 존재의 주변을 둘러싸며 진형을 갖추었다. 그리고 각자의 방법을 통해 서로의 힘에 연계하여 그들을 봉인하기 시작하였다.

"마친 데 짠 빠이 하우 윙 만텐 빠하잉 텐츈……."

"라 페이셔난 테르반다 세르바타 덴 바르……."

"난 반 사 차 이 진 사 영 우 한 자 공……."

"그저 바라는 거 없으니 편히 잠들기만 해다오……."

"¥ Σ Φ Ψ Ω Θ Ξ Π Τ λψγξ……."

다섯 명으로부터 뿜어지는 강력한 힘이 포츈과 텐스의 주위를 휘감기 시작했다. 그리고 점점 그 범위를 좁혀가던 다섯 명의 힘과 제어를 잃고 폭주하는 두 힘이 서로 충돌하였다.

찌지지직—

파바바박—

힘의 충돌로 인해 공간이 찢어지고 사방으로 그 여파가 튀었다. 포츈, 텐스의 힘은 자신들을 동결시키려 하는 다섯 명의 힘에 거칠게 저항하고 있었다.

그렇게 얼마나 더 힘겨루기를 하고 있었을까?

"뭐, 뭐야, 이거?!"

"이것들아, 힘 좀 써봐!"

"미친! 너 같으면 지금 적당히 하겠냐?!"

"이게 최대한이라고!"

"잡담할 힘이 있으면 그것도 저들의 폭주를 막는 데 써!"

무언가가 이상했다. 아무리 저 둘의 힘이라고 해도 자제력을 잃고 제 멋대로 폭주하는 상태인데다가 급격히 힘이 소모되는 폭풍과 같은 상태 인 그들이었다. 이렇게까지 자신들에게 반항할 수 있는 상태가 아닐 텐 데도 저 둘은 자신들의 힘에 맹렬한 거부 반응을 보이고 있었다.

"설마……!"

문득 히아스는 한 가지 가설을 세웠다. 만약 누군가가 지금 저 둘의 폭주를 돕고 있는 것이라면? 그리고 더불어 자신들을 방해하고 있는 것이라면?

"우리가 다섯인데… 그쪽이 혼자일 리가 없잖아……."

간과하고 있었다. 그자 하나만을 보아도 자신들 다섯이 모두 힘을 합쳐야 간신히 상대할 수 있을 정도였다. 그렇기에 히아스는 자기 자신도 모르는 사이 그에게도 동료가 있을 것이라는 생각을 하지 못한 것이리라.

"그렇다면……!"

그다. 분명 그가 손을 쓰고 있다. 어쩌면 그쪽도 다섯 명이 모두 모여 있는지 모른다.

그 순간 히아스의 머리 속으로 한 가지 불길한 추측이 스치고 지나갔다.

"모두 피… 크아아악!!"

그그극—

찌이잉—

큰 소리가 난 것은 아니었다. 마치 맷돌을 갈 때 날 듯한 소리와 금속판이 진동하는 듯한 소리, 이 두 가지 소리가 조용히 울려 퍼진 것뿐이었다.

"이, 이번엔 또 뭐야……?!"

하지만 그로 인해 생긴 효과는 결코 작은 것이 아니었다. 공간이 깨져 나가거나 어떠한 것이 소멸되지는 않았지만…

'우, 움직이지 않아……!'

'동결' 되었다. '의지' 만을 남기고 남은 모든 것이 굳어버린 채 움직이지 않게 되었다. 순식간에 주변을 제압한 이 정체 불명의 강제력은 그

막강한 힘으로 히아스 일행과 포츈, 텐스 일행의 주변을 지배하였다.

'무슨 속셈이지……?'

모두가 패닉에 빠진 상황에서 이니어스나 렘브리엘, 쟈밀을 비롯한 몇 몇 이들은 냉철하게 상황을 계산하기 시작했다. 이 정도 힘이라면 기습 적이라는 조건 하에 단 한 번의 공격으로 우왕좌왕하던 자신들을 한꺼번 에 무력화시키고 제압할 수도 있었다. 하지만 무슨 이유에서인지 상대는 단순한 '동결' 만 하였을 뿐이었다.

'그나마 다행인 점이라면 포츈님과 텐스님의 폭주까지 동결되었다는 것 정도군.'

더불어 의지만은 자유로울 테니 제정신을 차릴지도 모른다. 그렇게 되 면 굳이 저 둘을 봉인할 필요는 없어지고 그로 인한 혼란이나 공백도 덜 어진다.

'하지만 우선은 이 상황을 타개해야겠는데…….'

그렇지만 방법이 없었다. 단지 '의지' 만이 자유로울 뿐이지, 일체의 힘과 권능의 발현이 불가능했다. 심지어는 육체를 움직이는 것조차 불가 능했고 일행과의 의사 소통 방법 역시 전무했다.

'누구냐? 무슨 꿍꿍이속이냐? 차라리 당장 앞에 모습을 드러낼 것이 지…….'

대부분의 이들이 이러한 번거로운 방법까지 사용하여 자신들을 묶어 둔 것에 의문을 느끼는 외중이었다. 그러나 이런 상황에서 유난히 다른 이들과 다른 생각을 하고 있는 이가 있었다. 그는 지금 벌어진 상황에서 자신이 세웠던 가설을 더욱 확실히 하며 불안해하고 있었다.

'역시나다……!'

히아스는 자신의 가설이 맞아떨어진 것에 대해, 그리고 앞으로 벌어질 사태에 대해 불안감과 공포감을 느끼며 절규하였다.

‘젠장! 누가 좀 빨리 도와주러 오면 좋으련만……!’

급박한 상황이지만 지금의 자신들은 그 무엇도 할 수 없는 상황이었다.

히아스는 물론이요, 지금 이 순간 순식간에 불의의 기습으로 의지를 제외한 모든 것에 제동이 걸린 모든 이들은 그저 최대한 빨리 누군가가 자신들을 발견하고 도와주기를 기대할 수밖에 없었다.

“…시작인가?”

‘의지’를 제외한 모든 것을 동결당해 아무것도 하지 못하게 되어버린 포츈과 텐스, 그리고 히아스의 일행들이 있는 장소의 상공. 그러나 보통의 이는 쉽게 인지할 수 없는 대기권 바깥의 상공에서 그들을 내려다보는 이가 있었다.

“번거롭게…….”

그는 일전 중년 모습을 한 히아스를 구해주었던, 이니어스와 그 모습이 매우 닮았으나 외모에서 더욱 나이 들어 보이는 모습을 한 이였다. 그는 잠시 자신이 ‘봉쇄’를 걸어놓은 장소를 내려다보던 중 슬며시 시선을 다른 장소로 돌렸다.

“…역시 금방 눈치 채는군.”

지금 자신이 붙들어둔 이들과는 또 다른 존재들이 움직이기 시작하였다. 그리고 그들의 목적지는 아마도 방금 동결시킨 자들이 있는 장소일 것이리라.

“지금 마주치게 할 수는 없지.”

그의 손이 품속으로 들어갔다 나오자 어느새 그의 손에는 한 다발의 부적이 들려 있었다. 그는 그것을 자신의 주변에 흩뿌리듯 배치하며 주문을 외우기 시작하였다.

"마찌 라우 타우 빤 후엔쉬 쩌으 단 하……."

그가 배치하였던 부적에 반투명한 붉은색의 기운이 맺히는가 싶더니 이내 그것은 그의 손짓에 따라 어느 한 지점을 향해 빠르게 날아갔다. 그리고 잠시 부적들이 시야에서 사라져 가는 것을 지켜보던 그는 어느 정도 부적들이 멀어지자 더 이상 신경 쓰지 않는다는 듯, 자신이 한 행위의 결과 따위는 볼 필요도 없다는 듯 두 눈을 감고 그대로 잠이 들었다.

미래는 아직 자각하지 못하는 과거

퓨퓨퓽—

"크윽……!"

키이잉—

이드는 다시 한 번 레버를 당겼다. 그의 조작에 따라 크샤레노의 몸체는 유연하게, 하지만 급속도로 곡선을 그리며 위로 치솟았고 그런 크샤레노의 옆을 두 대의 비트가 스치듯이 지나갔다.

"젠장……!"

'이대로는 시간 낭비다.'

알고는 있었지만 마땅한 타결책이 없었다. 프리텐스로부터 사출된 것이 틀림없을 이 비트들은 매우 집요하게 자신을 노리고 달려들어 벗어날 틈을 주지 않는 것이었다.

'빨리 가지 않으면…….'

긴박한 현실에 대한 생각이 그의 행동을 재촉하였으나 그렇다고 해서 그의 길을 가로막는 이 비트가 순순히 비켜줄 리는 만무했다. 오히려 다급한 생각이 더해질수록 더욱더 집요하게 달려드는 것 같은 착각이 들 정도로 이 비트들은 꼬리를 물고 놓아주지 않았다.

"치잇……!"

키릭—

파바바밧—

이드가 레버에 달린 버튼 중 하나를 누르자 크샤레노로부터 수가닥의 광선이 뻗어 나갔다. 광선들은 정확하게 가장 멀찍이서 자신을 노리고 치명적인 한 방의 기회를 노리던 '스나이퍼 비트'를 노리고 뻗어 나갔으나 아쉽게도 그것을 맞추지는 못하였다.

어느새 나타난 '가드 비트'가 이드의 공격을 모조리 막아버린 것이다.

티티팅—

프리텐스의 비트는 크게 다섯 가지로 나뉘어진다. 단단한 몸체에 고밀도의 플라즈마 실드까지 두르고 육탄돌격을 해오는 '스트라이크 비트', 초소형기치고는 꽤 큰 사이즈의 레일건을 장비하여 정밀 사격을 통해 공격해 오는 '스나이퍼 비트', 높은 연사력의 레이저 개트링을 장착한 '슈팅 비트', 범위가 넓은 필드형 실드로 방어를 담당하는 '가드 비트', 그리고 사용자에 따라, 혹은 사전 설정에 따라 그 용도를 달리하는 '엑스트라 비트'.

그 외에도 여러 가지의 비트가 더 있지만 그것은 프리텐스의 내부에 수납이 되지 않는 데다가 쓸 수 있는 유저도 제한되어 있었다. 그리고 무엇보다 지금의 프리텐스는 그런, 일명 '스페셜 비트' 계열을 하나라도 가지고 있을 리가 없었다.

그리고 그 다섯 가지의 비트 중 엑스트라 비트를 제외한 네 개의 비트는 사방에서 빈틈없이 집요하게 자신과 크샤레노를 노리고 그 사나운 이빨을 들이밀고 있었다.

"젠장……!"

또다시 이드의 입에서 욕지거가 튀어나왔다. 이렇게 발목을 붙잡혀 시간만 질질 끄는 것으로 인해 낭비하게 된 시간이 도대체 얼마나 되는 것인가? 이러는 사이에도 '위기 상황' 이라는 것은 순조롭게 그 걸음을 옮겨 현실을 향해 다가오고 있을 텐데 말이다.

'하지만 이래서는……'

비트들의 연계 공격은 너무나도 철저했다. 그 철저한 공격은 이드에게 달아날 기회는 물론이요, 비트들을 제압할 정도 수준의 공격을 사용하는 것까지 막고 있었다.

'도박을 하기에는 상황이 나쁘다. 설령 성공한다 해도 그 상태로는 프리텐스를 상대할 수 없다.'

프리텐스와 싸울 때를 대비해야 한다. 그것이 이드에게 현재 있는 그의 모든 능력을 사용하는 것에 제동을 거는 또 다른 이유였다. 이 비트들을 처치할 방법이 전혀 없는 것은 아니지만 만약 그렇게 할 정도로 힘을 낭비하면 프리텐스와의 싸움은 결코 이길 수 없다.

'그러나 이대로 가도 쓰러지는 것은 마찬가지다.'

이곳 북쪽 사막 지역은 어째서인지 자신의 본연의 힘인 '파괴신' 으로서의 능력을 사용하지 못하게 억제하고 있었다. 그렇다고 자신의 능력을 사용할 수 있는 장소까지 물러날 수도 없는 데다가 그런다고 해서 저 비트가 순순히 따라올 리도 없다.

결국 그는 자신이 가진 가장 큰 힘인 '파괴신' 의 능력을 제외한 채 '기존에 자신이 가지고 있던 능력' 과 '크샤레노의 능력' 으로 저것들과 프리텐스를 상대해야 하는 것이다.

쿠궁―

"크웃……!"

잠시 상념에 빠진 것 때문이었을까? 순간 느슨해진 그의 컨트롤은 비트들에게 공격을 허용하고 말았다. 그리고 그 충격으로 인해 크샤레노는 중심을 잃고 회전하며 밑으로 곤두박질쳤다.

"레노, 서브 부스터 맥스!"

「명령 접수. 서브 부스터 맥스.」

하지만 어쩌면 그것은 역전을 위한 기회였는지도 모른다. 스친 수준의 작은 충격이었음에도 파일럿의 조종 미스 때문에 마치 큰 피해를 입은 마냥 밑으로 떨어지는 크샤레노의 행동은 현재 단순히 컴퓨터의 패턴대로 움직이는 비트들에게 공백을 만들게 하였다.

"스크램블, EMP 런쳐!"

「스크램블, 동시에 EMP 런쳐 챠지.」

크샤레노의 몸체 아랫부분으로 네 개의 긴 막대 비슷한 금속관이 나왔다. 그리고 그것들은 서로가 평행하게 배치되어 전자를 일으켜 공명시키기 시작하였다.

"G어택 풀 사이클, 옵션 부스터."

「명령 접수, 응용 프로그램:G어택, 옵션:부스터. 시동.」

철컹—

차카닥—

레노의 안내와 함께 크샤레노의 후방 부스터가 전개되었다. 메인 노즐을 감싸듯이 있던 그것은 마치 X 자를 연상시키는 모양으로 펼쳐지며 불꽃을 뿜어내기 시작했다. 그리고 그와 함께 이드가 앉아 있는 조종석에서는 자물쇠가 잠겨질 때 날 듯한 작은 효과음과 함께 콘솔 화면에 작은 카운트 바가 표시되었다.

"부스터 포트 작동. 엔진 임계점까지 카운트."

「P-SYNC 타입 G 풀 드라이브. 프로그램 G어택 옵티브. 옵션과 연동.」

서브 컴퓨터 '세블'과 레노의 목소리가 거의 동시에 들려왔고, 그 순간 크샤레노는 전체가 무색의 두터운 막에 감싸이면서 순간적인 가속과 함께 비트들을 향해 솟아올랐다.

"크으으읏……!"

이드는 매우 오랜만에 느끼게 되는, 자신을 짓누르는 공기의 압박감에 쾌감 섞인 신음성을 내며 레버를 더욱더 앞으로 밀었다. 그런 그의 기대와 행동에 보답하듯 크샤레노의 엔진은 거센 힘을 뒤로 뿜으며 더욱더 가속하기 시작했다.

"EMP, 셀프 코팅!"

「명령 접수.」

파즈즈즈—

크샤레노 전체에 방전음과 함께 얇게 일렁이는 푸른 빛깔의 막이 덧씌워졌다. 그 상태로 크샤레노는 비트들을 향해 돌진하였다.

파슝—

투앙—

너무나 직선적으로 달려들어 오는 크샤레노의 모습을 비웃기라도 하듯 스나이퍼 비트는 재빠르게 크샤레노를 향해 조준하여 레일건을 발사하였다. 그러나 그것은 크샤레노를 감싸고 있던 막을 뚫지 못한 채 튕겨 나가 버렸다.

푸캉—

이윽고 크샤레노와 스나이퍼 비트가 부딪쳤다. 부딪치는 순간 푸른색의 막이 순간 무력할 정도로 흩어지며 일렁였지만 반대로 안쪽의 막은 더욱 그 농도를 짙게 하더니 날카로운 칼날과 같이 변하여 스나이퍼 비트를 두 쪽으로 찢어발겨 버렸다.

퍼엉—

두 동강이 난 채 스나이퍼 비트는 공중에서 그대로 폭발하였고, 이번에는 슈팅 비트가 크샤레노에게 도전하였다.

카가가가—

티팅팅팅—

슈팅 비트의 레이저 개틀링 역시 아무 피해를 입히지 못하였다. 그리고 이번에는 스트라이크 비트가 위협적인 푸른빛의 플라즈마 실드를 두르고 돌진해 왔다.

푸캉—

퍼엉—

그러나 역시 통하지 않는다는 점에선 변함이 없었다. 강맹하게 크샤레노를 향해 돌격을 감행하였던 스트라이크 비트는 오히려 두터운 무색의 막에 감싸여진 크샤레노의 날개 부분에 스치는 순간 두 동강이 나며 공중에서 폭발하여 버렸다.

그리고 마지막 남은 가드 비트만이 실드를 펼친 채 크샤레노의 공격에 대비하였다.

파앙—

카가가가—

역시 방어를 전담하는 비트였기에 가능한 것일까? 맥없이 동강나 버린 다른 세 개의 비트와 달리 가드 비트의 실드는 잠시나마 크샤레노의 돌격을 막아내는가 싶었다.

그러나 그것은 어디까지나 '잠시' 뿐이었다.

퍼엉—

불과 몇 초 지나지 않아 실드에 균열이 생기는가 싶더니 순식간에 부서지고 말았다. 날카로운 기운을 전체에 두른 크샤레노의 몸체와 날개가 무력해진 가드 비트를 스치고 지나갔고, 그와 거의 동시에 가드 비트는 다른 세 개의 비트와 운명을 같이하는 꼴이 되어버렸다.

"부스터 타임 오버, 정지."

「P-SYNC 시스템 오버로드, 시스템 안정을 위해 일시 정지합니다.」

눈앞의 목표물을 제거하자 크샤레노를 감싸던 무색과 푸른색의 막이 사그라들고 전개되었던 부스터 역시 다시 안으로 수납되었다. 그렇게 제법 힘겹게, 하지만 다행히 큰 소모는 없이 난관을 통과한 크샤레노는 다시 기수를 돌려 진정한 목표 프리텐스가 있는 곳으로 향하였다.

「전방에 이레이져 반응!」

"뭣이……!"

파슈우우웅—

슈와아악—

갑작스러운 세블의 경고음에 놀라면서도 이드의 손놀림은 본능적으로 레버를 옆으로 움직이고 있었다. 그리고 그런 행동으로 인해 그는 자신을 노리고 발사된 '이레이져 캐논'에 집어삼켜지는 것으로부터 벗어날 수 있었다.

찌끼기기긱—

이레이져 캐논이 공간을 훑고 지나가자 마치 빳빳하게 펼쳐져 있던 얇은 종잇장을 손으로 거칠게 훑고 지나간 것마냥 공간이 뜯겨져 나갔다. 그리고 군데군데 찢어진 공간을 좌우로 헤치며 하나의 거대한 물체가 크샤레노를 향해 육박해 왔다.

"…프리텐스!"

티 한 점 묻어 있지 않은 것 같은 맑은 느낌의 하얀 몸체, 조금은 뚱뚱해 보이면서도 그것을 구성하는 완연한 곡선으로 인해 그러한 인상을 주지 않게 하는 모양새, 크샤레노의 1.5배에 달하는 거대한 크기임에도 크샤레노를 압도하는 날쌔면서 정교한 움직임.

자신이 있던 세계에서 누구나가 최강이라고 칭하는 프리텐스의 모습이었다.

"…큭."

정말 순식간이었다. 이레이져 캐논을 피하느라 중심이 흩어진 기체를 안정시키는 그 짧은 시간 동안 프리텐스는 어느새인가 크샤레노의 뒤를 점하고 있었다.

콰콰콰콰콰—

"젠장!"

짧은 욕지기와 함께 이드는 빠르게 레버를 움직이며 개틀링을 뿌려대는 프리텐스로부터 벗어나기 위해 안간힘을 썼다. 하지만 아무리 그라고 해도 끈질기게 따라붙어 이빨을 내밀고 있는 프리텐스에게서 벗어나는 것은 결코 쉬운 일이 아니었다.

푸콰콰콰—

또다시 프리텐스의 레이저 개틀링이 불을 뿜었고 그와 함께 크샤레노 역시 다시 한 번 공중에 현란한 곡선을 그리기 시작했다.

프리텐스와의 1:1 승부라니? 그것도 이미 구식인 크샤레노로, 그것도 아무 추가 장비 없이… 게다가 일체의 실탄 병기조차 없는 상황이다. 프리텐스와 크샤레노의 성능에 대해 대충이라도 알고 있는 이라면 누가 보아도 이미 결과가 정해졌다고 할 만한 승부였다.

콰콰콰콰—

게다가 더 열받게 하는 것은 프리텐스가 보이고 있는 태도였다. 이 성능 차라면 충분히 더 가깝게 달라붙어 더욱 확실하고 위력있는 사격을 할 수 있음에도 마치 자신을 약 올리기라도 하듯이 일부러 거리를 두고 있는 것이었다.

"나를… 가지고 노는 것인가?!"

이드는 분노했다. 그에게도 자존심이 있고 긍지가 있다. 차라리 플라즈마에 정통으로 맞아 입자 하나 남기지 않고 분해되어 사라졌으면 사라졌지, 이렇게 구석에 몰려 장난감 취급을 당하는 쥐가 되다니…….

"으아아아아!!"

슈와아악―

공기를 가르는 소리와 함께 크샤레노가 수직으로 내리꽂혔다. 갑작스러운 상대의 반응에 프리텐스는 당황한 듯 날아가던 도중 공중에서 움찔하면서 크샤레노를 지나치고 말았다.

"레노, 서브 부스터를 가능한 전부 역분사, 그리고 P―SYNC 가동!"

「명령 접수. 서브 부스터 역분사, P―SYNC 타입 G, 유저 커스텀 모드.」

레노의 음성과 동시에 크샤레노의 양 날개 밑, 캐노피 뒤, 몸체 위, 그리고 테일 노즐 앞부분의 서브 부스터가 가동되었다. 그리고 그와 함께 이드의 몸 전체에 무색의 막에 둘러싸이는가 싶더니 그 기운은 바깥으로 방출되어 갑작스러운 급제동에 의해 크샤레노에 가해지는 충격을 막아내었다.

"크ㅇㅇ윽……!"

파앙―

프리텐스가 크샤레노 옆을 지나가자 크샤레노의 앞부분을 감싸던 무색의 막은 뒤쪽으로 그 위치를 이동하였다. 그리고 무색의 막이 크샤레노의 뒤쪽을 감싸는 순간 그 무색의 막은 강하게 크샤레노를 앞으로 밀어버렸다.

빠른 속도로 날던 전투기를 세운다는 것도 그렇지만 막 멈춰가는 것을 다시 급가속시킨다는 것은 보통 일이 아니다. 갑자기 감속하고 거기에 또다시 급가속하는 것으로 인해 이드는 몸 안의 내장들이 배를 뚫고 튀어 나갈 것 같은 고통에 이를 악물었다.

쉬아아악—

고통스러움 속에서도 이드는 결코 레버에서 손을 놓지 않았다. 그리고 결국 그는 그 상태로 크샤레노를 한 바퀴 회전시키며 프리텐스의 뒤를 잡을 수 있게 되었다.

콰과과과—

크샤레노의 개틀링이 불을 뿜었다. 그러나 거리가 너무 멀었는지 크샤레노가 발사한 레이저 탄환은 모두 프리텐스의 실드에 가로막혀 버렸다. 실드를 뚫고 본체에 데미지를 주기 위해 가까이 가다가기에는 프리텐스가 너무 빨랐다. 오히려 더 이상 멀어지지 않게 안간힘을 쓰는 데만도 힘에 부쳤다. 그나마 이렇게 프리텐스의 속도를 따라잡는 것도 그가 P–SYNC를 이용하고 있기 때문이었다.

「위험, 이 이상은 기체가 버티지 못합니다!」

하지만 그것도 잠시였다. 고작 수분 만에 크샤레노의 각 부위는 한계를 넘는 속도의 비행에 의한 고통의 비명을 내지르려 하고 있었다. 결국 이드는 아쉬움과 분함으로 이를 갈면서도 P–SYNC를 그만두고 감속해야 했다.

쐐애애액—

그리고 프리텐스가 움직였다. 그것은 정말로 이드를 약 올리려 생각했던 것인지 아까 전 이드가 하였던 회피 동작을 그대로 따라하였다. 게다가 그것은 이드가 하였던 것보다도 더욱 빠르고 정교한 움직임이었다.

"젠장!"

결국 이드는 흥분하고 말았다. 아무래도 너무 오랜만에 '구석에 몰리는’ 상황이 된 데다가 시간이 갈수록 지워지기는커녕 더욱더 쌓여만 간 프리텐스에 대한 적개심에 의한 것이리라.

푸하하학—

크샤레노의 노즐이 거친 빛을 머금었다. 그와 함께 한계를 넘는 가속을 한 크샤레노는 이드의 의도에 따라 다시 한 번 수직으로 상승하였다.

"레노, O/S!!"

막 ‘O/S 체인지’ 를 명령하려던 이드는 순간 머리 속을 스치는 한 가지 일에 생각이 미쳤다. 그것은 그가 얼마 전 꾸었던 꿈에 대한 것이었다.

「경고, 전방에 적.」

「전방으로부터 이레이져 에너지 확인.」

그제야 이드는 그때의 그 꿈 내용이 확실하게 기억났다. 그리고 그 꿈의, 어쩌면 ‘경고’ 일지도 모르는 그것의 내용으로 미루어보면… 지금 자신을 쫓아오는 저것은 가짜다.

「이드, O/S 체인지입니까?」

문득 그의 의도를 확인하려는 레노의 목소리가 들려왔다. 이드는 고개를 저으며 대답하였다.

"아니, 다시 한 번 G어택, 하지만 이번에는 리미티드. 옵션은 슈페리움."

「명령 접수. G어택 리미티드, 옵션 슈페리움.」

다시 한 번 이드에게서부터 반투명한 기운이 방출되었다. 그러나 아까와 달리 그 무색의 기운은 크샤레노의 앞부분을 겨우 감쌀 정도로 그 면적이 작았다. 그러나 그 두께나 힘의 집중도에 있어서만은 결코 아까에 뒤지지 않았다.

"레노, 서브 부스터, 세팅은 드리프트!"

「명령 접수, 서브 부스터 세팅 드리프트.」

그 상태로 크샤레노의 몸체가 크게 반전하였다. 그리고 약 180° 정도 반전하는 순간 크샤레노의 서브 부스터들이 빛을 내뿜었다.

슈와왁―

순식간에 크샤레노의 몸체가 회전하여 프리텐스를 향하였다. 그리고 이드는 다시 한 번 레노에게 명령을 내렸다.

"P-SYNC!"

「P-SYNC, 콘택트.」

투앙―

마치 보이지 않는 활에 의해 쏘아진 듯 크샤레노는 빠른 속도를 머금고 프리텐스, 아니, 프리텐스의 모양을 한 가짜 '재밍 비트'를 향해 날카로운 부리를 향하였다.

퍼억―

재밍 비트가 크샤레노의 앞부분에 부딪치는 순간 그것은 곧바로 산산조각이 나며 흩어졌다.

"역시… 가짜였군."

그렇게 중얼거리며 이드는 레버를 옆으로 밀었다. 분명 꿈속에서 본 모습에 의하면 당장 전력으로 회피를 해야 할 상황이었다.

「경고, 전방에 이레이져 반응.」

찌끼기기긱―

아니나 다를까, 어디선가 뻗어 나온 한줄기 섬광, 이레이져 캐논은 다시 한 번 공간을 만신창이로 만들며 방금 전 크샤레노가 있었던 장소를 훑고 지나갔다. 꿈속의 경고를 통해 이미 그것을 예상하고 있던 이드는 자신을 노렸을 그 광선으로부터 어렵지 않게 회피할 수 있었다.

"레노, 다음 발사까지 대략… 아닛!"

끼기기긱—

막 침착을 되찾으며 다음 공격에 대해 예상을 하던 이드는 크게 당황하였다. 보통 이 정도면 멈추어야 할 이레이져 캐논의 광선이 사라지기는커녕 오히려 더 그 굵기를 더해가고 있었던 것이다.

"설마… 크아아앗!!"

찌끼기기긱—

그리고 이드와 크샤레노는 순식간에 이레이져 캐논의 빛 속에 휩쓸려 버렸다.

끼기기기긱—

잠시간의 휴식 후 다시금 이동을 위해 몸을 띄우려던 나와 세린, 티니는 돌연 하늘을 찢어발기며, 말 그대로 정말 하늘을 찢어발기며 지나가는 한줄기 섬광을 보았다.

"뭐죠, 저것은?"

그 빛이 머금은 섬뜩한 기운을 느낀 듯 티니가 한차례 몸을 떨며 질문하였다. 반면 세린의 경우는 저것을 잘 알고 있는 듯 잔뜩 창백해진 얼굴로 중얼거렸다.

"저 빛… 저 빛은……."

세린은 저 빛에 대해 매우 공포스러운 기억을 가지고 있는 듯 격하게 몸을 떨고 있었다. 그리고는 결국 다리가 풀려 버린 듯 자리에 주저앉으며 작게 말하였다.

"이노센트……."

나는 왜 그녀가 저 빛에 이렇게까지 두려움을 가지고 있는지 알 수 있을 것 같았다. 적어도 나 역시 그녀의 아버지 아즈라우드라는 드래곤이 이노센트에 의해 목숨을 잃었다는 기록 정도는 알고 있었기 때문이다. 물론 실제로 죽은 것이 아니었다고는 하지만 그 외에도 수많은 드래곤을 단숨에 살해하고 대륙의 모양마저 바꿀 초병기의 모습을 다시 보는 그녀의 감정은 상당히 복잡한 것이리라.

하지만 문제는…

"아냐."

저 빛은 이노센트의 것이 아니었다. 어쩌면 비슷한지도 모르겠지만 나는 저런 빛을 만들고, 저렇게 공간을 엉망진창으로 찢어발기는 무기를 알고 있었다.

"저것은… 이레이져 캐논."

아마도 저것은 프리텐스로부터 발사된 것이리라.

그런데 저렇게까지, 오버 챠지로 발사할 만한 상대가 있었던 것일까?

크르르륵—

울퉁불퉁한 돌을 서로 마주 대고 문지를 때 날 법한 불쾌한 소리와 함께 서서히 빛이 사그라들었다.

푸시시시시시—

치이이이이이—

프리텐스의 포신 전체로부터 강한 열기와 함께 자욱한 수증기가 피어올랐다. 그것은 한계를 넘는 포격으로 인해 녹아버릴 정도로 과열된 포신과 그것을 냉각시키려는 냉각 가스에 의한 것이었다.

"크크큭."

중년 히아스는 입가에 조소를 머금었다. 그는 방금 전 이레이져 캐논의 섬광에 의해 흔적조차 남기지 않고 사라져 버렸을 존재를 향해 비웃음을 던졌다.

"멍청한. 네 녀석이 꿈을 통해 경고 섞인 조언을 받았다는 것 정도는 이미 눈치 채고 있었다고. 킥킥킥."

그렇게 말하며 그는 자신의 발 밑에 쓰러진 아즈라우드를 발로 툭툭 건드렸다. 중년 히아스의 경우 모래먼지가 제법 묻어 있었으나 이렇다 할 상처가 없는 것에 비해 아즈라우드는 죽지 않은 것이 신기할 정도의 중상을 입고 있었다.

"끄으으윽……."

드래곤의 상징이라 할 수 있는 날개와 뿔은 이미 처참하게 뭉개진 지 오래였다. 여간한 금속으로는 홈집조차 낼 수 없는 단단한 비늘은 엉망으로 깨져 있었고 곳곳에 살점이 떨어져 있었다. 오리하르콘에 버금가는, 아니, 그 이상일지도 모르는 강도를 가졌다고 하는 뼈는 으스러져 부스러기가 되었다.

"그러니까아, 쓸데없는 객기는 좋을 게 하나 없다니까."

중년 히아스는 비웃음의 뜻이 가득한 미소를 지으며 몸을 돌렸다. 아즈라우드는 그를 보내지 않겠다는 듯 억지로 몸을 움직여 다리라도 붙잡으려 했지만 이미 그는 프리텐스 위에 올라타려 하고 있었다.

"죽이지는 않아. 넌 아직 이용 가치가 있거든. 큭큭큭."

위잉—

철커덩—

부아아앙—

그가 프리텐스 위에 올라타는 순간 냉각을 마친 이레이져 캐논의 포신은 다시 분해되어 프리텐스의 몸체 안에 수납되었다. 그리고 그와 함께 프리텐스의 거대한 몸체는 서서히 공중으로 떠오르더니 곧 거세게 공기를 박차며 날아가 버렸다.

"…저것입니까?"

엄청나게 먼 거리인 것이 확실함에도 레미엘은 거칠게 하늘을 가로지르는 한줄기의 섬광을 확인할 수 있었다.

"아아, 거칠지?"

"조금은 그렇군요."

레미엘의 앞에 있는 사내는 묘한 미소를 지으며 그를 바라보았다. 그의 모습은 복장이 다르다기보다 나이가 들어 보인다는 점을 제외하면 히아스와 중년 히아스, 이니어스와 중년 모습의 이니어스의 관계처럼 그 역시 데스틴과 상당히 닮아 있었다. 다만 얼굴에 완연한 세월의 차이가 깃든 둘에 비해 그는 상당히 젊어 보이는 모습이라는 것이 차이라면 차이점이었다.

"흥미로운 이야기입니다. 빛과 어둠, 창조와 파괴. 간단한 요약만을 들었을 뿐인데도 벌써부터 호기심이 동하는군요."

그들이 있는 장소는 어두운 암실이었다. 하지만 그것은 단순히 조명이 어둠침침한 것일 뿐 방 안의 면적과 방을 구성하는 인테리어 등은 결코 타인들이 생각하는 암실의 그것과는 달랐다.

"역시나 레미엘 국왕. 사람 비위 맞추는 법을 잘 알고 있는가 보군. 생각에도 없는 말을 그렇게 자연스레 지껄이는 걸 보면 말야."

"후후, 완전히 거짓말은 아니랍니다."

상대는 자신의 앞에 놓인 술잔을 들어 올렸다. 빠르지도, 느리지도 않게, 그리고 매우 자연스럽고 매끄럽게 잔을 들어 올리는 그의 모습은 매우 기품있고 아름다운 것이었다.

"선택을 잘한 것 같군. 자네도 그렇게 생각하겠지?"

"물론입니다. 당신들이 저를 선택했다는 것, 최고의 선택이었다고 믿게 해드릴 자신이라면 있습니다."

"멋지군! 남자라면 역시 그 정도는 해야지!"

레미엘의 미려한 미소와 함께 들려온 대답에 상대 역시 환하게 웃으며 대답하였다.

"그나저나 상당히 놀랐습니다. 당신 정도의 분이 그런 제안을 하시다니."

"뭐, 우리도 필요해서 하는 일이니까."

레미엘은 문득 자신의 손목에 채워져 있는 검은 빛깔의 팔찌를 가볍게 쓰다듬어 보였다.

"그건 그렇고, 이것이 그렇게까지나 대단한 것이었다니……."

레미엘의 손목에 있는 팔찌, 단순히 하급의 마족 하나가 봉인되어 있는 줄 알았다. 그러나 그 안에 봉인된 존재는 하급 마족 따위가 아닌, 훨씬 더 대단한 존재였던 것이다.

"덕분에 여러 가지로 일이 편해지게 생겼습니다."

문득 레미엘은 자신의 뒤에 서 있는 이를 향해 시선을 옮겼다. 그의 뒤에 서 있는 그 존재는 레미엘에게 무언가 덜미를 잡히기라도 한 듯 내키지 않은 표정을 하고 흥분에 주먹을 쥐고 있으면서도 정작 아무 행동도 하지 못하고 있었다.

"안 그렇습니까, 아바돈님?"

아바돈은 아무 대답도 하지 않은 채 레미엘을 노려볼 뿐이었지만 그는 아무렇지도 않다는 듯 웃으며 아바돈의 시선을 받아내었다.

"이런이런, 앞으로 긴히 협력할 일이 많아질 사이인데 그렇게 언짢아 하시면 저는 슬프답니다."

"…닥쳐."

아바돈의 입에서 작은 욕설이 흘러나왔다. 누가 보아도 간신히 한 것이라고 느낄 그의 한마디에 레미엘은 피식 웃을 뿐이었다.

"이봐, 이럴 때는 입으로만 지껄여 봐야 별 소용이 없다고."

하지만 이전 레미엘이 만났던 데스틴과는 또 다른 데스틴은 썩 마음에 들지 않은 듯 레미엘에게 다가갔다. 그는 레미엘의 손목에 채워진 팔찌를 잡아 아바돈에게 보였다.

"이럴 때는 직접 행동으로 보여줘야 이해를 하지."

곧 그의 손에 푸른색의 기운이 서렸고, 이내 그는 그 손을 팔찌에 가져갔다. 그러나 단순히 겁을 주려는 것인 듯 실제로 그의 손은 팔찌에 닿지 않고 있었다.

"그, 그만 해."

그러나 그 정도로도 이미 충분했다. 아바돈은 중년 모습 데스틴의 행동이 단순한 위협이라는 것을 알고 있었지만 문제는 그것을 알고 있음에도 태연함을 가장하지 못한다는 점이었다.

그리고 그런 아바돈을 마음대로 휘두르는 것은 이 둘에게는 너무나도 쉬운 일이었다. 우는 어린아이를 달래는 것보다도 말이다.

"아바돈 씨, 저는 당신이 저에게 복종하는 것 따위를 원하는 것이 아닙니다."

어느새 아바돈을 지칭하는 단어는 '님' 에서 '씨' 로 격하되어 있었다. 교묘하게 상대를 자신과 비등한 입장으로, 아니, 자신의 눈 밑으로 끌어내린 그는 승리자의 미소를 지으며 그에게 손을 내밀었다.

"서로가 서로에게 잘 협력하면 모두 잘 해결되는 것입니다. 그런 의미에서 잘 부탁드리겠습니다."

"……."

결국 아바돈은 원하지 않으면서도 레미엘의 손을 마주 잡을 수밖에 없었다.

“훗.”

그리고 그런 그들의 모습을 보며 중년 모습의 데스틴은 의미심장한 미소를 짓고 있었다.

찌끼기기긱—

“저것은……!”

애거트 역시 하늘을 가로지르는 파멸의 빛을 볼 수 있었다. 그는 공간을 찢어발기는 차가운 빛을 바라보며 아연한 모습을 하고 있었다.

“시작… 해 버린 것인가?”

각오는 하고 있었다. 하지만 막상 이렇게 일이 터져 버리고 나니 마치 대비라는 둑이 터져 버리듯 불안감이 한꺼번에 그를 엄습하였다.

“‘변수’…….”

애거트는 양팔을 감싸 안으며 몸을 웅크렸다.

무서웠다. 두려웠다. 정해진 틀로부터 완전히 벗어나 마음대로 날뛰는 ‘변수’라는 존재들이. 이제는 그것들로부터 자신을 보호해 줄 존재도, 같이 힘을 합쳐 상대할 존재도 없는 상황이 되어버린 그에게 있어서는 더욱 그러하였다.

“뭐가 그렇게 무서워서 몸을 떨고 있는 거지?”

갑작스레 들려오는 누군가의 목소리에 애거트는 황급히 몸을 돌렸다. 언제 풀려났는지 그의 옆에는 막 새로 생성된 육체를 한 세인이 서 있었다.

“뭐가 너를 그렇게 겁쟁이로 만들었지?”

‘내가 어떻게 알겠냐’고 외치고 싶은 심정이었다. 하지만 지금의 그에게는 그럴 용기조차 남아 있지 않았다.

어째서일까? 자기 자신조차 모르겠다. 어째서 언제나 당당한 자신이 이렇게까지 겁쟁이가 되어버린 것인가?

"같은 존재 아닌가? 어째서 너만 이렇게 변질된 것이냐고!"

"그… 그건……."

"이 불량품 녀석아! 대답해! 대답하란 말야!"

막 그의 어깨를 붙잡아 흔드는 세인의 말 중 '불량품' 이라는 단어를 듣는 순간 애거트의 눈동자에 빛이 사라졌다. 그는 커다란 충격을 받은 듯 풀려 버린 눈으로 허공을 응시한 채 말문을 열지 못하였다.

"당신은 이제 쓸모가 없습니다. 그렇군, 불량품이라 칭하는 게 옳겠군요."

그의 머리 속으로 그가 알고 있는 누군가의 목소리가 뇌리를 스쳤다.

불량품.

설마 그 단어가 자신을 지칭할 줄은 그 누구도 예상하지 못했으리라. 언제나 총명하고, 현명하고, 누구나가 존경하며 숭배하고 두려워하였던, 모두가 우러러보는 위대한 존재였던 자신은…

"불량품입니다."

언제나 자신이 존경하고, 받들었으며, 사랑하였던 존재로부터 그 말을 듣는 순간 '완벽한 존재' 에서 '불량품' 으로 전락하였다.

"어째서……."

그의 눈가에 물기가 고였다. 빠른 속도로 그의 눈가를 가득히 적신 눈물은 곧바로 볼을 타고 흘러내렸다.

"징징 짜지 마! 네 녀석이 불량품이면 나나 이드조차도 불량품이니까. 결국 같은 존재야."

“그분께서는… 구제가 불가능한 불량품이라고…….”

“‘불량품’ 이라고 하면 화를 내란 말야! 주저앉지 마!”

“이미… 나는 틀렸어…….”

“대체 뭐야?! ‘그때’ 만 해도 이렇게까지는 아니었잖아! 일어나! 폭주해도 좋으니까 주저앉지 말란 말야!”

지금 이런 모습을 보이면서도 애거트가 용케 자신의 존재를 포기하지 않는 것은 아마 자신이 느끼고 있는 최소한의 의무감에 의한 것이리라. 그렇게 생각하며 세인은 그를 설득하기 위해 말문을 열었다.

“그래, 우리는 버림받았어. 그런데 그래서 뭐가 어떻다는 거지? ‘그분’ 역시 이미 더 이상 존재하지 않아. 존재하지도 않는 이에게 버림받았다는 게 뭐가 그렇게 대수냐고?!”

“하지만… 그분은 나의 모든 것… 나의 존재 의미…….”

“버림받았다고 해서 모두 끝이 아니잖아! 아직 ‘나’ 라는 존재는 아무 이상 없잖아! 이봐, 눈을 뜨란 말야!”

그러나 아무리 세인이 그를 붙잡고 흔들며 꾸짖어도 그는 여전히 절망만이 가득한 눈빛을 한 채 주저앉아 움직이려는 생각을 하지 않았다. 꿈쩍할 기미를 보이지 않음에도 세인은 계속 그를 설득하기 위해 이야기를 이었다.

“어찌 된 거야? 무슨 일이 있었냐고! 대체 무슨 일이 있었느냔 말야!”

“나… 더 이상… 무서워… 자신감… 없어…….”

“그게 무슨…….”

“내 자신감… 애거트… 죽었…….”

“……!”

그제야 세인은 왜 이렇게까지 그가 무력한 모습을 보이는지에 대해 대강 이해를 한 듯한 모습이었다. 그는 잔뜩 굳은 표정으로 떨리는 입술을 진정시키며 그에게 질문하였다.

"무, 무슨 소리야? 너, 설마……."

"……."

"존재를 분배하여 인격을 만들었다는 거냐?!"

"……."

세인은 정말로 흥분하고 말았다. 만약 그의 가설이 사실이라면 아무리 자신이 설득을 하고, 어떠한 일이 벌어진다 해도 그를 원래대로 되돌릴 수 있는 방법이 없기 때문이다.

"터무니없는 짓을 했군… 너."

"그럴… 지도."

우오오오옹—

막 세인이 힘이 빠진다는 듯한 모습을 하며 어깨를 늘어뜨리는 순간 무언가 알 수 없는 힘이 땅을 뒤흔들었다. 갑작스러운 진동에 깜짝 놀란 세인이 몸을 움찔하였다.

"뭐, 뭐야, 이 힘은?"

반사적으로 그렇게 중얼거리기는 했지만 그는 이 힘이 어떠한 존재의 힘인지 이미 짐작하고 있었다.

"너, 무슨 짓을 한 거야!"

"별로… 특별히 한 것은 없어. 단지 알려주었을 뿐."

"알려… 주다니?"

불안함이 가중되어 가는 세인을 보며 애거트는 입가에 희미한 미소를 머금었다. 그것은 어찌 보면 자조적이었지만 다른 면에서 보면 상당히 험악한 의미를 내포한 것이기도 하였다.

"'파멸시키는 방법'을 말이지……."

"무슨… 소리냐?"

그가 방금 한 말을 제대로 알아듣지 못한 채 고개를 갸우뚱하고 있는
동안 그의 등 뒤로부터 누군가의 목소리가 들려왔다.

"막아야… 해요."

"……?!"

목소리의 주인공은 스프린이었다. 그녀는 아직 완전히 회복되지 않은
몸을 억지로 일으켜 세우며 세인에게 다가오고 있었다.

"스프린, 몸은 괜찮아?"

"저는… 괜찮으니까, 어서 히아… 스를 막아야……."

"스프린!"

풀썩―

몸에 입은 상처가 워낙 깊은 탓인지 그녀는 다시 쓰러지고 말았다. 간
신히 그녀가 땅 위로 넘어지기 전에 세인이 달려가 그녀를 부축하였으나
지금 그녀의 상태는 상당히 위태로운 것이었다.

"이 녀석! 스프린을 치료해 준다고 하지 않았나?!"

진노한 세인이 애거트를 향해 윽박질렀으나 애거트는 약간 난감한 표
정으로 고개를 저으며 대답하는 정도일 뿐이었다.

"시도는 했어. 하지만 이상하게 그녀에게는 나의 '힘'이 안 들어. 아
마 너 역시 마찬가지겠지."

"에이! 필요없어! 내가 직접… 아닛!"

애거트를 향해 신경질적으로 외치며 막 직접 그녀에게 치유의 기운을
불어넣어 주려던 세인은 크게 당황하였다. 애거트의 말대로 '힘'이 전혀
듣지 않는 것이었다.

"리커버리!"

휘이이잉―

세인은 자신의 '힘'을 직접 운용하지 않고 '세인'이라는 인간의 능력

만을 사용하여 회복 주문을 시전하였다. 하지만 그럼에도 스프린의 상태
는 도무지 좋아질 기미를 보이지 않았다.

"이… 이게 어찌 된……."

"내가 말했잖아, 소용없을 거라고."

그렇게 말하며 애거트는 천천히 자리에서 일어나고 있었다. 어찌 보면
단순히 느릿한 움직임이었지만 무력하기만 하던 그의 움직임은 어느새
잘 벼린 칼날처럼 빈틈이 없었다.

"무, 무슨 짓이야……?"

세인은 당황하며 스프린을 조심스럽게 땅 위에 누인 뒤 자신도 일어섰
다. 어느새인지 애거트는 손에 인피니티를 들고 있었던 것이다.

"그에게 약속했다. 너를 막고 있겠다고. 그리고 아직 그 약속은 유효
해."

"이… 무슨 바보 같은……!"

세인 역시 애거트에게 대항하기 위해 라이세린을 불러내었다. 그의 부
름에 따라 생겨난 두 자루의 검은 세인의 손에 쥐어져 애거트를 겨누었
다.

"뭐야? 대체 무엇 때문에 그자에게 이렇게까지 협력하는 거지?"

세인은 이해할 수 없었다. 그 역시 자신이 이용당하고 있다는 것을 알
고 있을 것이다. 필요가 없어지게 되는 순간 곧바로 버림받을 것이다. 어
쩌면 제거당할지도 모르는 것이었다.

그것을 알고 있을 텐데도 어찌하여 그는 저렇게까지 그들에게 협력하
는 것인가? 세인은 이해할 수가 없었다.

"이용당하고, 쓸모가 없어지면 버림받아도 좋아, 나는……."

어찌 보면 무력하게 느껴질 정도로 느릿한 움직임이었다. 하지만 그
안에는 감히 상상하기 힘들 정도의 힘을 품은 채 애거트는 세인은 향해

인피니티를 겨누었다.

"'그때' 처럼 나의 존재를 확인하고 싶어졌어."

"…그런 점에서 그들은 최고의 타이밍을 잡았던 거로군. 그런 식으로 '그분' 을 대신할 존재를 원했다는 건가?"

가볍게 고개를 끄덕이며 애거트가 걸음을 옮기기 시작했다. 그러나 세인의 경우는 곧바로 그의 공격에 대비하지 않고 당황하며 말하였다.

"자, 잠깐. 자리를 옮기자. 이곳에서 싸우다 자칫하면 스프린이……."

"필요없어."

"……!"

세인은 경악하였다. 아무리 자신을 상대로 싸우려고 한다지만 결국 그와 자신은 동일한 존재이다. '변수' 에 의한 영향으로 인해 변질되었다 해도 겪었던 과거는 그대로여야 했다.

그런데 그는 자신이 사랑하는, 사랑했던 스프린이 어찌 되어도 상관없다고 말한 것이다.

"'자신감' 이 죽을 때 '사랑' 도 함께 죽었어."

"그게… 무슨……!"

"나는 더 이상 스프린을 사랑하지 않아."

파캉—

쿠르르르—

애거트의 신형이 사라졌다. 그리고 그가 다시 모습을 드러냈을 때 그의 인피니티와 세인의 라이세린은 서로 맞부딪쳐 커다란 금속음을 내며 주변을 진동시켰다.

"이런… 터무니없는 녀석아!"

쿠앙—

세인은 악에 받쳐 소리 지르며 그를 밀쳐 내었다. 그러나 애거트는 자신에게 밀려오는 힘을 비스듬히 옆으로 흘려내며 세인의 옆으로 돌아갔다.

"이미 변하기 시작했어. 나는 이런 운명의 길을 처음 경험해."

"무슨 소리야?"

"언제나 같았어. 그저 반복될 뿐이었지. 그러나 지금은 달라."

카캉—

파앙—

크르르륵—

투앙—

금속들이 비스듬히 부딪치는 소리, 정면으로 부딪치는 소리, 서로 무기를 맞대고 문지르는 소리, 충격파끼리 부딪쳐 터지는 소리 등이 주변을 울렸다. 애거트는 본격적으로 세인을 향해 맹공을 퍼부었지만 세인의 경우는 스프린의 안위까지 생각하며 몸을 움직여야 했기에 마땅한 반격을 하지 못한 채 그의 공격을 방어하기 급급한 상태였다.

"원하고 있었는지도 몰라. 정해진 '틀' 이 부서지는 것을."

콰앙—

두 자루의 검을 한꺼번에 내려치는 세인의 공격을 막아내며 애거트가 덧붙였다.

"어찌 되었든 우리는 '파괴신' 이니까."

애거트의 두 눈으로 눈물이 흐르기 시작했다.

약속의 배반, 거짓의 기적

얼마나 날고, 몇 번을 쉬고, 얼마나 또 날아서 사막을 가로질렀을까?
이제 막 해가 져 약간 으슬으슬하게 추운 걸로 보아 실제로는 그다지 많
은 시간이 흐른 것 같지는 않았으나 이 순간, 우리가 도망치며 느낀 시간
의 흐름은 너무나도 길어 마치 또 한 번의 생애를 산 것 같았다.

"허억… 허억……."

"하아… 하아……."

"하아… 하아……."

내가 땅 위로 내려서자 세린과 티니 역시 땅 위로 내려서 마법을 거둔
후 날개를 접고 숨을 고르며 몸을 쉬었다.

"무슨 일이에요, 주인 오빠? 아까보다 짧은 시간 만에 멈추었어요."

아까보다 더 짧은 간격 만에 땅 위로 내려선 것에 의문이 생긴 듯 티니
가 질문하였다. 그리고 그런 그녀의 질문에 나는 그제야 마음을 진정시
키며 대답할 수 있었다.

“다 왔어.”

“에? 여기예요?”

“하지만 이곳은…….”

내 대답에 세린과 티니는 새삼스레 주변을 둘러보았다. 그러나 몇 번을 둘러보아도 여전히 변함없는 모래벌판만이 펼쳐진 주변에 의아함을 느끼며 나에게 대답을 요구하는 시선을 보내었다.

“적어도 내 ‘느낌’ 이 틀림없다면 여기야.”

“하지만 아무리 봐도… 아악!”

파아아앗―

쿠구구구―

막 티니가 ‘아무리 봐도 모래벌판뿐이다’ 라는 식의 말을 하려는 순간 사방을 훤히 비추는 빛과 함께 땅 전체가 진동하며 위로 솟아오르기 시작하였다. 그리고 곧 이어 땅속으로부터 무언가 뾰족한 것들이 솟아 나오는 것이었다.

쿠구구구―

그것은 건물이었다. 거대한 무언가가 땅속에서부터 솟아 나오려는 것이었다. 마치 삼각형의 오벨리스크와도 같은 건물들이 모래를 헤치며 밑에서부터 솟아 나오는 광경은 가히 장관이었다.

“이것은 대체……!”

우리가 서 있는 곳을 중심으로 스물여덟 개의 오벨리스크와 같은 높은 건축물이 주변을 에워싸듯이 솟아났다. 그리고 연이어 책에서만 보던 고대의 양식으로 지어진 건물들이 슬슬 모습을 드러내기 시작하였다.

쿠르르르―

대략적인 형태는 지금도 볼 수 있는 성의 모습과 큰 차이가 없는 듯도 하였다. 하지만 그 세부적인 모습이나 배치 형태에서는 건축에 대해 그다지 아는 바가 없는 내가 보아도 차이가 있다고 생각될 정도로 달랐다.

쿠르르르—

우리들의 정면으로 높이가 족히 10미터는 될 듯한, 밑이 좁은 삼각형 모양의 건물이 솟아나고 있었다. 그리고 그 양 옆으로는 높이 7미터 정도의 탑과 같이 생긴 원기둥형의 건축물이 자리하고 있었다. 세 개의 건물은 모두 다이아몬드와 같은 투명한 내부에서 이리저리 반사되어 만들어지는 형형색색의 보석빛으로 되어 있었는데, 재질이 무엇인지 수많은 각도로 빛을 반사시켜 내부가 보이지 않게 하고 있었다.

그리고 그 외에도 수많은 건물들이 주변을 메우고 있었다. 적당히 넓은 땅과 알맞게 배치된 건물들의 조화는 이전에 보았던 인간들의 도시와는 비교도 되지 않을 정도였다. 뛰어난 예술가가 모든 배치를 계산하고 그렇게 예정된 대로 건물을 지어놓은 것 같았다. 게다가 도로라고 생각되는 부분에도 세심한 신경을 쓴 듯 깔려 있는 블록 하나하나가 예술품이었다. 마치 하나의 작은 도시였다. 그것도 예술품이라 생각될 정도로 아름다운.

대부분의 건물은 투명한 보석빛이나 하얀색, 그리고 그 외의 밝은 색이 주류를 이루었다. 모양은 대체로 삼각형이나 사각형의 형태가 주가 되었지만 그것들의 조화만으로도 충분히 아름다웠다.

그리고 무엇보다도 내 신경을 사로잡는 것은 '느낌'이었다. 이 작은 도시와 같은 유적은 마치 나를 기다리고 있었다는 듯, 내가 온 것이 반갑다는 듯 나를 향해 열렬한 환영의 기운을 보내고 있었던 것이다.

사르르륵—

어느새 사방을 진동하는 소음은 가라앉은 상태였다. 이제는 이 유적의 것으로 생각되는 힘에 의해 바깥쪽으로 밀려나며 마찰하는 모래의 소리만이 조용하게 들려올 뿐이었다.

우우우웅―

그 많던 모래들이 마치 썰물과도 같이 빠져나가자 유적이 또다시 위로 솟아오르기 시작했다. 아니, 떠오르기 시작하였다.

"이, 이거… 하늘로 올라가려는 건가?"

주변이 단순히 평평한 모래벌판뿐이라 어느 정도의 속도로 상승하고 있는지는 자세히 알 수 없었다. 그러나 이 유적이 상승하고 있다는 것은 확실히 알 수 있을 정도의 느낌은 전해지고 있었다.

쿠구구궁―

"아앗!"

"꺄악!"

그 순간 어디서인가 날아온 충격이 유적을 뒤흔들었다. 그리고 그로 인해서일까, 솟아오르던 유적이 다시 밑으로 떨어지려 하고 있었다.

"이런이런, 벌써 시작하려 했던 것입니까? 자칫하면 늦을 뻔했군요."

제법 커다란 울림음이 귀를 울리고 머리를 뒤흔들었다. 그리고 잠시 후, 마치 공간이 비틀어져 물결치는 듯한 모습을 보이며 '프리텐스' 가 우리들 앞에 모습을 드러내었다.

"그렇지만 다행입니다, 아직 시작하지 않았으니."

프리텐스는 '은폐' 를 하여 우리들이 알아채기 힘들게 다가오고 있었던 것이다. 우리들이 있는 위치야 이 유적이 솟아오르면서 요란한 굉음이 울리고, 결정적으로 이 유적이 솟아올라 쉽게 발견할 수 있었으리라.

쉬익―

금속들이 부드럽게 마찰할 때 나는 소리와 함께 프리텐스의 조종석이 열렸다. 그리고 그 안에서부터 중년 히아스가 모습을 드러내었다.

"그다지 해가 가는 일은 아닙니다. 제 말을 잘 들어주신다면 말이죠."

“웃기지 마!”

기분 나쁠 정도로 환하게 미소 짓는 그를 향해 소리 지르며 나는 다시 한 번 라이세린을 소환하였다. 비록 아까 전에는 그의 힘에 압도되어 크게 당하였지만 왠지 지금이라면 그렇게 되지 않을 것 같다는 생각이 들었다.

“이런, 또 해보실 생각이십니까? 이번에는 봐드리지 않습니다.”

“마음대로 해봐.”

나는 검을 양손에 고쳐 잡았다. 오른손의 검은 앞으로 내밀어 끝을 히아스를 향해 겨누고 왼손의 검은 머리 위로 치켜들어 검끝을 아래로 향하게 하였다. 왼발을 앞으로 내밀고 오른발은 비스듬하게 뒤로 빼며 자세를 낮추었다.

“호오, 그 자세는…….”

내가 보이는 모습에 그도 그제야 경계를 하는 듯 하나만 들고 있던 채찍을 두 개로 늘렸다. 그는 양손의 채찍을 가볍게 휘둘러 보며 싱긋 웃음 지었다.

“슬슬 ‘기억’ 이 돌아오시는 것 같군요.”

그 역시 양손의 채찍을 이용하여 나와 비슷한 자세를 취하였다. 하지만 나와 다른 점이 있다면 그의 경우 왼손의 채찍을 앞으로 내밀고 오른손의 채찍을 등 뒤로 넘긴 상태라는 점이다.

‘제카롯’ 도, 심지어는 제국의 기사도 아니면서 ‘제카로타’ 의 계승을 받은 히아스라는 인간의 ‘제카로타’ 였다.

“ ‘제카로타’ 를 사용하시겠다고 한 이상 봐드리지 않겠습니다.”

먼저 공격을 시작한 것은 히아스 쪽이었다. 그는 천천히, 느릿하게 걸음을 옮겨 나를 향해 다가오기 시작했다.

단순히 걸음을 옮긴 것으로 생각할 수도 있다. 하지만 이것으로 이미 공격과 방어는 그 시작을 고하는 것과 다름없다.

그것이 '제카로타'의 승부 방식.

"라난, 제카로타 데카 라타잔테 다르하 라르브."

지금 '제카로타'는 절대의 적을 벤다.

"타아!"

뒤로 뺐던 오른발을 놀려 회전하듯 몸을 이동시킨다. 양손에 들려진 두 자루의 검은 간결하지만 결코 단순하지 않은 화려함의 곡선을 그리며 앞으로 나아갔다.

"흥!"

슈리리릭—

채카캉—

코웃음 소리와 함께 히아스도 채찍을 휘두르기 시작했다. 단순히 공기를 가르는 것만으로도 상당한 충격파가 주변으로 뻗쳐 나갔다. 나 역시 순순히 지지 않겠다는 의지를 검을 휘두르는 행동을 통해 표현하였다.

"라난, 제카로타 사르트 젠타 헤르벤데라!"

"라난, 제카로타 사르트 젠타 헤르벤데라!"

지금 '제카로타'는 움직인다.

그리고 나와 그의 결투, '제카롯'만이 사용하는 결투 방식인 '제카로타'를 시작하였다.

"바르사 테만 페르세오린 다르트. 날 제라프트 스프린 네알 데이만엘 라니오스 아메린 제카롯 제라론!"

나의 이름, 스프린 네알 데이만엘 라니오스 아메린 제카롯 제라론의 이름에 황제 폐하의 권위와 의지를 빌린다.

"바르사 로룰 아오텀 레르가난 하베 세 다르트. 날 제라프트 히아스!

가난 마엠 세프탄 베이가르하타츠 페이션!"

나의 이름, 히아스는 절대에의 '순수' 에게 부여받은 '변수' 의 권위를
가진다. 이는 어느 것에도 간섭을 받지 않는 나의 의지이다.

그렇게 서로가 서로를 향해 외치며 상대를 향해 나아갔다.

● 제20장
미련

“이드, 만약에, 마~안약에 말야. 그러니까 정말로 만약에 말야.”

“…뭔데?”

“만약에 내가 다른 남자랑 바람을 피우면 이드는 어떻게 할 거야?”

“…그럴 리는 없다고 본다.”

“그러니까 만약이라고 했잖아!
난 이드 놔두고 다른 남자 쳐다볼 만큼 나쁜 여자 아냐!”

“일단 너에게 수작을 건 녀석들부터 없애 버리겠지, 아마도.”

“그 다음에? 나는 어떻게 할 건데?”

“글쎄.”

“에에? 좀 더 확실히 말해 봐.”

“…대체 이따위 질문을 하는 이유가 뭔데?!”

“어어, 나르벤이랑 제롬이 이드라면 내가 그런 짓 해도
나한테는 화 못 내니까 마음껏 바람피워도 된다고 그러더라.”

“…….”

—이드와 스프린의 대화 중.

과거와의 재회

“…으윽!”

정신을 차리자마자 전신을 덮치는, 마치 몸 안에서 바늘로 쿡쿡 찌르는 것 같은 고통에 나는 자신도 모르게 입으로 가느다란 신음성을 내고 말았다.

“여기는?”

눈을 떴을 때 가장 먼저 보인 것은 상당히 고급스러워 보이는 하얀 대리석 천장이었다. 3미터를 넘는 높이에도 불구하고 자주 청소를 하는 듯 매우 깨끗한 천장이 반사시키는 빛은 나의 눈 안으로 스며 들어와 퍼뜩 정신을 차리도록 해주었다.

“란… 오빠?”

“주인… 오빠?”

많이 피곤한 듯—물론 둘 모두 드래곤에 어쌔신+뱀파이어이기 때문에 보통이라면 며칠 밤 샌 정도로 저럴 리가 없겠지만 나 때문에 마음 고생을 해서 그런 듯하다—약간은 그림자가 지기까지 한 눈을 부비며 그녀들은 나에게 괜찮냐는 식의 질문을 한 것 같았지만 지금의 나는 그녀들이 나에게 무어라 하는지 전혀 들리지 않았다.

"…일어났군."

그녀들 외에 한 명이 더 이 방 안에 있었다. 단정하게 다듬은 검은색의 머리, 언제나 날카롭게 날을 벼려놓은 듯 차가운 빛을 머금은 눈매, 그리고 상당히 오래된 듯 여러 군데 수선하거나 원래의 모양이 아닌 상태로 수선되기는 했지만 그럼에도 기억에 너무나 선명하게 남아 있는 제국의 군복.

"이드……."

내 입에서는 너무나도 자연스럽게 그의 이름이 흘러나왔다. 그것도 매우 각별한 감정을 품고서.

"너무 무리하지 않는 게 좋을 거다. 어느 정도 치유되었다고는 해도 내장의 경우 '철저' 라는 말을 붙여도 좋을 정도로 망가져 있었으니."

그가 나에게 다가온다. 그는 내가 누워 있는 침대 옆의 커튼을 잡아당겨 좀 더 빛이 나에게 닿을 수 있도록 해주며 질문했다.

"지금 상태는 어떤가? 대강 치유를 했으니 가만히 있을 경우 고통을 느끼거나 하지는 않을 거라고 생각하는데."

"으, 으응."

그를 바라보고 있는 내 마음은 조금씩 답답해지기 시작했다. 기껏 이렇게 다시 만났는데… 그는 왜 이렇게 나를 딱딱하게 대하고 있는 것일까? 이해할 수가 없었다.

"네가 '순수' 의 하이 엘프였다니. 솔직히 말해 놀라웠다, 팬텀."

"……?"

문득 그의 입에서 흘러나온, 나를 지칭하는 말에 나는 의아함을 느꼈다. 팬텀이라니?

"그게 무슨 소리야? 내가 팬텀이라니?"

"…하긴, 너는 아직 모르는 일이겠군."

그는 내가 의문을 표시하는 것이 그가 나를 왜 팬텀이라는 듣지도 못한 이름으로 부르는지에 대한 궁금증으로 착각하였던 것 같다. 하지만 정작 내가 느낀 의문점은 그게 아니었다.

"무슨 소리야, 이드? 내가 팬텀이라니… 나는……!"

그제야 나는 알 수 있었다. 그가 왜 나를 팬텀이라는 이름으로 불렀는지 말이다.

지금의 나의 모습, 이 남성의 모습은…….

"언젠가 때가 되면 내가 왜 이랬는지 알 수 있을 거다."

문득 기억 속에서부터 나와 똑같은 모습을 한 어떤 자의 모습이 선명하게 떠올랐다. 가늘고 매끈한 선으로 이루어진 얼굴 선, 허리 아래까지 길게 늘어뜨린 금발, 그리고 양손에 들려 있는 투명한 보석빛의, 어딘지 모르게 신비스러운 기운이 느껴지던 두 자루의 검.

'팬텀'이라는 자는 나와 동일한 존재였다.

"알고 있다. 너의 이름은 '라니오스'였지."

아직도 저 둔한 이드는 내가 누구인지 알아채 주지 못하고 있었다. 아마 이대로 두면 그는 절대 내가 누구라는 것을 눈치 채지 못할 것이다. 단순히 자신이 과거에 만났던 '팬텀'의 과거적 존재라는 생각만을 할 뿐.

"여전히 변함없구나, 그 둔한 점."

"……?"

그는 내가 돌연 친근한 말투로 말을 건네는 것에 제법 당황한 듯하였다. 나는 그러한 그를 놀래켜 주려는 생각에서 그와 내가 공유하고 있는 한 가지 추억을 살짝 말해 보았다.

“‘스프렌’과 내가 바뀌어졌을 때도 이드는 전혀 모르고 있었지. 오히려 다른 이들은 모두 알고 있었는데 말야. 우후훗.”

“…너……!”

“내가 성인이 되던 날에도 이드는 스프렌에게 반지를 건넸지? 덕분에 그때는 말도 많았고.”

“설마…….”

그제야 그는 나에 대해 조금은 눈치를 챈 듯 제법 놀라움이 담긴 시선으로 나를 바라보았다. 그런 그의 시선에 화답하는 웃음을 지으며 나는 대답하였다.

“레라, 데른 소아 넬 제라프트 스프린 네알 데이만엘 라니오스 아메린 제카롯 제라론. 네로 제이아타 세이븐 하텐.”

이 말은 도저히 ‘제국어’로밖에 할 수가 없었다. 이제야 뒤늦게 떠올린 것이지만 이 방 안에는 나와 이드만 있는 것이 아니기 때문이었다.

‘그래, 내가 바로 스프린 네알 데이만엘 라니오스 아메린 제카롯 제라론. 당신의 부인이야.’

이런 말을 어떻게 세린과 티니의 앞에서 꺼낼 수 있단 말인가? 그렇다고 해서 언제든지 나와 붙어 다니는 그녀들을 피해서 이드에게 말할 기회를 노리다가는 제대로 된 기회 한번 잡지 못할 것이 거의 확실하다. 때문에 그녀들은 전혀 모르는 언어, 제국어를 사용하여 그에게 말한 것이다.

“스프린… 하르테 라나라라 데, 데르자 체 하텐 카레인? 즈다 게멘 라브?”

이드의 눈빛이 흔들리고 말투가 격해졌다. 그것은 아마도 두 번 다시 만날 수 없을 것이라 생각했던 자신의 부인을 이렇게라도 다시 만난 것이 기뻐서일 거라고 나는 믿었다.

'스프린… 내가 사랑하는 나의 부인? 정말 사실이야?'

그가 이처럼 적극적으로, 매우 격하게 감정을 표출하는 경우는 그다지 많지 않다. 그만큼 지금의 그는 매우 흥분해 있었다.

"정말이야."

어느새 제국어보다 익숙해져 버린 이 세계의 언어로 대답하며 고개를 끄덕였다. 그 순간 그는 내가 뭐라고 더 말할 기회를 주지 않은 채 꽤나 거칠게 나를 끌어안았다.

"이, 이드……!"

"스프린… 스프린… 나렌 데르난 세 아르잔테바… 세 아르잔테바 데카… 페리아 세 아르잔테바 라르헬 데이가바."

'이렇게 다시 만난 게 너무나 기쁘다' 는 말을 되뇌이며 내가 환자라는 것조차 망각한 채, 지금의 나의 모습은 스프린이 아닌 라니오스라는 것조차 잊은 채 더욱 강하게 나를 끌어안는 이드의 모습에 나는 기쁘면서도 적지 않은 당황감과 곤란함을 맛봐야 했다.

"라, 란 오빠……?"

"주인 오빠… 이게 무슨……?"

세린과 티니는 '도대체 이게 무슨 일이에요?!' 라는 의미가 가득 담긴 시선으로 나를 보고 있었다. 워낙 갑작스러운 상황에 그녀들 역시 매우 당황한 듯 크게 떠진 눈에 벌어진 입을 한 채였다.

"…그랬구나. 그래서 이 세계로……."

"처음에는 나도 매우 당황했다. 생전 본 적 없는 광경도 그렇지만, 무엇보다도 이 세계에 혼자만 남겨졌다는 것이."

다른 이 앞에서는 절대로 하지 않을, 마치 어린아이의 투정과 같은 그의 모습에 나는 어느새인가 미소를 짓고 있었다.

지금 나와 이드는 방으로부터 나와 이곳 하스 가 저택의 통로를 걷고 있었다. 세린과 티니가 따라오겠다고 억지를 썼지만 지금은 우리 둘만의 이야기를 하기 위한 것이기에 이번만은 그녀들을 방에 남게 한 채 나 혼자만 이드와 함께 나왔다. 신전을 연상시키는 분위기의 조용함 때문인지 그다지 큰 목소리로 이야기하는 것이 아님에도 우리 목소리가 사방으로 울리는 것 같은 느낌이 들었다.

"여전하구나, 이드는."

"뭐가?"

"내 앞에서는 솔직해지는 거. 변함없어서 다행인걸?"

"……."

슬며시 이드의 얼굴이 붉어진다. 사실 그가 겉으로는 열심히 냉혈한인 것처럼 보이려 하지만 사실 누구보다도 어린아이 같은 면을 가지고 있다는 것 정도는 나는 물론이고 그와 함께 '특무대' 에서 일한 적이 있는 이라면 누구나 알고 있는 사실이다.

"그런데… '제마' 와 '레르나' … 그리고 '제가' 는 어떻게 하고 온 거야……?"

이제야 생각이 났다. 제마, 레르나, 제가. 너무나도 귀엽고 사랑스러운 우리 아이. '기억' 이 돌아와 놓고도 이제야 그 아이들을 생각해 내다니. 나도 참 바보 같고 무정한 어머니인 것 같다는 생각이 드니 스스로 머리를 쥐어박게 되었다.

"…유서를 남겨두었다. 만약 내가 전사하게 되면 본가로 돌아가라고. 그때 미리 형님에게도 이야기를 해두었으니 문제는 없을 거라고 본다."

“하지만 이드는 죽은 게 아니잖아? 이렇게……."

“일단 그쪽 세계에서는 완전히 모습을 감추게 되었으니 전사, 잘해야
행방 불명으로 처리되어 있는 상태겠지.”

“그런가……?”

하긴, 흔적도 찾을 수 없을 정도로 모습을 감추어 버렸으니 살아 있을
거라고 믿는 게 더 이상하겠지.

“그럼 그때 같이 싸웠던 레온은 어떻게 되었어?”

“…글쎄, 어쩌면 그도 그때 같이 이 세계로 왔는지도 모르지.”

“흐음……."

“하지만 이곳에 떨어진 것은 ‘크샤레노’ 와 ‘프리텐스’ 뿐이었다. ‘테
스탈롯사’ 는 없는 것으로 보아 그것은 아닌 것 같다.”

“…그래?”

“적어도 내가 아는 바로는 그래.”

레온… 이드와는 다른 의미에서 반해 버린, 나름대로 괜찮은 남자였는
데… 비록 적이지만 한 번쯤 다시 만나고 싶다는 생각을 하게 하는 남자
였다.

그리고 이렇게 이드를 통해 그쪽 세계의 이야기를 듣고 있으니 지금의
내가 라니오스가 아니고 여전히 스프린인 것만 같은 착각이 들기도 했
다.

“스프린… 아니, 지금은 라니오스인가?”

그리고 그것은 이드 역시 같은 생각이었을까? 그는 묘하게 흥분된 얼
굴을 하며 내 손을 잡았다.

“이, 이드……."

“상관없어. 적어도 과거에는 네가 스프린이었고, 지금 그 기억을 모두
가지고 있어. 아니, 정확히는 같은 존재잖아. 스프린을 포함한 존재잖아?”

“…….”

“같이… 돌아가자. 모습이나 성별 따위 바꾸는 것 정도는 간단한 일이 잖아?”

“하, 하지만…….”

그는 진심이었다. 그리고 너무나도 간곡한 모습이었다. 그것은 굳이 그를 ‘읽어내려’ 하지 않아도 알 수 있을 정도로 그의 표정은 진지하고 애절하였다.

그의 마음을 저버릴 수 없었다. 그리고 실제로 나도 그를 따라 ‘제국’ 에 돌아가고 싶었다. 나와 그의 아이들을 보고 싶고, 내가 스프린으로 있을 때조차도 자주 만나지 못했던 가족들도 보고 싶다. 같이 일했던 동료들도 보고 싶고, 심지어는 적이었던 이들도 한 번은 다시 보고 싶었다.

하지만 그럴 수는 없었다.

“…미안해.”

그럴 수 없다는 대답을 하는 것이 당연한 것이었다. 전혀 미안할 이유가 없었다. 하지만 이 대답을 하는 나의 시선은 이드의 눈길을 피해 비스듬히 아래로 향하고 목소리에는 힘이 없었다.

“나… 이곳을 떠날 수 없어. 하이 엘프니까. 이곳에 남아야 하니까…….”

그것은 의무였다. 하이 엘프는 오직 이 세계에서만 하이 엘프로서 존재할 수 있기에. 이 세계를 벗어나는 순간 나는 물론이요, 다른 하이 엘프 역시 더 이상 하이 엘프일 수 없다. 그것은 단순히 권위와 능력을 잃어버리는 것 정도가 아닌, ‘절대’ 를 거부하고 반기를 드는 행위와도 같았다.

“포기하면 되잖아?! 하이 엘프 따위, 그런 거 없이도 행복할 수 있잖아?!”

아냐, 지금의 힘과 권능을 잃는 것이 아까워서 따위가 아냐. 나
는…….

"미안, 이드. 나… 이곳을 떠날 수 없어. 떠나게 되면…….″

"떠나게 되면……?″

"후에 너… 지켜줄 수 없어.″

그도 알고 있을 것이다. 그, 또는 내가 우리의 능력으로는 벗어나기 힘
든 위기에 몰리면 어디선가 나타나 우리들을 도와주거나 구해주었던…
'팬텀'에 대해서.

나의 미래가 그와 같은 이상 이곳을 벗어날 수 없었다.

어쩔 수 있었던 상황 중 하나

"이드, 그때 기억나?"

"무슨……?"

"히아스 박사가 초청해서 제국, 공화국, 연합과 동맹의 사람들까지 함께 축제를 즐겼던 거 말야."

"아아……."

어느새 두 번째 태양이 떠오르고 있었다. 그러나 나도 이드도 여전히 지칠 기색을 보이기는커녕 더욱더 활기를 더해가는 듯한 모습이었다.

"그때라면 확실히 기억하고 있지. 목숨이 걸리지는 않았지만 목숨을 건 것 이상으로 치열한 접전이었으니까."

"아… 아하하하."

이드도 꽤나 정확하게 기억하고 있나 보다. 그때 히아스 박사가 주최한 축제는 묘하게 대결적 성향이 짙었지만 그것은 그것 나름대로 매우 장난스러운 것들뿐이라 몸을 푸는 기분으로 가볍게 임할 수 있는 것들이 대부분이었다.

다만 이드와 레온, 그리고 몇몇 이들의 경우는 '무언가의 이유'로 인해 죽기 아니면 까무러치기의 '결사적' 자세로 전력을 다해 임했던 것으로 기억한다.

"이드, 제파가르탄 공역 안에서 벌어졌던 전투 기억나?"

"물론."

"우훗."

문득 웃음이 나왔다. 하지만 반대로 이드의 경우는 살짝 미간을 찌푸리며 나에게 질문하였다.

"무슨 의도지? 새삼스럽게 그런 질문을……."

아무래도 그는 지금까지 이야기거리로 삼았던 것과 다른 내용의 주제를 이야기하는 내 모습이 의아했었나 보다. 그의 질문에 나는 입가에 더욱 진한 웃음을 머금으며 대답하였다.

"그때 생각나더라."

"그때… 라니?"

"며칠 전 이드가 나를 구해주러 나타났을 때 말야."

비록 정신을 잃어버리는 바람에 이드가 나타나는 것을 직접 보았던 것은 아니었지만 어째서인지 그때 문득 머리 속에 떠오르는 기억이 있었다.

"제카로타 데아 칸타, 메르헤나다!"

제카로타는 나를 승리로 인도한다.

그렇게 외치며 나는 크게 발을 내디뎠다. 나의 발걸음에 따라 함께 움직이는 주변의 '기운'들은 그런 나의 움직임을 묘하게 방해하기도, 돕기도 하며 방금 전까지 히아스의 '영역'이었던 공간을 나의 '영역'으로 바꾸었다.

"크윽… 제카로타 데로마다 라브라사, 메르카 제단!"

제카로타는 나를 이끌어 다시 승리의 길을 연다.

히아스 역시 쉽게 지지 않겠다는 듯 다시금 나의 측면을 향해 걸음을 움직였다.

제국에서도 가장 소수로 이루어진, 최고의 기사 '제카롯' 만이 사용하는 명예의 결투 방식 '제카로타'. 그것은 너무나도 강한 힘을 가진 제카롯이 만약에라도 같은 제카롯끼리 결투를 하게 될 때 최대한 주변의 피해를 억제하기 위해 만들어진 결투 방식이다.

제카로타는 일종의 땅 차지하기 놀이와노 비슷한 구석이 있었다. 다만 이것이 그 장난과 결정적으로 다른 점이 있다면 이것에는 제카로타에 임하는 둘, 혹은 그 이상의 제카롯의 명예, 이름, 그리고 목숨과 존재 그 자체가 걸려 있다는 점이다.

그 모든 것을 밑거름 삼아 만들어진 '영역' 안에서 제카롯은 최대한 자신의 '영역' 을 확보한다. 그리고 모든 '영역' 을 자신의 것으로 만들었을 때 승패가 정해진다. 그것이 '제카로타' 이다.

"타아!"

오른손에 들려져 있던 검은 밑으로 움직여 그의 다리를 견제하고, 왼손의 검은 내 몸통과 함께 뒤로 한 바퀴 돌아가며 그의 오른손에 들려 있는 채찍을 견제하였다. 연이어 검의 움직임을 회수하며 다리를 놀려 그의 허리를 향해 공격을 시도하였다.

"차아!"

그러나 그런 나의 공격은 오히려 역효과를 내었다. 오른손의 검은 어느새 허공을 가르고 있었고 왼손의 검은 그의 채찍에 휘감겨 당겨져 버렸다. 그리고 그의 당기는 힘에 의해 반쯤 허공에 뜬 내 몸 전체가 그에게 쏠리며 균형을 망가뜨리고 말았다.

"제카로타 하다타 데르캉!"

제카로타에 의해 승리를 받았다.

그렇게 외치며 그의 왼손에 들린 채찍이 나의 목을 노리고 파도처 들어온다. 하지만 다행히도 재빠르게, 그리고 정확하게 움직여진 라이세린에 의해—이미 손에 의해 움직여지는 단계가 아니다—목이 분리되는 것만은 면할 수 있었다.

터엉—

"크악!"

하지만 당장 죽는 걸 면했다고 해서 상황이 호전된 것은 아니었다. 오히려 내가 간신히 방어에 성공한 그의 공격에 의해 뒤로 날려가는 순간 그는 현란한 춤을 추는 폭풍과 같이 빠른 속도로 내가 차지했던 '공간'을 제압하고 있었다.

"제카로타 데아 칸타, 메르헤나다!"

단 한 번의 실수로 상황은 매우 절망적인 상황까지 오게 되었다. 간신히 반 이상을 점유한 나의 '영역'은 반 이상이 히아스에게 점유당해 버린 상태였다. 게다가 그렇게 '영역'을 빼앗겼다는 것은 그만큼 나에게는 불리하고 그에게는 유리하게 적용되는 것이기도 하였다.

"제카로타 데로마다 라브라사, 메르카 제단!"

순식간에 서로의 상황이 역전된 상태에서 나는 히아스가 외쳤던 대사를 그대로 읊으며 다시 다리를 놀렸다.

"파르 테안 제카로타 제나트 제카롯 하우아 마란 데아!"

나 지금 제카로타를 통해 제카롯의 명예의 힘을 이 자리에 빌린다!

어쩌면 섣부른 판단일 수도 있다. 하지만 압도적… 까지는 아니어도 감당하기 벅찰 정도의 실력과 능력의 차를 '요령' 하나로 감당하고 있는 나에게 있어 다시 한 번 아까와 같은 '영역'을 확보한다는 것 역시 지금 하는 행동 이상으로 무리가 가는 것이었다.

결국 하는 수밖에 없다. 그렇게 나 자신을 다독이며, 어찌 보면 무모하다고 할 수 있을 발걸음을 옮겼다.

"데르카타세이파나 카르바르아라테이안타!"

이 단어는 이 세계의 언어로는 해석을 하기가 조금 애매한 단어이다. 군이 가장 가까운 의미로 맞춰보자면 '생명을 명예 위에 실어…' 정도일까?

"데브 라가트렘 아한탐 라르덴가사오르 나나르젠!"

이것은 '제카로타'에 관련된 말은 아니다. 일종의 욕설로 군이 해석을 달자면 '머리를 구둣발로 짓밟아 뭉개주겠다' 정도이다. 어째서인지 감정이 격해진 상태에서 목숨 건 행동을 하면 가끔 나오는 버릇 아닌 버릇이다.

어쨌든, 그런 제법 상스러운 욕설 비슷한 말과 함께 나는 비스듬히 몸을 낮추어 오른손의 검을 비스듬하게 앞으로 내밀고 왼손의 검은 그런 오른손의 검을 보조하듯이 감쌌다.

"훗, 라르바사타이."

훗, 가소롭다.

내 나름에는 전심전력을 다한, 어쩌면 최후의 공격이 될지도 모르는 것을 그는 진득한 비웃음과 함께 받아내었다. 가볍게 휘두르는 듯한 그의 팔 움직임이었지만 그의 손에 들려 있는 채찍은 성난 파도처럼, 포효하며 내리꽂히는 번개처럼 매섭게 나의 측면을 노리고 그 사나운 이빨을 들이밀었다.

하지만 그 정도의 예상은 하고 있었다. 히아스는 이번 공격으로 끝을 내려는 듯 상당히 강력한 힘이 실린 공격을 하였지만 오히려 그것이 나에게는 역전의 기회가 되어주고 있었다. 물론 저런 강력한 공격을 정면으로 받아내려고 하면 몸이 성할 리가 없을 것이므로 비스듬히 흘려 넘기기로 하였다.

스르르룽―

녹이 슨 칼집에서 거칠게 검을 뽑을 때에나 날 법한 금속의 마찰음이 일어났다. 그리고 그와 동시에 나의 몸은 첫 번째 채찍을 넘어 두 번째 채찍을 쳐내고 있었다.

앙―

공기가 폭발하는 소리와 함께 긴 뱀의 몸체를 연상시키는 채찍이 허공에서 그 머리를 치켜들고 격렬하게 몸을 틀었다. 그것은 마치 괴로움에 몸부림치는 뱀과도 같았다.

"타아!"

퍼억―

빠각―

머리를 노렸던 발차기는 그가 옆으로 몸을 트는 바람에 어깨에 명중하였다. 하지만 그것만으로도 상당히 큰 충격이었던 듯 뼈가 빠지는 소리와 함께 그의 어깨가 뒤로 처졌다.

"끝이다!"

제카로타가 비록 영역을 차지하는 승부라곤 하지만 그 영역을 다툴 상대가 죽는다면 그것 역시 승패가 갈리게 되는 것이다. 게다가 히아스는 단순히 승리하는 것이 아닌, 결국 쓰러뜨려 제거해야 할 위험 인물인만큼 거리낄 것이 없었다. 그렇게 결론 내린 나는 사정없이 그의 머리를 향해 검을 내려쳤다.

슈팟―

그 순간이었다. 나와 히아스 사이로부터 누군가가 모습을 드러내었다.

아니, 정확히 말하면 그는 나도 뒤늦게야 알아챌 수 있을 정도의 빠르기
와 은밀함으로 나와 히아스 사이에 끼어든 것이라 할 수 있었다.

퍼드득—

파앗—

퉁—

매우 부드럽고 빠른 움직임이었다. 거추장스러울 정도로 치렁치렁한
옷자락이 허공을 장식하며 물결치는 순간 어느새 히아스의 머리를 노리
고 내려치던 검은 그의 손바닥에 옆면을 맞아 튕겨져 날아가고, 다른 하
나의 손은 내 명치 부분을 살짝 밀어내듯이 가격하였다.

터엉—

"카악!!"

피부로부터 느낀 충격은 충격이라고 하기는커녕 살짝 매만진 수준에
불과할 정도였다. 하지만 연이어 뱃속으로부터 느껴지는 찢어지는 듯한,
그리고 터져 나가는 듯한 충격은 최초의 순간에만 느꼈을 뿐 오히려 그
순간 이후에는 아무 감각도 느껴지지 않을 정도였다.

털퍽—

머리를 아래로 한 채 땅바닥을 몇 바퀴 구르고 나서야 나는 방금 단 한
번의 공격으로 내장이 모두 상한 것을 확인할 수 있었다. 그리고 그와 함
께 입으로는 쉴 새 없이 피를 토하며 간간이 내장 조각으로 보이는 것도
보이고 있었다.

"커헉! 으웩!"

"란 오빠!"

"주인 오빠!"

용케 정신을 차리고 있는 것이 신기할 정도였다. 비스듬하게 쓰러져
몸을 제대로 가누지도 못한 나를 향해 세린과 티니가 달려오고 있었다.

“바보! 도와… 필요… 없었… 고! 쓸데… 이…….”

“흥! 당… 머리가… 서져… 가 될… 한 녀석이… 은 살아서…….”

역시 이런 상태로 정신을 제대로 유지한다는 것은 상당히 어려운 것이었다. 만약 지금 세린이 나에게 용언 마법으로 회복의 기운을 불어넣어 주지 않았다면 정신을 잃거나 죽었을지도 모른다.

“흠, 그래. 무… 일로… 렇게 제카… 를 방해… 까지… 거지?”

“예정… 큰 변동… 생각보… 일의 전개… 빠르… 서둘…….”

세린이 힘을 써주고 있다곤 하지만 역시 애초에 입은 부상이 커서 그런지 멀어져 가려고 하는 의식을 붙잡고 있는 것만으로도 힘겨울 정도였다. 띄엄띄엄 들려오는 히아스와 다른 한 사내의 대화가 들려왔으나 지금의 나로서는 그들이 무엇을 말하는지도 모를 뿐더러 그들을 어찌할 수 있는 힘 따위는 전혀 남아 있지 않았다.

“저놈들……!”

“가만두지 않겠어!”

너덜해진 내 상태를 본 그녀들은 분노하여 무기를 뽑아 들었다. 그러나 바로 달려들지는 못하였다.

“그런 걸 함부로 휘두르면 위험합니다.”

“뭐……?”

빠악―

“아악!”

그녀들이 나아갈 필요도 없었던 것이다. 이미 히아스와 또 다른 한 사내가 이쪽으로 와버렸기에.

“이, 이게……!”

“아직 당신들을 죽일 생각은 없습니다만…….”

“타아!”

슈카—

세린이 휘두른 레이피어는 날카로운 궤적을 그리며 상대의 목줄기를 노렸다. 하지만 그녀의 검이 방향을 설정하여 뻗어 나가는 순간부터 이미 상대는 그곳에 없었다.

투앙—

"죽일 생각은 없습니다."

그대로 세린은 비명 한마디 지르지 못한 채 나가떨어져 버렸다. 그리고 그렇게 손쉽게 우리들을 제압한 그들은 우리들을 내려다보며 자기들끼리 이야기를 하기 시작했다.

"나는 하이 엘프 쪽을 막으러 가겠다. 하지만 오래 시간을 끌지는 못해. 빨리 마무리하고 탈출한다."

"훗, 상황이 이 정도면 뒤처리 정도야……."

"'이드'가 온다. 제법 시간이 걸릴 거다."

문득 내 귀로 어느 한 인물의 이름이 들려왔다. 분명 가까울 리가 없는 이의 이름임에도 그 이름은 너무나도 친근하고 애틋하게 느껴졌다.

"호오, 해치웠다고 생각했었는데……."

"길게 잡담 따위 할 시간 없다. 가능한 빨리 처리하고 합류하도록. 그동안 저쪽의 하이 엘프들을 막고 있겠지만 오래 버티지는 못할 거다."

"에에? 느긋하게 밥이라도 한 끼 먹고 디저트까지 챙긴 뒤에 깨끗하게 양치질하고 식후의 달콤한 낮잠 좀 자고 올 정도까지만 버텨주면 안 될까?"

"…먼저 가겠다."

파슛—

히아스의 농담을 받아주기 싫다는 듯 상대는 질린 표정을 한 채 사라졌다. 히아스는 잠시 그가 사라진 허공을 바라보다가 이내 나에게 시선을 돌리며 기분 나쁜 웃음을 지어 보였다.

"크크크."

그를 향해 뭐라고 한마디 쏘아붙이고 싶은 생각이 들었지만 나의 온몸을 옭아 죄고 있는 고통의 사슬은 내 입이 움직이는 것을 허락하려 하지 않았다. 손가락 하나 움직이는 것은 고사하고 숨조차 턱턱 막혀 호흡조차 제대로 못하는 나를 내려다보는 그의 시선은 매우 거만하였고 조소가 가득하였다.

"유감이군요. 간만에 만난 제카로타였으니만큼 조금 더 즐기다 끝낼 생각이었는데 말입니다."

그는 손을 뻗어 나를 안아 들었다. 그의 손길은 제법 조심스럽고 정성이 있었지만 그렇다고 해서 내가 기뻐할 리는 전혀 없었다.

"뭐… 뭐 하… 는……."

"잠시 쉬시지요."

그에 의한 것인지 무언가 찌릿한 감각이 몸 전체를 한 바퀴 도는 순간 내 의식은 급격하게 현실로부터 멀어지기 시작했다.

"다 큰 남자를 품에 안는 건 내 취미가 아닌데… 훗."

가볍게 지껄이는 히아스의 농담 한마디를 끝으로 내 의식은 완전히 현실로부터 끈을 끊어버리게 되었다.

'이드…….'

그리고 의식을 잃기 직전의 나는 마음속으로 간절하게 그의 이름을 부르고 있었다.

과거의 추억은 현재를 잇는 선

꿈을 꾸었다.
과거의 기억에 대한 꿈을…….

콰앙—
쿠구구궁—
"좌현 대파!"
"185번, 186번, 193번, 196번, 그리고 203번부터 224번실까지 손실! 격벽 폐쇄합니다!"
"후방에서 적 접근! 형식은 알 수 없습니다. 규모는 2개 소대!"
순식간에 브릿지는 아수라장이 되었다. 사방에서 비명 섞인 보고가 올라오고 그 내용은 하나같이 안 좋은 일들뿐이었다. 함은 이미 상당한 손실을 입은 상태였고 그것은 지금도 계속되고 있었다. 사방에서부터 적이 밀려오듯이 덤벼들고 있었지만 우리를 제외한 아군은 이미 궤멸하다시

피 한 상태였다.

즉, 지금의 전황은 매우 절망적이었다.

"제1, 제3크슈란 편대는?"

"전며… 아니, 신호가 접수되지 않고 있습니다."

바보, 그 얘기나 전멸이라는 얘기나 의미가 거의 같다는 것 정도도 모를 줄 아냐?! 그렇게 생각했지만 안 그래도 형편없는 현재 사기를 더욱 깎을 생각은 없었기에 그 말을 직접 외칠 수는 없었다. 그리고 내심 그런 점에 신경을 쓰는 저 오퍼레이터에게도 감사하는 마음이 들기는 했다.

"제2편대와 4편대는?!"

"현재 라르사스 소위와 메르아 소위가 교전 중이지만… 상황은 좋지 않습니다. 계속해서 구원 요청이 들어오고 있습니다."

'이래서는 뭘 하려고 해도 할 수 있을 만한 일이 없잖아?!'

카앙—

그렇게 속으로 외치며 애꿎은 내 시트를 지휘봉으로 내려쳤다. 전력으로 내려친 것 때문인지 맑은 금속음과 함께 시트 한쪽이 약간 패여 버렸지만 지금 그런 사소한 것에까지 뭐라고 할 여유 따위는 없었다.

"메인 엔진 최대 출력으로! 좌현 27, 상단 12 선회! 주포 충전!"

"안 됩니다! 메인 엔진 손상 31%. 정지 상태가 아니고서는 주포를 쓸 수 없습니다!"

"…회피를 우선한다. 전원 충격에 대비하라!"

쿠우우우—

갑작스러운 선회로 인해 체중이 한쪽으로 쏠리기 시작했다. 물론 나를 비롯한 대부분의 승무원들은 미리 자리에 앉아 있었기 때문에 이렇다 할 충격은 없지만 이 브릿지가 아닌 다른 장소에 있는 이들은 어떨지 조금 걱정이 되었다.

“메인 부스터 최대 출력! 전탄 발사, 전방에 탄막을 쳐라!”

쿠르르르―

부우우우―

상처 입어 엉망진창이 된 선체를 이끌고 가속하며 가진 무기의 탄환을
모두 쏟아내는 나의 기함 ‘스르아다’ 는 괴로운 듯 불안한 진동음을 사방
으로 전달하였다. 그러나 다행인지 소리만이 울렸을 뿐 별다른 사고는
없는 듯했다.

“우측으로 6, 상단 17 선회, 직후 최대로 엔진 전개!”

“알겠습니다. 선… 으아……!”

쿠궁―

콰아앙―

쿠르르르―

무언가가 거칠게 부딪치는 듯하더니 곧 이어 엄청난 폭발음과 함께 커
다란 진동이 함 전체를 뒤흔들었다. 그로 인해 나는 앉아 있던 시트로부
터 튕겨져 천장에 부딪칠 뻔하였지만 그전에 몸을 놀려 부상을 입는 것
은 면하였다.

“메인 부스터 피탄! 이동 속도 77% 감소!”

“주포 손상, 사용 불가!”

“엔진 효율 24% 감소!”

또 한 번 절망적이기만 할 뿐인 보고가 브릿지를 휩쓸고 지나갔다. 무
엇보다 메인 부스터가 피격당했다는 말은 모두의 얼굴에서 혈색을 빠지
게 하기 충분한 것이었다. 그 말은 더 이상 적을 뿌리칠 수단이 전무하게
되었다는 것과 마찬가지이니 말이다.

“여기까지인가…….”

비록 여러 가지로 미숙한 면이 많기는 했지만 그래도 나는 이 배의 함

장이다. 결코 어리석은 결단을 내려서는 안 된다. 나 혼자라면 모를까, 지금 나의 손에 이 배 모든 승무원의 목숨이 걸려 있는 것과 마찬가지이니 말이다.

"잘 들어라! 이 순간부터 우리는 배를 포기한다!"

내 외침에 대부분의 승무원은 당황스럽지만 이해한다는 듯한 표정을 지으며 내 다음 말에 귀를 기울였다.

"내가 미끼가 되어 녀석들의 시선을 끄는 동시에 너희들의 탈출을 돕겠다. 내 크샤레노를 준비해라!"

내 P–SYNC 타입은 EG. 분명 단독으로도 함대 단위를 상대할 수 있을 것이다. 어디까지나 시간 끌기라는 것이 문제겠지만 그것만으로도 지금의 목적인 '부하들의 퇴함 지원'은 충분히 가능한 것이었다.

"무모합니다, 함장!"

"그렇습니다. 그런 방법으로는 안전한 퇴함은 물론이고 중령님의 안전조차 보장할 수 없습니다!"

곧바로 주위에서 반대의 외침이 터져 나왔다. 하지만 나는 그런 그들의 만류를 뿌리치며 마주 외쳤다.

"닥쳐라! 이것은 명령이다. 명령을 거부할 생각이냐?!"

"……."

"어차피 함께 달아나려고 하다가는 전부 죽을 뿐이다. 아니면 이보다 나은 작전을 생각하는 자가 있는가? 있다면 수용하겠다."

"……."

다행히 내 원하는 대로 주변은 순식간에 정리가 되었다. 그들은 내가 미끼가 된다는 것에 상당히 석연치 않은 모습을 하고 있었지만 달리 반박할 말이 없는 듯 결국에는 고개를 끄덕이며 브릿지를 벗어나기 시작했다.

"걱정하지 마라. 나는 고위 장교이고 더불어 황족이다. 죽지만 않으면 포로 교환을 통해 금방 돌아갈 수 있을 것이다."

"…크흑."

"전원 퇴함!"

그렇게 말하며 그들을 안심시키려 했지만 몇몇은 오히려 내 이 말에 눈물을 삼키기까지 하였다.

그들은 알고 있는 것이다. 이런 식으로 말한 황족들이 오히려 죽을 때까지 싸우거나, 설령 적에게 사로잡히게 되었을 경우에는 자결한다는 것을. 나 역시 그럴 생각이고 말이다.

'미안해, 이드.'

이드에게는 미안하지만 이것은 황족으로서 마땅히 해야 할 일인 것이다. 설령 내가 포로가 되어 후에 포로 교환을 통해 제국으로 돌아간다 해도 그런 불명예스러운 모습으로는 이드에게 당당할 수가 없다.

"크샤레노 준비 완료되었습니다."

"곧 가겠다."

만약 내가 싸우는 동안 구원군이 온다면 죽을 걱정은 덜어낼 수 있을지도 모른다. 하지만 '특무대'의 전력은 군 내에서도 기밀 취급되어 아군 식별 코드에 존재하지 않는 데다가 이 근처에는 마땅히 우리를 구해 줄 만한 여력이 있는 함대가 없었다. 상황은 상당히 절망적인 방향으로 흘러가고 있었다.

"이드… 미안해."

어느새 나는 격납고에 도착해 있었다. 방금 전의 말대로 내 전용 크샤레노는 정비를 마친 채 발진 캐터펄트 위에 올라와 있었다.

"수고했다. 너희들도 빨리 탈출하도록."

마지막으로 나는 크샤레노에 탑승하기 앞서 '스르아다'의 브릿지가 있는 방향을 향해 경례를 붙였다.

"수고했다, 스르아다. 제국에 승리의 영광을."

이후 나는 곧바로 크샤레노에 올라탔다. 어쩌면 최후가 될지도 모르는 싸움을 위해서.

우우웅—

철컥—

바이아아아—

전자 제어식 캐터펄트가 가속되기 시작하였고, 바닥에 고정되어 있던 크샤레노의 록 볼트가 해제되면서 몸체가 캐터펄트의 중앙으로 이동하였다. 이윽고 캐터펄트 구석에 달린 제어기로부터 푸른 빛의 사인이 떨어졌다.

"스프린, 크샤레노 나간다!"

쿠오오오—

힘찬 가속과 함께 크샤레노는 안정적으로 '스르아다'로부터 발진하였다. 그리고 그렇게 힘차게 발진한 나를 반기는 것은 사나운 노도와도 같이 밀려드는 적의 대군이었다.

"데르바, P–SYNC 시동!"

「명령 접수, P–SYNC 시동.」

파즈즈즈—

작은 방전음과 함께 순간 몸이 붕 뜨는 듯한 기분이 들며 P–SYNC가 시동되었다. 그와 함께 크샤레노의 앞부분이 푸른색의 막에 감싸지기 시작하여 곧 전 부분을 덮어 나갔다.

"카운터 스트라이크 어택!"

「명령 접수. 응용 프로그램:카운터 스트라이크.」

키이이잉—

부스터로부터 힘찬 가속음이 들려오며 크샤레노가 빠르게 앞으로 나아가기 시작했다. 그리고 어느새인가 눈앞으로 다가온 적들을 향해 돌진하려고 할 때 돌연 계기판으로부터 경보가 울렸다.

삐이이—

「경고, 이레이져 에너지 반응, 4초 후에 이 영역에 도달합니다.」

"뭐야?!"

갑작스러운 이레이져 경고음에 나는 급하게 기수를 틀었다. 그리고 내 크샤레노가 완전히 선회하는 순간 방금 전까지 내가 있던 곳을 한줄기의 섬광이 쓸고 지나갔다.

찌끼기기기긱—

듣는 이의 소름을 돋게 하는 불쾌한 소음과 함께 공간이 뜯겨 나갔다. 정면으로 이레이져에 휩쓸린 이들의 경우 그 자리에서 완전하게 소멸하였지만 일부만이 소멸된 기체 중 그 손상도가 큰 적기는 뒤늦게 커다란 폭발을 일으키며 주변을 어지럽게 만들었다.

"뭐, 뭐지?"

이 정도의 대구경 이레이져 캐논을 장비한 기체는 드물다. 제국 내에서도 친위대의 기함급 전함이나 되어야 장착을 검토받을 수 있을 정도이니까 말이다.

「이쪽은… 치직… 제국… 치직… 제… 치직… 함대… 치직… 이다… 치직… 크샤레노… 치직… 응답하… 치직…….」

갑작스러운 이레이져 캐논 사격에 이어 계기판의 한쪽 램프가 반짝이며 통신이 들어왔다. 주변의 재밍과 이레이져 캐논의 여파로 인해 잡음도 많이 섞이고 몇몇 단어만 알아들을 수준이었지만 방금 내 귀에 들려온 그 '몇몇 단어들'은 날 밝게 웃도록 해주었다. 내 추측이 맞다면 이제

더 이상 죽음에 대한 걱정 따위는 전부 날려 버려도 좋을 상황이 되었기 때문이다.

「반복한다. 이쪽은 제국군 소속 로넬라젠 가 제3사설 함대이다. 현재 전투 중인 크샤레노는 응답하고 자신의 신원을 밝혀라.」

예상대로 아군이었다. 하지만 다른 한편으로는 이렇게 의외의 구원군으로 와준 제국의 정식 함대가 아닌 사설 함대, 그것도 이곳에서부터 까마득이라는 단어를 붙이는 것도 고려해 봐야 할 정도로 먼 거리에 있을 로넬라젠 가문의 사설 함대라는 사실에 놀랍고 당황스러웠다.

"이, 이쪽은 제국 '특무대' 소속, 스프린 네알 데이만엘 라니오스 아메린 제라론 대위이다. 지휘관과 이야기를 하고 싶다."

―신원 및 ID 확인했습니다. 잠시만 기다려 주십시오.

언제나처럼 내 신원이 확인되고 계급의 차가 인식되자 상대 오퍼레이터의 말투는 존대어로 바뀌어졌다. 그리고 잠시 후 지휘관인 듯한 자의 목소리가 들려왔다. 디스플레이 화면에 비친 얼굴과 목소리는 제법 익숙한 것이었다.

―본인은 로넬라젠 가 제3함대의 임시 함대장을 맡고 있는 제오타 사테란 로넬라젠 소령입니다.

제오타 사테란 로넬라젠, 로넬라젠 가문의 4번째 아들로 이드에게는 동생이다. 그 어려 보이는 외모와 달리 로넬라젠 가의 일원 중에서도 유난히 두뇌가 총명하고 상황 분석 및 지휘 능력이 뛰어나 현재 제국 중앙 작전 참모 본부에 배속되었다고 들었는데…….

―보아하니 '왜 당신이 여기 있는 겁니까?' 라고 묻는 표정이시군요, 공주 전하.

그는 처음 만날 때 으레 그랬듯이 그 커다란 구슬 같은 눈으로 부드러운 곡선을 그려내며 웃음 짓고 있었다.

―저에게도 여러 가지 사정이라는 게 있어서 말입니다.

사실 내게도 그의 사정 따위 물을 여유도 없고 들을 이유도 없는 고로 그런 점은 넘어가기로 했다.

"뭐, 그런 건 어찌 되었든 좋으니까 탈출한 '스르아다' 의 승무원들을……."

―이미 구조 중입니다."

"에에……."

이미 구조 중이라니… 역시 그는 상당히 철두철미한 사람임에는 틀림없는 것 같다.

―아, 그리고 둘째 형님에 대한 이야기인데…….

"이드가……?"

―지금쯤 그쪽에 도착할 때가 되었을 겁니다.

"하지만 이드는… 이드의 크샤레노는……."

분명 이드의 전용 크샤레노는 레온의 '아슈발트' 와 싸우는 와중 대파되어서… 게다가 이드 본인도 크샤레노가 대파되면서 부상을 입었고.

―아뇨, 형님은 크샤레노를 타고 가시지 않았습니다.

"그러면……?"

의아해하는 내 모습에 제오타는 싱긋 웃으며 대답하였다.

―형님께서는 말입니다. 형님답지 않게 무모한 일을 벌이셨습니다.

"……?"

―전하께서 출전하신 뒤 곧바로 '팬텀' 이 찾아왔었습니다.

"…에?"

팬텀, 현재로서는 그 정체나 행동 목적이 전혀 알려지지 않은 수수께끼의 인물이다. 가끔은 우리를 도와줄 때도, 방해할 때도 있었지만 우리들 '특무대' 와는 유난히 그 인연이 질긴 존재이기도 하다.

“그, 그래서요?”

―형님께서는 팬텀으로부터 어떤 이야기를 들으셨는지 갑자기 전하를 구해야 한다면서 곧바로 황제 폐하를 알현하러 가셨습니다.

“그런 바보 같은……!”

제오타는 단순히 ‘알현하러 갔다’ 고 단순하게 말했지만 나는 그 속에 압축된 의미를 대강은 짐작할 수 있었다.

“그럼 설마……!”

―예상하시는 대로 제법 큰 다툼이 생겨 버렸지요. 하지만 형님께는 이렇다 할 일을 하지도 않으셨습니다. 형님을 만류하는 ‘제카롯’ 분들께서 모두 ‘팬텀’ 에게 쓰러져 버렸거든요.

“그런……!”

나는 다시 한 번 놀라지 않을 수 없었다. 비록 이드 혼자만이 아닌 팬텀과 함께였다고 하지만 강행으로 황제 폐하의 궁에 쳐들어가듯이 들어간 것도 놀라울 뿐인데 그것도 모자라 제카롯 ‘들’ 을 쓰러뜨리다니?!

이전부터 ‘팬텀’ 의 능력에 대단함을 느끼고 있었지만 그 정도일 줄이야…….

―이후의 이야기는 저도 자세히는 모릅니다. 하지만…….

“하지만?”

그 부분에서 그는 잠시 동안 이야기에 뜸을 들였다. 잠시간 웃음으로 너무 팽팽해져 있던 이야기의 맥을 느슨하게 풀던 그는 이내 손가락을 들어 올려 보이며 말을 맺었다.

―형님과 팬텀이 황제 폐하의 궁을 나올 때에는 ‘프리텐스’ 의 사용 허가가 내려져 있었습니다.

“……?!”

프리텐스라면… 제국의 제도를 방위하는 목적으로 대기되어 있는…….

　─이런 일도 참 드문 일이죠. 그런 의미에서 형님은 참 대단하신 분입니다.

　"그 말은……."

　─네. 지금 형님께서 가져오실 기체는 프리텐스입니다.

　"프리텐스……."

　─게다가 더 재미있는 것은, 그 사건이 끝난 직후 상당수의 제카롯 분들께서 책임을 지겠다고 하면서 엄청난 규모의 자살 소동을 벌이셨다는 거죠. 결국 황제 폐하의 칙명이 있었기에 최악의 사태는 벌어지지 않았지만 말이죠. 후훗.

　"……."

　실없는 제오타의 농담을 들으며 전장을 벗어나 그의 함대가 있는 방향으로 퇴각하고 있던 나는 전방으로부터 하얀 실루엣을 확인할 수 있었다.

　─여기는… 치익. 이드 사테란… 치익… 로넬라젠 대위… 치이익. 스프린, 무사… 치지지직.

　곧바로 통신으로 다급한 감정이 실린 목소리가 들려왔다. 아직 완벽하게 방해 전파의 영역으로부터 벗어나지 못해서인지 화면은 나오지 않고 목소리에도 잡음이 많이 섞여 있었지만 못 알아들을 정도는 아니었다.

　"여기는 스프린 네알 데이만엘 라니오스 아메린 제라론 대위. 나는 무사해. 걱정하지 마, 이드."

　입가에 웃음이 배었다. 나를 이렇게까지 걱정해 주다니. 이런 남자가 있어준다는 것만으로도 나는 충분히 행복한 여자일 거라고 생각하였다.

　─다행이… 치이익… 너에게 무슨 일… 지지직… 걱정했… 지이익.

　잡음 섞인 통신을 통해 들려오는 그의 목소리에서 나는 그의 심정을 조금은 알 수 있을 것 같았다. 그 정도로 그의 목소리에는 걱정이 가득 묻어 나오고 있었다.

"고마워, 걱정해 줘서. 난 아무 일 없으니까 이제 걱정하지 마."

만약 내 눈앞에 이드가 있었다면 이 말을 듣고 살짝 얼굴을 붉히는 귀여운 모습을 보였을지도 모른다. 영상이 제대로 나오지 않는 것이 이럴 땐 조금 원망되기도 하였다.

—스프린, 먼저 제오타가 있는 곳에 가 있어라. 나는 적을 섬멸하고 가도록 하겠다.

"혼자서 괜찮겠어?"

조금은 걱정 어린 내 질문이 나올 때 즈음해서 영상이 회복되었다. 영상 속에 비친 이드는 나를 향해 한쪽 눈을 찡긋해 보이는, 평소에는 거의 하지 않던 행동까지 하며 대답하였다.

—문제없다. 지금 내가 탑승하고 있는 것은 프리텐스이다. 고작 저 정도밖에 되지 않는 상대에게 고전하는 일 따위는 없다고 알카드 박사와 황제 폐하께서 보증하셨다.

"황제 폐하께서……?"

—그렇다. 무엇보다 단 한 대로도 제도를 방위할 수 있다고 할 정도의 능력을 가진 기체이다. 문제는 없다고 본다.

건국 이래 지금까지 황제 폐하가 하신 말씀 중 그 말씀이 빗나간 적은 단 한 차례도 없었다. 그런 황제 폐하의 보증이기에 나는 안심하며 고개를 끄덕였다.

"응, 알았어. 먼저 가 있을게."

"금방 끝내고 뒤따라 가겠다."

그와 함께 내 주위를 돌며 통신을 하던 프리텐스가 이제는 발포 가능 거리 직전까지 다가온 적들을 향해 빠르게 날아갔다. 그리고 잠시 후 수

많은 불꽃이 전장을 수놓았다.

"…그때 일의 꿈을 꾼 것이었나?"

"응. 아직도 이드가 윙크를 하던 장면이 머리 속에 선명한걸."

"조금… 부끄럽군."

아무래도 더 이상 그때의 영상을 볼 수 있을 정도만큼 통신 상태가 좋지 못했던 것을 아쉬워할 필요가 없게 된 것 같다. 지금 내 눈앞에서 이드가 얼굴을 붉히며 부끄러워하고 있으니 말이다.

"그럼 이번에는 이드가 이야기를 해줄 차례야. 내가 정신을 잃고 있던 사이… 아니, 꿈을 꾸고 있었다고 해야 하나? 여튼간 그때 상황이 어떻게 진행되었는지 알려줘."

"알았다. 너의 이야기를 들어보니 네가 정신을 잃은 것은 대략 내가 프리텐스를 공격하기 시작했을 무렵인 듯하군. 그 부분부터 설명을 하겠다."

적수

「경고, 전방에 이레이져 반응!」

막 근거리용 레이더에까지 프리텐스의 존재가 확인되려는 순간 다시 한 번 커다란 경고음과 함께 레노의 목소리가 조종실 내부를 울렸다.

"무시! 다시 한 번 G어택. 옵션은 범핑, 그리고 하이퍼!"

「명령 접수. 응용 프로그램 G어택, 옵션:범핑&하이퍼.」

크샤레노의 몸체 전체를 짙은 무색의 막이 둘러쌌다. 마치 주변을 두꺼운 렌즈로 감싸기라도 한 듯 크샤레노의 주변은 빛을 굴절시켜 보이는 모습이 기묘하게 왜곡되어 있었다.

"간다!"

쿠우우우─

크샤레노의 메인 노즐로부터 강렬한 불꽃이 뿜어지며 빠르게 가속되었다. 그리고 크샤레노가 가속하는 순간 다시 한 번 프리텐스의 포신으로부터 빛이 뿜어져 나왔다.

찌끼기기기긱—

또 한 번 유리를 긁는 것 같은 듣기 불쾌한 소리와 함께 한줄기의 빛이 공간을 거칠게 훑고 지나갔다. 그러나 이미 크샤레노는 그 자리에 없었다.

투아—

마치 보이지 않는 벽에 튕기기라도 하듯이 크샤레노의 몸체가 튕겨져 올라갔다. 그렇게 이레이져 캐논의 섬광을 피한 크샤레노는 다시 한 번 튕겨지며 프리텐스를 향해 돌진하였다.

"O/S 체인지!"

「명령 접수, O/S 체인지. 단, P-SYNC 사용 중이기 때문에 삭제와 설치에 4초가 걸립니다.」

크샤레노의 계기판 위로 수많은 글자들이 질주하였다. 보통 사람은 물론 어느 정도 동체 시력을 기른 인물조차도 제대로 알아볼 수 없을 정도로 수많은 글자들이 빠른 속도로 넘어가고 있었다.

「O/S 스트라이크 어택 삭제 완료, O/S 어설트 드라이브 설치 중…….」

레노의 안내 목소리와 함께 잠시 멈추었던 화면에 또다시 수많은 글자들이 나타났다. 그리고 잠시 후 다시 한 번 레노의 목소리가 들려왔다.

「어설트 드라이브 설치 완료, O/S 기동 트랜스포메이션.」

"좋아!"

위이잉—

철컥—

레노의 안내 목소리와 거의 동시에 이드는 조종실 천장 구석의 레버를 앞으로 미는 동시에 바닥의 페달 하나를 깊숙이 밟았다. 그리고 그와 함께 크샤레노 전체에 변화가 생기기 시작하였다.

큐우우우—

철컹—

10미터가 넘는 크샤레노의 몸체 형태가 변하기 시작했다.

전면 부분이 앞으로 꺾어지는가 싶더니 이내 안쪽으로 들어갔다. 그리고 그와 동시에 랜딩 기어가 나오는 부분은 길게 펼쳐지며 양 갈래로 나뉘지고 날개가 있는 부분 역시 몸체로부터 갈라졌다.

키이잉—

크샤레노의 앞부분이 몸체 쪽으로 들어가는가 싶더니 몸체 앞부분으로부터 사람의 것과 비슷한 형태의 머리가 솟아나왔다. 뒤쪽으로 펼쳐진 부분이 다리가 되고 옆으로 갈라지듯 펼쳐진 날개 쪽 몸체는 팔이 되었다. 날개는 비스듬하게 틀어져 양팔을 감싸는 방패와 비슷한 모양이 되었다.

큐우웅—

몸체 중앙 부분이 ㄱ자 형태로 접히는가 싶더니 꼬리 부분의 부스터가 안쪽으로 접혀져 몸체의 등 한가운데 부분으로 옮겨졌다. 몸체가 접히면서 다리와 양팔이 사람과 유사한 위치로 전개되었다.

「트랜스포메이션 완료. O/S 어설트 드라이브 시동.」

변형한 크샤레노의 모습은 마치 철로 이루어진 거대한 인간의 그것과 유사하였다. 아니, 그보다는 거의 15미터에 달하는, 보통의 4배 이상에 달하는 매우 거대한 마장기와 흡사하다고 할 수 있을 것이다.

"트윈 슬라이서!"

「명령 접수, 무기:트윈 슬라이서.」

컹—

이제는 양팔 바깥쪽을 감싸는 방패와 같이 위치한 날개의 끝부분으로부터 손잡이, 혹은 칼자루와 비슷하게 생긴 것이 튀어나왔다. 그리고 그것이 날개 안으로부터 완전히 모습을 드러내었을 때 그것은 정말로 거대한 검 두 자루가 되어 크샤레노의 손에 들려졌다.

"받아랏!"

쿠구구구—

이제는 등 뒤로 옮겨진 크샤레노의 메인 부스터가 불을 뿜었다. 이제는 인간 형태로 변형한 크샤레노의 양손에 들려진 검은 정확하게 프리텐스를 노리고 있었다.

삐이이이—

「경고, 적기 접근. 형식:크샤레노 노멀 타입, P-SYNC 패턴:G. 이드 커스텀으로 추측.」

크샤레노가 프리텐스를 근거리 레이더 안에 포착하기도 훨씬 전에 프리텐스의 근거리 레이더는 크샤레노를 먼저 포착하고 있었다. 조종실 내부를 타고 울리는 경고음과 함께 낮은 남자 목소리가 들려왔다.

"흥, 오는군."

중년 히아스는 비릿한 웃음을 지으며 빠르게 콘솔을 두드렸다. 그가 입력한 명령에 따라 프리텐스의 몸체 안쪽으로부터 다시 한 번 거대한 포신이 그 위용을 드러내었다.

「이레이져 캐논 챠지. 단, 현재 상태로는 퀵 챠지와 오버 챠지를 사용할 수 없습니다.」

바아아아—

컴퓨터로부터의 안내와 함께 포신이 빛을 머금었다. 빛임에도 불구하고 전혀 따스한 느낌을 가지지 않는 그것은 점차 그 밀도와 크기를 더해가고 있었다.

찌끼기기긱—

잠시 후 포신은 머금었던 빛을 한 번에 토해내었다. 빛이 일직선으로 공간을 찢어발기며 가로질렀다.

「…목표, 회피.」

"치이."

명중하지 않았다는 것에 히아스는 안타까워하며 손가락을 튕겼다. 그러나 이내 원래의 표정을 되찾으며 다시 명령을 내리기 위해 콘솔을 조작하였다.

「명령 확인 완료. 트랜스포메이션.」

키이이잉—

프리텐스의 모양에 변화가 생기기 시작하였다. 크샤레노와 그 변형하는 형태가 조금 다르기는 했지만 그것은 아무리 보아도 크샤레노와 같은 '인간 형태로의 변형'이었다.

큐우우웅—

철컹—

전면부의 뾰족한 부분이 양쪽으로 갈라지더니 뒤로 회전하며 몸체의 양 옆으로 접혀 들어갔다. 몸체의 바깥쪽 위에 돌출된 부분이 펼쳐지며 두 갈래로 나뉘어져 다리가 되고, 뒷부분의 부스터를 감싸는 부분이 바깥쪽으로 전개되며 팔이 되었다.

쿠우우우—

양 날개는 부스터와 함께 등 뒤로 이동하였고, 그와 거의 동시에 몸체 윗부분의 가운데쯤에 돌출된 부분이 양 옆으로 벌어지며 머리가 솟아 나왔다.

「트랜스포메이션 완료. 플러그인 세팅:듀얼.」

"좋아."

그리고 프리텐스의 변형이 완료되는 순간 크샤레노 역시 변형을 완료한 채 양손에 검을 뽑아 들고 프리텐스를 향해 돌진해 오고 있었다.

"정말 프리텐스와 싸우겠다는 생각을 한 거야? 그것도 통상 타입에 무기 사정도 여의치 않은 상태에?"

놀랍다는 의미가 가득한 내 질문에 이드는 의외로 침착하게 고개를 끄덕이며 대답하였다.

"선택의 여지가 없었다. 설령 후퇴한다고 해도 추가적인 정비나 보급해 줄 수 있는 시설이나 인력이 있는 것도 아니고."

"하긴……."

잠시 착각하고 있었다. 이드에게는 '그때' 처럼 다시금 재정비를 할 수 있는 시설도, 인력도, 그리고 함께 싸울 '동료' 마저도 없는 상황이었을 것이다.

"…그런데 말야."

"음?"

"그 이야기를 들으니까 더 명확하게 생각이 나네."

"뭐가 생각이 나는데?"

"제바하르 영지에서의 사건 기억나?"

"물론. 그런 큰 사건을 잊을 수 있을 리가 없지."

이드는 내 말로 인해 그때의 일이 머리 속에 떠오른 듯 살짝 인상을 찌푸리며 주먹을 세게 쥐어 보였다. 어찌 보면 나름대로 귀엽다고 할 수 있는 행동을 하는 이드의 모습에 나는 피식 웃으며 하늘로 시선을 돌렸다.

"그때에도 이드는 하늘에서부터 우리들을 구해주러 왔었지."

쿠구궁—

"까악!"

대단한 파괴력이다. 비록 이전부터 파워에서는 크샤레노가 밀려왔다
고는 하지만 이 정도는 아니었을 텐데…….

"데르바, 하전입자포 챠지!"

「명령 접수, 하전입자포 챠지. P-SYNC를 사용하고 있어 챠지에 11초
가 걸립니다.」

챠킹―

파지지직―

크샤레노의 등 뒤로부터 두 개의 거대한 막대처럼 생긴 가속기가 솟아
나왔다. 이윽고 두 개의 가속기 사이로 스파크가 일어나는가 싶더니 이
내 두 막대 사이를 천으로 감아두기라도 한 듯 두꺼운 보라색의 막이 형
성되었다.

콰쾅쾅쾅―

쿠구구구―

"크윽……!"

내가 반격하려고 하는 것을 확인한 적들은 아까 전보다도 더욱 맹렬한
공격을 퍼붓기 시작했다. 그로 인해서인지, 아니면 하전입자포를 쓰려고
하다 보니 그런 것인지 나에게 가해지는 부담이 갑자기 늘어나 버렸다.

「경고, P-SYNC가 버티지 못합니다. 사용자의 육체가 손상될 수 있습
니다.」

"무시!"

온몸을 갉아먹는, 가끔은 몸 안에서 무언가가 난동을 부리는 듯한 고
통이 엄습하였지만 여기서 포기할 수는 없었다. 그런 생각으로 이를 악
물고 남은 5초를 버티려는 나의 눈앞에 거대한 전류덩어리가 날아오고
있었다.

"까아악!"

파지지지지—

거의 반사적으로 두 눈을 감으며 손으로 눈앞을 가렸다. 하지만 다행일까, 내가 염려하던 사태는 일어나지 않았다.

—괜찮아, 스프린?

어느새인지 스프렌이 다가와 나를 노린 뇌전을 대신 막아준 것이었다.

"으, 으응. 나는 괜찮아."

진심으로 나를 걱정해 준 스프렌의 말에 대답하는 순간 하전입자포의 충전이 완료되었음을 알리는 음성이 들려왔다.

「하전입자포, 챠지 완료.」

"스프렌, 비켜!"

쿠오오오—

스프렌이 옆으로 비키자마자 지름이 7~8미터에 달할 정도로 굵은 빛줄기가 앞으로 뻗어 나갔다. 그 파괴적인 보라색 빛에 대부분의 적이 피하거나 빛 속에 휩쓸렸으나 돌연 그 앞을 가로막는 존재가 있었다.

"나와라, 빛을 먹는 불꽃!"

쿠르르르—

마치 머리 속에서부터 울리는 듯한 목소리와 함께 화염의 방벽이 생겨났다. 그것의 크기는 브레이커 하나 정도로 그리 큰 것은 아니었지만 그것이 해낸 일은 대단한 것이었다.

쿠르르르—

거대한 화염의 방벽은 그것을 지나가려고 하는 하전입자포의 빛을 모조리 삼켜 버렸다. 그리고 하전입자포가 완전히 화염의 벽에 삼켜지는 순간 화염의 벽은 거대한 용의 형상으로 모습을 바꾸며 우리들을 향해 날아들었다.

쿠과과광—

재빨리 스프렌의 앞으로 나서서 P-SYNC를 이용한 방어를 하였기에
망정이지 안 그랬으면 스프렌은 저 화염의 용에게 사정없이 물어뜯겼을
것이리라.

─스프린, 괜찮아?

"으, 으응. 이걸로 '서머너'의 소환 가능 횟수는 몇 번이지?"

─1번!

만약 저런 강력한 힘을 가진 자에게 '사용 가능 횟수 제한'이라는 제
한마저 없었다면 제국군은 저 두 명에 의해 엄청난 패배를 기록하게 되
었을지도 모른다. 더불어 저들은 연달아 소환하거나, 혹은 둘 이상을 동
시에 소환할 수 없는 것 역시 큰 다행이었다.

─스프린, 왼쪽!

키이이잉─

어느새 접근했는지 왼쪽으로부터 빠른 속도로 '아슈발트'의 '육전 파
츠'를 부착한 타입이 다가오고 있었다. 발바닥에 장착된 리니어 캐터필
러를 통해 미끄러지듯이 빠른 속도로 다가온 아슈발트는 매섭게 양손에
들려진 톤파를 휘둘렀다.

카캉─

"크윽……!"

간신히 트윈 슬라이서로 상대, 아마도 '로나'의 기체로 생각되어지는
아슈발트의 톤파를 막아내었을 때 스프렌도 또 다른 아슈발트의 투 핸드
소드를 막아내고 있었다.

그리고 간신히 근접전의 방어에 성공한 우리 둘 사이를 노리고 또 한
대의 아슈발트가 날아들었다.

"하전입자포 파츠 강제 분리, P-SYNC!"

「명령 접수. 하전입자포 퍼지, P-SYNC 콘택트.」

푸슝—

키이이잉—

콰지직—

크샤레노의 등 뒤에 달려 있던 하전입자포가 퍼지되는 소리와 함께 약간 허공으로 튀어 올랐다. 하전입자포가 분리되자마자 보조 부스터를 이용해 옆으로 회피를 하는 내 귀로 방금 전 분리된 하전입자포가 우그러지는 소리가 들려왔다.

투투투투앙—

하전입자포가 부서지는 동시에 나의 크샤레노 앞에 펼쳐진 푸른색의 막은 막 머리 위로 쏟아지는 레이저 개틀링을 방어하는 데 성공하였다. 나의 경우야 현재 추가 장비로 달려 있는 '트윈 타워'의 자체 성능으로도 얼마든지 막아낼 수 있는 공격이었지만 스프렌의 '카운터 미러'는 그렇지 못했기 때문에 취한 행동이었다.

'큰일이야. 이래선 서서히 죽어가는 것뿐이 안 되는데……'

지금 내 크샤레노가 장착한 '트윈 타워' 파츠의 경우 비약적으로 방어력이 향상된다는 특징이 있지만 그와 함께 한편으로는 비약적으로 기동성이 떨어지는 단점이 있었다. 그렇기에 내가 스프렌과 함께 이 '시간 끌기식 전투' 쪽에 투입된 것이지만 이대로 가면 느린 기동력으로 인해 서서히 옭아 죄어지는 입장에 처해질 수가 있었다.

—스프렌, 더 이상 버티는 것은 무리야!

게다가 스프렌이 있다는 것을 안 상대편은 일부러 P-SYNC의 사용을 자제하고 있었다. 하지만 그렇다고 '카운터 미러' 파츠를 해제하면 사정없이 P-SYNC 공격이 들어올 게 뻔했기에 이러지도 저러지도 못하고 있는 상황이었다.

"여기는 어릿광대. 도둑고양이와 사채업자는 응답하라!"

다시 한 번 연락을 시도해 보았지만 이번에도 대답은 들려오지 않았다. 하지만 더 이상 버틸 수 없는, 브리핑의 '제한 시간이 지나도 가능한 데까지는 버티되 더 이상 버틸 수 없을 경우 잠입조가 사망, 혹은 생포된 것으로 판단하고 퇴각' 에 대해 결단을 내려야 하는 순간이었기에 다시 한 번 연결을 시도해 보았다.

"여기는 어릿광대. 응답하라! 도둑고양이와 사채업자는……."

―여기는… 치지직… 여기는 사채… 치지직.

그나마 다행이라고 할까, 간신히 제롬이 있는 쪽의 팀과는 연결이 된 듯하였다.

그런데… 어째서 목소리가 다 죽어가는 투인 것이지?

―미안… 치직… 공주, 히아스 박사… 치지직… 의외… 치익… 강해… 치지지지직.

"제롬? 제롬! 응답하라, 여기는 어릿광대! 사채업자 응답하라!"

치지지지직―

다급한 나머지 고개를 앞으로 내밀며 마이크가 있는 부분에 대고 외쳤지만 이후 들려오는 것은 오로지 잡음뿐이었다. 하지만 그렇다고 낙담하고 있을 시간이 생길 리는 만무했다.

"여기는 어릿광대. 사채업자가 실패한 듯하다. 퇴각……!"

―여기는 도둑고양이.

막 퇴각 명령을 내리려는데 마침 그에 맞춰 베르탄으로부터 통신이 들어왔다.

―죄송합니다. '테스탈롯사' 의 탈취에 실패했습니다. 게다가 방금 레온이 그것에 탑승하여 캐터펄트로… 치이이익.

"베르탄? 응답하라! 도둑고양이! 치잇……!"

아무래도 무슨 일로 인해 통신 불능 상태가 되어버렸나 보다. 게다가 통신을 하고 있는 동안 우리들 측의 사태도 더욱 악화되어 이제는 더 이상 버티기는커녕 제대로 탈출이나 할 수 있을지 걱정될 상황이 되어가고 있었다.

—제국군에 경고한다. 저항을 멈추고 투항하라. 대우에 대해서는 보장하겠다. 다시 한 번 말하겠다. 지금 당장 저항을 멈추고…….

적은 자신들의 승리를 확신한 듯 나와 스프렌을 향해 이런 통신까지 보내오고 있었다. 하지만 나도, 스프렌도 명색이 제국의 황족이다. 투항 따윈 있을 수 없는 일이었다.

"거절한다. 영광스러운 제국의 군인이 공화국의 졸개 따위에게 무릎을 꿇을쏘냐?!"

그렇게 말하며 다시금 적들 사이로 뛰어들었다. 이렇게 된 이상 아쉽지만 작전은 포기해야 했다. 그렇다면 하다못해 지금 이륙을 시도하려 하고 있다는 적의 신형이라도!

키이이잉—

그런 나의 행동을 가로막겠다는 듯 세 대의 아슈발트가 달려들었지만 나는 거침없이 앞으로 전진했다.

"P-SYNC 풀 드라이브, EG—트윈 타워 크래시!"

「명령 접수, 응용 프로그램:EG—트윈 타워 크래시, 실행.」

피이잉—

앞으로 내밀어진 크샤레노의 팔, 정확히는 날개 위에 덧씌워지듯이 장착되어 있는 '타워' 파츠가 날개와 함께 전면으로 전개되었다. 타워 파츠가 P-SYNC의 힘을 전달받아 파랗게 빛을 내뿜는 동시에 등 뒤의 부스터도 전개되었다.

"부스터 포트 작동. 엔진 임계점까지 카운트 시작."

쿠오오오—

“흐윽……!”

역시나 꽤 무리한 것일까? 과도한 P-SYNC의 사용 때문인지 마치 몸 전체에 보이지 않는 관을 찔러 내 몸 안의 피를 모조리 뽑아가는 듯한 고통이 엄습하였다.

“그래도… 지지는 않아!”

이 정도쯤! 이드는 이보다 더한 고통도 겪었을 텐데. 언제나 나와 우리들 때문에 한계를 넘는 싸움을 해왔는데.

그의 여자 될 사람으로 결코 이 정도에 굴복할 순 없다. 그렇게 자신을 채찍질하며 더욱 손에 힘을 주었다.

투카앙—

쿠르르르—

막 나를 가로막으려던 하늘색의 아슈발트가 오히려 돌진하는 내 크샤레노의 힘을 견뎌내지 못하고 나가떨어졌다. 그리고 나는 그 기세를 몰아 더욱더 속도를 올렸다.

푸아앙—

막 반지하 통로 형태의 전자식 캐터펄트 통로의 입구에 진입하려는 순간 캐터펄트로부터 무언가가 사출되었다.

급하게 칠한 듯한 붉은색의 전용 컬러, ‘아슈발트’와 비슷하지만 어딘지 달라 보이는 외관. 실제로 본 적은 없지만 저것이 공화국의 신형기인 ‘테스탈롯사’라는 것 정도는 누구나 짐작할 수 있으리라.

“이런! 벌써…….”

—모두들 기다리고 있었지?

외부 스피커가 주변을 쩌렁쩌렁하게 울린다. 그 목소리의 주인공 레온은 캐터펄트에서 사출되어 바깥으로 나오자마자 이쪽으로 방향을 선회하여 빠른 속도로 우리들을 향해 다가오고 있었다.

"제국 녀석들, 이제부터 따끔한 맛을 보여주겠다!"

그 외침과 함께 '테스탈롯사'로 추측되는 기체의 형태가 바뀌기 시작하였다. 조종석 양 옆을 감싸고 있는 부분이 위쪽으로 갈라지고 몸통 양 옆 부분 역시 바깥쪽으로 펼쳐졌다. 날개와 부스터가 몸체 중앙 아래쪽으로 이동하며 한 바퀴 회전하여 고정되었다. 그렇게 바깥쪽으로 형태를 드러낸 팔다리가 위치를 바로하며 유난히 뾰족한 앞부분은 안쪽으로 접혀 들어갔고 그 부분으로부터 머리가 솟아 나왔다.

"한 방에 보내주마!"

챠킹―

'테스탈롯사'의 양 허리 아래쪽에 위치하고 있던 두 개의 막대가 합쳐져 기다란 로드를 만들었다. 그리고 상대는 어느새 P-SYNC를 사용하는 듯 로드가 불꽃에 휘감기기 시작하였다.

쿠우우우―

뜨겁게 불타는 화염의 소리도 있었지만 그보다 더 귀에 들어오는 소리가 있었다. 행성 바깥으로부터 매섭게 대기를 가르며 무언가가 빠른 속도로 이곳을 향해 접근해 오고 있었다. 공기와의 강한 마찰 때문인지, 아니면 다른 무언가의 이유 때문인지 그 형태를 자세히 알 수는 없었지만 분명 무언가가 이곳을 향해 내려오고 있었다.

쿠우웅―

제법 큰 굉음과 함께 그것의 모양이 변하기 시작하였다. 그것을 둘러싼 묘한 굴절 때문에 자세히 알아보는 것은 불가능했지만 변형하고 있다는 것 정도는 확인할 수 있었다.

챠킹―

그것은 '브레이커'로 인간형으로 변형한 듯하였다. 이윽고 그것의 양 어깨를 감싸는 부분이 분리되며……

'저것은……!'

저 타입의 무기를 사용하는 인물을 나는 알고 있었다. 두 개의 어깨 보호대 부위는 어느새 그것의 양손으로 이동하여 거대한 칼자루의 모양을 하고 있었다.

―당장 멈춰라!

―뭐냐… 크윽……!

투앙―

급히 뒤로 몸을 돌리며 '난입자' 의 공격을 방어한 테스탈롯사와 난입자 사이로부터 불꽃의 폭풍이 불었다.

―이드, 네 녀석이구나?!

―레온! 네가 지금 누구를 건드리려 한 것인지 알고는 있느냐?!

두 브레이커 모두 외부 스피커를 통해 대화하고 있었기에 그 목소리가 사방으로 쩌렁쩌렁하게 울려 퍼지고 있었다.

―누구긴 누구야, 네놈 마누라잖아!

―그런 상스러운 말투는 뭐냐?! 그리고 우리는 아직 혼인한 사이가 아니다!

―여하튼 그게 그거잖아! 서로 짝짝쿵하는 사이에 약혼까지 해놨으면 결혼한 사이랑 무슨 차이냐?!

―짝짝쿵? 그런 저속한 언행은 삼가해 주었으면 하는군.

―내 말투가 뭐가 어때서?!

레온과 이드, 둘의 상당히 어린아이 같은 말다툼에 나는 물론이고 주변의 다른 이들도 제법 당황한 듯 방금 전까지만 해도 갖은 굉음과 폭음이 난무하던 전장이 순식간에 조용해졌다. 그러나 정작 두 당사자는 그런 것은 신경 쓰지 않는 것인지, 아니면 눈치를 채지 못한 것인지 여전히 외부 스피커를 통한 말싸움을 하고 있었다.

─전부터 느낀 것이지만 너의 말투는 너무 천박하다. 너 같은 녀석이
공화국의 군인이라는 것 하나만으로도 나는 공화국에 적개심이 생길 정
도다.

─뭐가 어째?! 나야말로 네 녀석의 그 고상한 척하는 말버릇을 듣고
있으면 제국군 전체에 짜증을 느낀다!

─너야말로 내 말투가 어쨌다는 것이냐?! 예의라고는 털끝만치도 모
르는 녀석 주제에.

─웃기고 있네! 예의 있어봐야 제국 녀석이 거기서 거기지.

─제국의 기술을 훔쳐 간 것도 용서 못할 일이거늘, 감히 제국을 그런
식으로 이야기하다니. 용서 못한다!

─헹! 누가 언제 용서해 달라고 하기라도 했냐? 게다가 네 녀석들의
구리구리한 기술이 뭐가 좋다고 훔쳐 가냐?

─말은 잘하는군. 일전에는 제국의 영애들에게 파렴치한 짓을 저지르
고 프리텐스마저 훔쳐 가려고 했던 몰지각한 강도 녀석들 주제에!

─그, 그러니까 그건 본의가 아니라고 했잖아!

─본의가 아니면 뭐냐? 누가 보아도 네 녀석은 용서받을 수 없는 악당
이라고 할 것이다.

─그, 그러니까…….

그들의 말다툼은 시간이 지날수록 점차 그 수준이 낮아지고 있었다.
처음에는 국가에 대한 모욕 등으로 시작하더니 이제는 개인의 사소한 일
을 붙잡고 늘어지기에 이르고 있었다.

─그, 그러는 너야말로 일전에 여자 탈의실에 뛰어든 적이 있었잖아,
이 변태 녀석아!

─실례다. 그 일에 대해서는 나야말로 피해자라는 사실을 잘 알고 있
을 텐데.

―크윽…….

―그런 식으로 따지자면 네 녀석이 더 심각하지 않겠나? 일전에 네 녀석이 비엘라를 덮치는 장면을 똑똑히 보았다.

―나, 나도 본의가 아니라고. 그건…….

―남자 주제에 같은 남자를 덮치다니. 최악이다.

그리고 상황은 갈수록 이드의 우세로 기울고 있었다. 그러나 그렇다고 해도 결코 좋아할 상황이라는 것은 아니었다.

―이드, 그만 해! 유치하게 무슨 짓이야?

―레온, 이 자식아! 한심하게 무슨 짓거리냐?!

결국 보다 못한 나를 비롯한 주변 인물들이 둘을 뜯어말리기 시작했다. 양쪽 각각의 이유는 조금 다르지만 한번 호된 호통을 듣자 순식간에 조용해지는 둘이었다.

―…미안, 잠시 이성을 잃었던 것 같다.

―뭐야?! 왜 나만 가지고 그러냐고! 저 녀석이 더 악당이잖… 쿠엑!

이드의 경우 고개를 푹 숙이며 뒤통수를 긁적였고, 레온의 경우는 통신이 연결되지 않아 조종석 안의 본인이 어떤 자세를 취하는지는 모르겠지만 외부 스피커로 꽥꽥 소리 지르며 몸부림을 치는 것으로 보아 결코 좋은 모습은 아닌 듯하였다.

"그런데 이드, 여기는 어떻게… 게다가 그 브레이커는……."

―아아, 예상외로 공역의 제압에 시간이 적게 들었다. 모두 제오타 덕이다.

그의 말이 끝나갈 때 즈음 상공으로부터 십여 대의 브레이커가 추가로 강하하고 있었다. 크샤레노와 유사하지만 보다 단조로운 외관, 단독 대기권 돌입은 무리인 관계로 장착된 강하용 장갑. 크샤레노의 실전 양산형인 '크슈란'이었다.

─그리고 이 브레이커는 이번에 새로 개발된 '에로이카' 다. 특무대에 실전 배치될 신형이다.

"에로이카……."

─아직 본체만이 생산된 상태라 추가 무장은 없지만 기본적인 무기 정도는 장착되어 있다. 전투 참가는 충분히 가능하다고 본다.

쿠우우우─

아직 원군이 더 있는지 또다시 무언가가 강하하고 있었다. 다시 한 번 구름이 사방으로 흩어지며 길을 열어주었고, 그 사이로 모습을 드러낸 것은…

"세브타나? 알카드 박사도 온 거야?"

─그렇다.

칠흑같이 검은색을 한, 보통의 것보다도 훨씬 큰 덩치를 가진 초대형 전함. 특무대의 1호 전함이자 알카드 박사의 기함인 '세브타나' 였다.

─기다리게 해서 미안하네, 제군.

아무래도 모두들 외부 스피커로 대화를 나누는 병이라도 걸렸나 보다. 세브타나의 외부 스피커를 통해 알카드 박사의 목소리가 쩌렁쩌렁하게 주변을 울렸다.

─공화국 녀석들에게 경고한다. 당장 저항을 멈추고 투항하라. 대우 는 보장하겠다.

아까 전과는 상황이 완전히 역전되었다고 할 수 있을 것이다. 공화국 의 병사들은 순식간에 뒤바뀐 상황이 상당히 당황스러운 듯 이러지도 저 러지도 못한 채 갈팡질팡하고 있었다.

─다시 한 번 경고한다. 당장 저항을 멈추고…….

─웃기지 마라!

쿠구구구─

어디선가 들려오는 목소리와 함께 갑자기 땅이 흔들리기 시작했다. 그러더니 내가 서 있는 부분의 장소에서 무언가가 땅을 뚫고 솟아오르려 하고 있었다.

―스프린, 물러나라!

콰광―

이드 역시 무언가가 땅속에서부터 나타나려 함을 알고 나에게 경고하며 자신도 뒤로 물러섰다. 나와 이드가 뒤로 물러서는 것과 거의 동시에 주변 도로와 건물들이 균열을 이기지 못하고 부서져 나가며 그 사이로부터 한 대의 거대한 전함이 솟아오르고 있었다.

비상식적이라고 생각될 정도로 넓고 평평한 형태를 한 그 전함은 마치 연합국의 고속 돌격함을 연상시킬 정도로 많은 포대를 가지고 있었다. 또, 그와는 대조적으로 아랫부분에는 온통 전자 가속식의 캐터펄트가 있어 항모의 기능도 담당할 수 있을 것 같았다.

전체적으로 고속 돌격함과 공격 항모의 모습을 한데 섞어놓은 듯한 형태를 한 전함이었다. 상식적으로 생각하였을 때 저런 어마어마한 덩치와 저 무지막지한 설비를 담당할 동력을 만들어낼 수 있을지 궁금할 정도로 파격적인 모습을 가진 것이었다.

―제국군은 들어라. 현재 귀하들의 동료일 것이라 생각되는 6명의 제국군인의 신병이 우리에게 귀속되어 있다.

"치잇……!"

외부 스피커로부터 들려오는, 히아스 박사의 말에 나와 이드는 눈살을 찌푸릴 수밖에 없었다. 설마 했는데 전원 사로잡혀 버린 것인가?

―우리의 안전한 퇴각을 보장한다면 이 여섯 명을 넘겨주겠다. 어떻게 하겠는가?

잠시 양 진영 사이에 침묵이 흘렀다. 하지만 그것은 겉으로 보이는 모

습일 뿐 각자의 기체 안에서 우리는 통신을 통해 계속해서 이야기를 주
고받고 있었다.

"이드, 아마 제롬 일행일 거야. 어떻게 하지?"

—…순순히 믿을 수는 없다. 허세일 가능성도 있어.

"하지만 전혀 연락이 없잖아. 게다가 그들의 모습이 보이는 것도 아니
고……."

—…알카드 박사의 결정을 기다리자.

알카드 박사는 일단 '박사' 라고 불리지만 그와 동시에 계급에서 원수
와 동등한 대우를 받는다. 즉, 지금 이곳에서 가장 높은 계급을 가진 알
카드 박사에게 결정권이 있다는 이야기다.

잠시, 실제로는 짧은 시간이었지만 느낌으로는 제법 길게 느껴지는 시
간이 지난 뒤 전체 회선을 통해 알카드 박사의 목소리가 들려왔다.

—…좋다. 너희들의 안전을 보장하겠다. 단, 너희들의 퇴각 이후에도
공화국군이 남아 있을 경우 그들의 안전을 보장하지 못함과 동시에 너희
들의 안전 역시 보장하지 못함을 명심해라.

—알았다. 포로들은 우리가 제바하르의 공역을 벗어나는 순간 해방하
도록 하겠다.

그와 함께 우리들에게 귀함 명령이 떨어졌다. 아군이 양 옆으로 길을
비켜주자 공화국 녀석들은 하나둘 그들의 전함에 올라타며 퇴각 준비를
하였다.

—야! 이드, 이드 사테란 로넬라젠! 이번에는 이렇게 물러나지만 말야,
다음에는 이렇게는 안 될 거야! 엉! 기억해, 그리고 각오하고 있으라고!

레온의 경우 이렇게 순순히 물러나는 것이 불만족스러운 듯 몸부림을
치는 듯하였으나 그의 테스탈롯사를 양 옆에서 꽉 붙들고 끌고 가는 두
대의 아슈발트 때문에 별다른 행동은 하지 못하였다.

“후후훗, 그때 이드와 레온이 서로 말싸움하던 것을 생각하면… 아하하하.”

“…….”

그때 일을 회상하며 키득거리는 내 모습에 이드는 부끄러운지 얼굴을 붉게 물들인 채 고개를 푹 숙이고 있었다. 그리고 그런 그의 모습에 더욱 웃음이 배어 나오는 것은 어쩔 수 없었다.

“그때도 그렇고, 이번도 그렇고… 하늘로부터 나타난 수호천사는 이드였어.”

그렇게 이야기를 시작하며 나는 이드를 바라보았다. 방금 전까지 고개를 숙이고 있던 이드 역시 그런 나의 시선을 눈치 챈 듯 살며시 고개를 들며 나의 눈동자를 쳐다보았다.

“지금의 나는 하이 엘프… 이드는 파괴신. 분명 예전 같으면 서로가 적대시해야 할 사이였을 텐데…….”

비록 직접 겪은 것은 아니지만 지금 나의 기억에는 과거의 하이 엘프들에 관한 것이 있었다. 그것은 선명한 영상이 떠오르거나, 심지어는 정확한 이야기의 구성을 가진 것도 아니었지만 적어도 그들과 다른 존재들과의 관계, 위치나 서로 간에 느낀 감정과 사건 등을 대략적으로는 알 수 있었다.

뭐랄까… 딱 집어서 말할 수는 없었지만 그래도 뭔가 아련한 기억들이 머리 속에 떠오르는 것이라고 할까?

“싸울 건가? ‘순수’ 의 하이 엘프여.”

그의 눈빛이 진지해지는가 싶더니 이내 마치 정신을 잃고 풀려 버린 것마냥 눈에서 빛이 사라졌다. 그런 그의 모습으로 지금의 그는 ‘이드’ 가 아닌 ‘파괴신’ 이라는 것을 안 나는 갑자기 전신을 옭아 죄는 긴장감을 느끼며 어깨를 움츠렸다.

"겁낼 필요는 없다. 경계할 필요도 없지."

분명 빛이 없는 눈동자였다. 마치 생기를 잃거나 의지를 상실한 자마냥 아무 빛이 없는 눈동자였으나 순간적으로 그의 눈빛이 내 몸을 관통한 것 같은 착각이 들었다.

"나에게는 그대들과 대립할 의지가 없을 뿐더러 지금에 있어 '주도권'은 그대들에게 있다. 그대들에게 싸울 의사가 없다면 분쟁은 발생하지 않겠지."

그냥 거기까지만 말해 주었으면 좋았을 것을, 그는 거기에 한마디를 더 덧붙였다.

"적어도 당분간은 말이지."

그 한마디로 느낄 수 있었다. 결국 우리는 그분, '절대'에서부터 파생되어진 부수적 존재일 뿐이다. 우리 '하이 엘프' 역시 과거에 '창조'와 '파괴', '빛'과 '어둠'이 그러하였던 것처럼 이후 생겨날 새로운 존재에 의해 주도권을 빼앗길 수 있다는 것을.

아니, '빼앗길 수 있다'가 아니라 '빼앗긴다'라고 해야 할지도 모른다.

"나도 그러하였고, '빛'과 '어둠' 역시 그러하였지만 너희들은 또다시 그런 과오를 범하지 않았으면 한다."

그 말을 끝으로 이드의 눈동자에 다시 빛이 돌아오기 시작했다. '파괴신'에서 다시 '이드'로 돌아온 것이다.

"…누군가 있군."

이드는 원래대로 돌아오자마자 그렇게 말하며 뒤를 돌아보았다. 그의 행동을 따라 반사적으로 뒤돌아보았을 때, 상대가 당황하여 부랴부랴 몸을 숨기느라 그런지 아까보다 더 확실히 느껴지는 기척이 있었다.

“세린⋯⋯.”

하지만 그런다고 해서 이미 들킨 것을 지울 수는 없는 것이다. 게다가 무엇보다 결정적인 증거가 있었으니, 바로 기둥 밑으로 삐져 나온 그녀의 그림자였다.

“티니도 내려와.”

내가 말하자마자 무언가가 내 앞으로 떨어져 내려왔다. 단순히 어림짐작으로 말한 것뿐이었는데 정말로 모습을 드러내는 티니의 모습에 나는 깜짝 놀랐다.

“여, 여기서 뭐 하는 거야?”

꽤나 당황하였고, 약간은 화도 나 있는 내 모습에 그녀들은 잠시 동안 머뭇거리다 어느 정도 시간이 지나고 나서야 입을 열었다.

“하지만⋯ 란 오빠랑 저자 사이의 관계가 심상치 않은 거 같으니까⋯⋯.”

“왠지 불안해져서⋯⋯.”

요컨대 그녀들의 감은 틀린 게 없었다. 이제는 과거형으로 이야기해야겠지만 그와 내가 부부 사이였음에는 틀림이 없고 아이도 가진 몸이었다. 물론 이제는 과거의 일이고, 지금은 이렇게 세린과 티니라는 두 연인이 있지만.

그렇다고는 해도 과거의, 스프린의 기억이 되살아나 버린 나는 제법 혼란스러울 수밖에 없었다.

“⋯아무래도 고민하는 것 같군.”

돌연 말을 꺼낸 이드에게 나와 세린, 티니의 시선이 집중되었다. 그러나 이드는 꽤나 태연하게 우리들의 시선을 받아넘기며 계속 하던 말을 이었다.

“이미 너에게 있어 ‘스프린’ 이라는 존재는 ‘이었다’ 로 설명될 과거일 뿐이다. 지금의 너는 '팬텀', 아니, '라니오스' 일 뿐이다. 고민할 필요는 없다."

말은 그렇게 하지만 이드는 꽤나 아쉬운 듯한 모습이었다. 그래서인지 그는 한마디를 더 덧붙였다.

"세난, 마타나 라르젠 바바 하샨."

'언젠가, 다시 만날 수 있을 것을 확신하고 있어.'

그는 나를 위해 지금 이 순간을 포기하였지만, 다음에는 자신을 선택해 주기를 바란다는 의미일 것이다.

"……."

"…그럼 이만."

내가 이렇다 할 대답을 하지 못한 채 멍하니 서 있는 사이, 이드는 어느새 나로부터 등을 돌려 우리들에게서 멀어져 갔다. 그를 쫓아가고 싶은 생각도 들었지만 그렇게 되면 지금 나의 양 옆에 있는 세린과 티니, 그리고 나를 위해 포기해 준 이드, 이 세 명을 모두 배신하는 것이 되기 때문에 그럴 수는 없었다.

"이드, 기다려!"

문득 한 가지 일에 생각이 미쳐 이드를 불렀다. 그는 일부러 내 말을 무시한 채 계속 걸음을 옮기려는 듯했으나 연이어지는 내 외침에 당황한 듯 몸을 휘청였다.

"아직 프리텐스랑 싸우던 이야기가 안 끝났어. 마저 해주고 가!"

"……."

신형의 반란

콰아앙!

파지지직—

"크윽……!"

크샤레노의 검 트윈 슬라이서와 연두색의 빛을 머금은 프리텐스의 손바닥이 서로 맞부딪치는 순간 커다란 굉음과 함께 주변에 스파크가 일어났다.

'무언가 이상하다.'

이드는 문득 의아함을 느꼈다. 그리고 그것은 히아스 역시 마찬가지였다.

"어떻게 된 거냐? 출력이 이 정도밖에 안 될 리가 없어!"

따지는 듯한 히아스의 질문에 프리텐스의 컴퓨터가 대답하였다.

「오류. 동력 배분 및 증폭 시스템, 정신 에너지 제어기에 이상 감지.」

"뭐야?"

프리텐스의 컴퓨터는 '뭐야?' 라는 히아스의 한마디를 '자세히 설명해라' 는 의미로 받아들인 듯 디스플레이 구석에 작은 창을 생성시켜 지금의 상황을 초래한 원인을 나열하였다.

"누가… 누가 먼저 손을 댔구나!"

분노에 찬 호성을 지르면서도 히아스의 두뇌는 빠르게 회전하여 프리텐스의 시스템을 망가뜨릴 수 있을 만한 인물을 찾아내고 있었다. 그리고 그 용의자는 세 명으로 압축되었다.

'우선 또다른 나 자신들, 그리고 알카드. 그리고…….'

먼저 언급한 두 가지의 경우 자신이 모를 리가 없었다. 하지만 그 마지막 인물은 충분히 가능성이 있었다. 아니, 확실히 그라고 결론지었다.

"레이… 드레이븐!"

언제나 재수없는 눈웃음을 짓고 있는 단발머리. 그자가 아니고서는 자신의 눈을 피해 이런 짓을 저지를 만한 자가 없다. 그렇게 그는 확신했다.

「바이러스 발견. 타입 불명, 패턴 알 수 없음. 시스템 침식률 7%. 이대로라면 147초 내에 시스템을 빼앗깁니다.」

"젠장… 젠장!"

어째서 몰랐던 것일까? 상대가 너무 교묘한 방법을 써서? 그것도 이유의 하나라고 할 수 있지만 주원인은 아니었다.

"자동 조종으로 전환! 레벨 최대!"

「명령 접수. 지금부터 본 기는 자동 조종 모드에 들어갑니다.」

달칵.

조종의 권한을 전부 컴퓨터에 맡긴 히아스는 급히 프리텐스의 패널을 분리하여 내부 기판의 선 배치를 바꾸기 시작했다. 그와 동시에 다른 한 손으로는 밑에서 꺼낸 콘솔을 조작하였다.

"맞출 수 있을까……?"

그리고 히아스가 막 콘솔의 수동 조작에 들어갈 무렵 이드 역시 비슷한 의문점을 느끼고 있었다.

"레노, 크샤레노의 출력과 프리텐스의 출력, 기동성과 반응 속도 패턴을 조사해 줘."

「명령 접수. 분석 및 조사 중…….」

한창 격돌하던 도중 돌발적으로 발생한 탐색전은 잠시나마 둘 사이에 약간의 여유를 만들어주었다. 그리고 그 여유가 생긴 지 잠시 후 레노의 목소리가 이드의 귀를 울렸다.

「적 브레이커 타입:프리텐스 통상 타입, 추가 무장은 없음. P-SYNC:Em. 반응 속도 레벨:A⁻, 기체 성능에 따른 기동성과 출력:SSS⁺, 그러나 현재 출력은 B⁺로 저하되어 있습니다. 이유는 불명. 외부 상태:이상 없음으로 예측.」

"잠깐."

비록 가벼운 견제 위주라고는 하지만 아직은 전투 중이었다. 간간이 트윈 슬라이서를 움직이며 대치하는 와중에 이드의 귀에 들려오는 레노의 설명 중 걸리는 점이 있어 이드는 레노의 설명을 멈추게 하며 질문하였다.

"방금… P-SYNC 타입이 Em이라고 했었나?"

「그렇습니다. 현재 프리텐스의 P-SYNC 패턴 분석 결과 Em일 확률이 89%입니다. 그 외에 TC일 확률이 7%, Li일 확률 3%이며 알려지지 않거나 판명되지 않은 미지의 타입일 가능성이 1%입니다.」

투캉.

간간이 견제 목적의 공격만을 하느라 비교적 천천히 움직이던 이드의 손 움직임이 다시금 격렬해졌다. 그리고 그의 빠른 명령들을 전해 받은 크샤레노의 움직임 역시 격렬해지기 시작하였다.

“자동 조종? 파일럿이 없는 것인가……?”

파캉—

쿠웅!

갑작스레 밀고 들어오는 크샤레노의 공격에 당황한 듯 프리텐스가 뒤로 물러나던 도중 뒤로 주저앉고 말았다. 그로 인해 한창 프리텐스의 안에서 콘솔을 조작하던 히아스는 조종석 천장에 머릴 부딪치고 말았다.

“으큭……! 이 멍청한 녀석! 제대로 버티란 말이다!”

홧김에 그렇게 외쳤으나 그런다고 해서 상황이 어떻게 변하지는 않았다. 오히려 더욱 강하게 몰아쳐 오는 크샤레노에 의해 프리텐스는 점점 더 궁지에 몰려갔다.

쿠웅!

파지지직—

프리텐스는 필사적으로 전류를 머금은 손을 휘두르며 크샤레노의 접근을 막아보려 하였으나 그런 조잡한 움직임에 당할 정도로 이드는 무르지 않았다.

“이… 또라이 같은 컴퓨터!”

결국 히아스는 화가 머리끝까지 난 듯 새빨개진 얼굴로 들고 있던 기판을 난폭하게 원래 자리에 밀어 넣었다. 그리고는 다시 레버와 페달을 조작하며 지시를 내렸다.

“외부 조작을 풀 매뉴얼로. 리소스를 전부 시스템 방위와 복구에 돌린다.”

「명령 접수. 시스템에 의한 보조 해제, 모든 자원을 시스템 복원과 보안에 집중합니다.」

“얼마나 버틸지 계산해 봐.”

「전 리소스를 복원과 보안으로 돌릴 시, 시스템의 완전 침식까지 걸리는 시간은 약 729초입니다. 이것은 어디까지나 예상치이므로…….」

"알았으니 닥치고 당장 시작해!"

잠시 프리텐스의 자세가 허물어지는가 싶더니 아까와는 비교도 될 수 없는 날카로운 공격들이 펼쳐지기 시작하였다.

드르르륵!

키이이잉─

프리텐스의 양 어깨에 달린 발칸이 불을 뿜는 동시에 발 밑의 리니어 캐터필러가 맹렬한 속도로 회전하더니 프리텐스의 거대한 몸체가 빠른 속도로 크샤레노의 측면을 노리고 달려들었다.

"옆이 비었다!"

"뭐… 뭐냐?!"

투카앙!

묵직한 금속의 충돌음과 함께 크샤레노의 왼팔이 위로 퉁겨져 올라갔다. 그리고 반대로 오른팔의 경우는 손에 들고 있는 검을 프리텐스의 왼손에 붙잡혀 움직이지 못하고 있었다.

쿠앙!

크르르륵─

프리텐스의 발이 크샤레노의 복부에 꽂히는가 싶더니 이내 발바닥의 캐터필러가 회전하며 크샤레노의 장갑을 갉아내기 시작하였다.

"가, 갑자기……!"

갑자기 날카로워진 프리텐스의 움직임에 이드는 당황하면서도 재빠르게 부스터를 작동시켜 크샤레노를 프리텐스의 손아귀에서 빠져나오게 하였다.

「적의 P-SYNC 패턴이 Em에서 ZD로 바뀌었습니다.」

　그제야 이드는 프리텐스가 자동 조종인 상태에서 상대 파일럿 히아스가 직접 조종간을 잡고 나섰다는 것을 알 수 있었다. 그의 행동에 무슨 이유가 있었던 것일까? 그것에 대해 생각을 하면서도 이드의 손은 거침없이 움직이고 있었고, 그러한 그의 움직임은 그대로 크샤레노에 전달되고 있었다.
　카캉!
　투앙!
　거대한 쇳덩어리들의 싸움이라고는 그 누구도 믿지 않을 정도로 빠른 공격이 오고 갔다. 크샤레노의 검이 허공을 난도질하고 프리텐스의 손이 공기를 불태웠다.
　파캉!
　「경고, 트위 슬라이서:레프트에 균열 발생. 내구도 47% 저하.」
　그러던 중 크샤레노의 검 트윈 슬라이서 중 하나에 균열이 생겨났다. 더 이상 이것으로는 안 되겠다고 생각한 듯 이드는 트윈 슬라이서를 옆으로 집어 던지며 새로운 무기를 꺼내었다.
　챠킹―
　챠킹―
　크샤레노의 양 어깨를 감싸던 어깨 보호대가 분리되어 양손으로 옮겨졌다. 그것의 양 끝으로부터 마치 칼자루와 같은 막대가 튀어나오더니 이내 두 개의 어깨 보호대가 하나로 합쳐지며 커다란 칼자루의 모양을 만들어내었다.
　「G소드 발동.」
　"옵션은 하이퍼!"
　「명령 접수, 옵션:하이퍼. P-SYNC, 오버 드라이브.」
　찌이이잉―

칼자루로부터 무색의 반투명한 날이 형성되기 시작했다. 무색의 칼날은 점차 그 두께와 크기를 더해 나가더니 이내 10미터가 넘는 대검의 수준에 이르렀다.

"우오오오!!"

쿠우우우—

부스터가 새하얀 불꽃을 내뿜는 순간 크샤레노가 앞으로 가속하였다. 그리고 그에 지지 않겠다는 듯 프리텐스의 양손에도 변화가 생겼다.

키잉—

키잉—

프리텐스의 팔꿈치 방향으로부터 4개의 제어봉이 튀어나왔다. 그 4개의 제어봉은 이내 손끝 방향으로 방향을 전환하더니, 곧 이어 각각 그 색을 달리하며 서로 공명하기 시작했다.

부부부부부!

파바바바박!

두꺼운 금속이 진동하는 소리와 함께 4개의 제어봉 사이로 스파크가 흘렀다. 프리텐스는 양팔의 제어봉으로부터 생긴 전류를 가슴 앞으로 끌어 모으는가 싶더니 이내 양팔을 강하게 앞으로 내질렀다.

끼이이잉—

크샤레노의 검날과 프리텐스의 손끝이 부딪치는 순간 거친 마찰음이 주변을 뒤흔들었다. 공기가 거친 비명을 지르며 요동 치고 땅이 흔들리며 주변을 어지럽혔다.

투앙!

쿠르르르—

콰과과곽!

점점 진동이 거세지고 마찰음이 어느 정도에 이른 순간 크샤레노의 대검, G소드와 프리텐스의 양팔 사이로부터 커다란 반동음과 함께 양쪽 모두 뒤로 튕겨져 날아가 버렸다. 두 대의 거대한 철의 거인이 바닥을 미끄러지자 찬란한 보석빛을 발하던 블록들이 견디지 못한 듯 허공으로 튕겨져 날아다니며 찬란한 빛을 사방으로 뿌렸다.

「프로그램:Z핸드 기동 도중 또다른 바이러스 발견. 침식률 및 침식 진행 속도 증가.」

"뭐얏?!"

난데없는 컴퓨터의 알림에 히아스는 다급히 시선을 바같의 영상을 보여주는 화면에서 계기판 옆에 붙은 작은 상태창으로 옮겼다. 수백여 개의 작은 블록들로 이루어진 화면에서는 붉은색의 블록이 아까보다도 더욱 빠른 속도로 푸른색의 블록을 차지하며 그 영역을 넓혀가고 있었다.

"대체 뭘 한 거냐?! 어째서 진작 저런 것을 발견하지 못한 거야?!"

「…바이러스의 검색에 리소스를 분배하시겠습니까? 최소치는 11%입니다.」

"으그극……!"

'그럴 여유가 어디 있겠냐?!' 라고 외치며 당장이라도 모니터를 깨부수고 계기판을 산산조각 내고 싶은 심정인 그였으나 그랬다가는 오히려 상황이 악화될 뿐이라고 생각하며 애써 자신을 진정시켰다.

'이제 무슨 꼴이란 말인가. 그렇다고 퇴각했다가 다시 올 수도 없는 노릇이……!!'

콰앙!

"크하아악!!"

마치 천지가 뒤집히는 것 같은 충격과 함께 프리텐스가 뒤로 거꾸러졌다. 바이러스의 영향이었을까, 돌연 프리텐스의 몸체가 심하게 요동을 치며 날뛰기 시작하였다.

「버그 발생. 메인 및 보조 부스터의 제어에 실패하였습니다.」

갈수록 악화되는 상황에 히아스는 이를 갈며 분개했지만 그렇다고 마땅한 해결책이 나오지는 않았다. 게다가 보아하니 이드 역시 프리텐스에 무언가 이상이 있다는 것을 파악하고 그것을 노리려는 듯한 모습을 보이고 있었다.

「적, 프리텐스의 시스템에 문제가 발생한 듯합니다. 더불어 적의 상황은 갈수록 악화되어지는 것으로 예측됩니다.」

"자세히 설명해 줄 수 있겠나?"

"현재로서 예측할 수 있는 상황은 세 가지입니다. 시스템에 바이러스, 혹은 버그가 발생하는 등의 소프트웨어에 문제가 생긴 경우, 하드웨어에 문제가 생긴 경우, 그리고 파일럿의 갑작스러운 정신 오염 등 비논리적 상황이 발생한 경우입니다.」

히아스의 짐작대로 이드는 프리텐스의 상태에 무언가 이상이 생겼음을 알아채고는 G소드를 거두며 뒤로 물러서기 시작했다. 상대의 시스템에 이상이 생겼다면 반드시 큰 빈틈을 만들어낸다. 그리고 자신은 그 빈틈을 노린 일격을 준비하면 되는 것이었다.

「경고, 이레이져 반응!」

그렇게 생각하여 거리를 벌린 것이 실수였는지도 모른다. 프리텐스의 등 뒤쪽에 있던 두 개의 포신의 끝이 앞으로 이동하여 크샤레노를 향하였다.

찌끼기기긱—

충전없이 바로 발사해서인지 프리텐스의 포신에서 발사된 섬광은 매우 가늘었다. 하지만 그 가는 섬광조차 스치기라도 하는 순간 완전하게 소멸되는 이상 이드는 전력을 다해 피해야 했다.

쿠르르르—

급하게 몸체를 옆으로 날리는 바람에 크샤레노는 다시 한 번 바닥에 미끄러졌고, 그러는 동안 프리텐스가 크샤레노를 향해 달려왔다.

파지지직—

프리텐스의 오른팔이 연두색으로 빛을 내며 크샤레노의 조종석이 있는 부분을 노렸다.

크르르륵—

이드는 급한 대로 가슴에 장착된 체스트 발칸을 사용해 보았지만 그 정도로는 상대의 공격을 저지하지 못했다.

"크읏……!"

'이렇게 끝나는 것인가……?!'

파괴신의 힘을 끌어내어 지금의 사태를 모면할 수도 있었다. 하지만 그렇게 할 경우 프리텐스와 히아스는 물론, 이 유적과 '순수' 의 하이 엘프 역시 무사하지 못하게 된다.

어쩌면 또다른 구원이 그를 구해줄 수도 있었다. 전혀 신용이 가지 않는 도박이었지만 그것 외에는 어쩔 도리가 없다고 생각하며 이드는 두 눈을 감으려 했다.

「긴급 프로그램 작동.」

순간 레노가 아닌 보조 컴퓨터인 '세블' 의 유창한 목소리가 이드의 귓전을 울렸다. 그리고 그와 동시에 크샤레노의 몸체가 빠르게 위로 이동하였다.

키이이잉!

카앙!

콰과과곽—

크샤레노의 어깨와 허리, 다리에 달린 보조 부스터가 비상식적이라고 생각될 정도의 출력을 발휘하며 옆으로 몸을 틀게 하였다. 그리고 그와 동시에 다리를 크게 움직여 다가오던 프리텐스의 오른팔을 걷어찼다.

퍼엉!

쿠르르르—

하지만 그것은 말도 안 되는 기적 같은 것은 아니었다. 갑작스레 한계를 훨씬 뛰어넘는 출력을 보인 보조 부스터가 모두 폭발하면서 크샤레노는 다시 한 번 바닥을 굴러야 했다.

「어깨 외 12개의 보조 부스터, 오버 히트. 47초간 사용 불가능합니다.」

"크웃……! 방금은… 대체……."

크샤레노가 땅을 구르는 것으로 인해 전해진 충격에 이드는 이를 악물면서도 방금 전의 상황에 대한 의문으로 인해 조금은 멍한 얼굴을 하고 있었다.

자신은 아무 명령도 내리지 않고 아무 조작도 하지 않았는데 크샤레노가 제멋대로 움직인데다, 그것도 기체의 한계를 넘어서는 반응이라니?

무언가 이상함을 느낀 이드는 불안한 마음에 떨리는 목소리로 말하였다.

"레노? 레노, 대답해 줘."

「메인 컴퓨터는 현재 응답할 수 없는 상태입니다.」

"뭐야……?"

이드의 머리 속에서 과거의 영상들이 빠른 속도로 지나가기 시작했다. 분명 자신이 알기로 이런 비슷한 일이 일어났던 적이 있었다. 그렇게 생각하며 이드는 열심히 과거의 기억을 뒤져 보았다.

「경고, 메인 컴퓨터에 의해 강제로 제어 권한을 빼앗겼습니다.」

큐우우웅—

크샤레노가 일어섰다. 자신은 아무 조작도, 명령도 내리지 않았음에도 크샤레노는 스스로 일어섰다.

「P-SYNC 콘택트. 타입:Co-Mi, Inc, VC.」

세 가지의 P-SYNC의 동시 발동. 상식적으로는 일어날 수 없는 일이 예전에도 일어난 적이 있었다.

"안 돼, 레노. 그만둬!"

이드는 결국 떠올릴 수 있었다. 그리고 더불어 자신이 알고 있는 어느 한 인물의 설명도.

"만약 레노가 또 한 번 이런 일을 벌이게 되면 그때도 무사할 것이라는 보장은 할 수 없어."

그러나 레노는 그의 말을 따르지 않았다.

「메인 컴퓨터의 지시에 따라, 파일럿을 긴급 사출시킵니다.」

"뭐… 으큭!"

이드가 상황을 제대로 인식하기도 전에 레노는 이드를 강제로 조종석으로부터 내보내려 하고 있었다. 크샤레노의 흉부 상단의 커버가 열리고 시트가 긴급 탈출 모드로 변하여 사출되려고 하였다.

"순순히… 나갈 줄 아냐?!"

파각!

막 열리려던 커버를 올려 쳐서 찌그러뜨렸다. 찌그러진 커버는 몇 번을 덜그럭거리며 열리는 시도를 하는가 싶더니 이내 멈추어졌다. 그와 거의 동시에 시트의 잠금을 풀어 사출시키려던 잠금 장치 역시 부서지며 사용이 불가능해졌다.

'이 디스크를 사용하면 멈출 수 있을 거야.'

이드는 조종석 구석에 위치한 작은 서랍으로 손을 뻗어 한 개의 가느다란 막대형의 디스크를 꺼내었다. 이윽고 그것을 콘솔의 오른쪽 끝에 위치한 작은 구멍에 삽입시켰다.

「디버그 디스크 확인, 보조 O/S 기동.」

바깥 상황을 비추던 화면이 사라지는가 싶더니 이내 검은 바탕의 화면이 대신 그 위치를 차지하였다. 그리고 검은 화면이 나타나자마자 이드의 두 손은 빠른 속도로 콘솔 위의 자판을 두드리기 시작하였다.

「명령:메인 컴퓨터, 레노의 강제 기동 종료. 실행 중…….」

기계답지 않게 온화하고 따뜻한 레노의 목소리와는 상반되는 세블의 안내음이 들려왔으나 이드의 신경은 그런 것에 신경 쓰지 않고 있었다. 그가 쉴 새 없이 자판을 두드리기 시작하는 순간 그와 함께 크샤레노의 거체가 앞으로 달려나갔다. 이드가 아닌 메인 컴퓨터, 레노의 독단적인 움직임이었다.

「P—SYNC 풀 드라이브. VC랜스 발동.」

아까 전은 G소드였던, 본래 어깨 받침이었던 부분이 이제는 창으로 변하였다. 주변에 가볍게 붉은빛이 서린 흑색의 창을 앞으로 내밀고 크샤레노가 돌진하였다.

「P—SYNC 오버 드라이브. 타입:Inc.」

"레노, 하면 안 돼!!"

바쁘게 콘솔을 조작하면서도 이드는 바깥의 상황을 추측하고 있었다. 중간중간 들려오는 서브 컴퓨터 '세블' 의 안내와 비스듬히 위쪽으로 반쯤 열린 커버로부터 보이는 바깥의 모습은 그의 추측을 더욱 쉽게 하고 있었다.

쿠앙!

투캉!

「P-SYNC 콘택트. 타입:Emu, Li, Fr.」

쿠쿵쿵쿵!

크샤레노와 프리텐스는 격한 전투를 하고 있는 듯 매우 거친 금속음이 공기를 진동시켰다. 반쯤 열린 커버 바깥으로 간간이 보이는 창의 모습이 더욱 그를 다급하게 만들고 있었다.

「오류, 인증 실패.」

"레노… 부탁이야. 그만 해줘."

「오류, 인증 실패.」

"그만 해… 그만 해……."

「오류, 인증 실패.」

"그만두지 않으면… 너는……."

「오류, 인증 실패.」

이드의 목소리가 물기에 젖어들어 가려 하고 있었다. 그의 손은 잔상이 남을 정도로 빠르게 자판 위를 오가고 있었지만 상황은 좋아질 기미를 보이지 않고 있었다.

"레노의 정체가 무엇인지는 이미 짐작하고 있으리라 보네. 하지만 나를 원망하지는 말아주었으면 하는군. 어디까지나 그녀의 의지였으니까 말야."

그가 말했다. '그녀'가 이렇게 된 것은 어디까지나 '그녀' 자신의 의지였다고.

"그게 무슨 뜻이지, 박사?"

"오늘따라 자네 이해력이 부족한 듯싶구만. 나는 제안했고, 그녀는 응했다.

간단히 말하자면 이렇게 되는 거지."

"그런……."

"그녀는 자네를 그렇게까지 위해주고 있는 거야."

"……."

돌연 머리 속이 차갑게 식는다.

그녀는 자신을 위해주었다…….

언제나 자신을 위해 희생해 주었다.

그렇다면…

"세블, P-SYNC 컨벤트!"

「명령 접수. P-SYNC 컨벤트.」

이드는 콘솔 조작하는 것을 그만두었다. 작은 막대와 같이 생긴 디스
크마저 다시 뽑아내었다. 자판을 다시 안으로 집어넣고 명령하자 '세블'
은 충실하게 그의 명령을 받들었다.

"지금은 알 필요 없지. 하지만 나중에 가면 알게 될 거야. 그리고 나에게 고
마움을 느끼겠지. 으히히히."

이드의 몸 전체가 무색의 막에 둘러싸였다. 그의 온몸을 둘러싼 무색
의 막은 이내 어디론가 흘러가는 듯 급속히 조종석 바깥쪽으로 빠져나가
기 시작하였다.

「사용자: 이드.」

"유감이지만 고맙다는 소리를 하지는 못하겠군."

디스플레이에 붉은색 창이 생기며 그 안에 기다란 막대가 생성되었다.
속이 텅 비어 있던 그 막대는 시간이 갈수록 안을 채워 나가는가 싶더니

이내 가득 차게 되었다.

「대상…….」

"히아스 박사, 이 상처는 언제까지라도 기억하고 있겠다."

「메인 컴퓨터:레노.」

"으아아아아아!!"

이드의 고함 소리와 함께 그의 온몸이 부서져 나갔다. 부서져 나가는 그의 몸을 대신하여 아까보다도 더욱 짙은 무색의 막이 그 농도를 더해 나가는가 싶었으나 이내 그것들은 모두 조종석을 빠져나가…….

「P—SYNC, 타입:ZD-Des-Del-Inf-Cir-Lif…….」

〈제8권 끝〉

이영호 판타지 장편 소설

| 오버 더 센츄리 |

신(新) 천지개벽(天地開闢)!

문명의 개화는 멀고 먼 시대.
서서히 깨어나는 과거 문명의 씨앗들. 그 중심에 자리할 두 아이가 나타났다.
그들의 등장으로 원시적 문명은 변혁의 거대한 물결에 휩쓸려들고,
세상은 태동의 몸부림에 요동치기 시작한다. 새로운 세계, 문명의 시대를 향한 격렬한 진동을!

**신세기를 여는 소년, 소녀의 창조적 세계로의 파란만장한 모험!
원시와 신비가 살아 숨쉬는 미지의 대륙이 활짝 열린다!**

정한조 판타지 장편 소설

| 하레스 천하 |

이보다 더 멋드러질 수 없다! 새로운 차원의 영웅 시대 개막!!

제국 간의 전쟁 한가운데 등장한 초 극강 고수!
신화적 영웅 하레스의 강렬무비 · 통쾌한 활약!
기나긴 전쟁의 사슬을 끊을 자는 그 뿐이다!

**다시금 세계를 휘어잡을, 제국을 뒤엎을,
진짜 초 극강 고수가 판타지 세계에 등장했다!**

도서출판 청어람 www.chungeoram.net   우 420-011 부천시 원미구 심곡1동 350-1 남성빌딩 3F ● TEL : 032-656-4452/54 ● FAX : 032-656-4453 ● Email : eoram99@chol.com

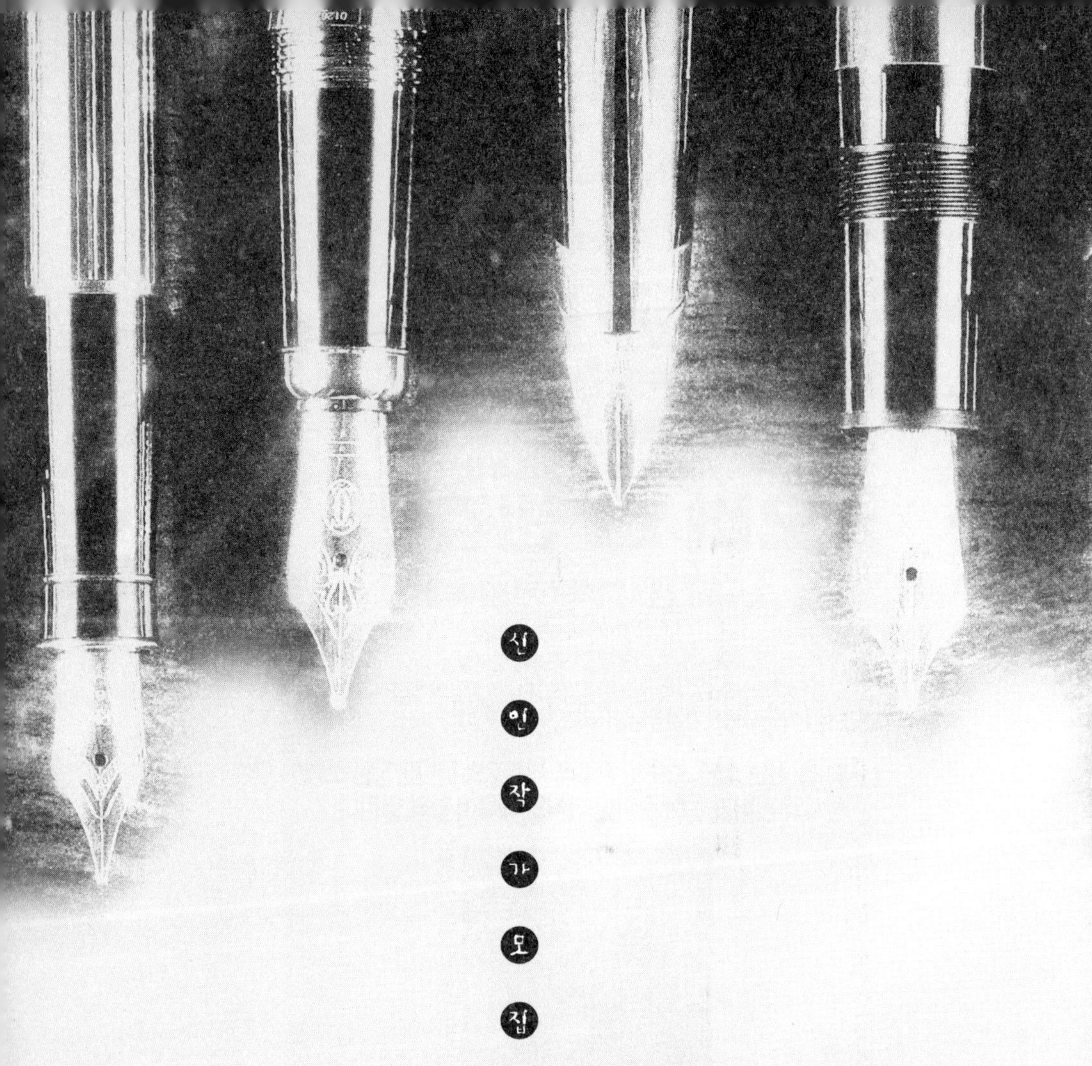